JN402533

료마가 간다
3
시바 료타로/박재희 옮김

동서문화사

료마가 간다 3
차례

탈번 … 11
추적자 … 40
데라다야 소동 … 72
유전(流轉) … 99
나마무기 사건 … 144
가쓰 가이슈 … 160
조마사(調馬師) … 197
폭풍전야 … 227
바다로 … 254
교토의 봄 … 287

탈번

　료마는 탈번 준비를 하기 시작했다.
　탈번하려면 돈이 든다.
　칼도 쓸 만한 것을 갖고 싶다. 탈번하면 번의 보호에서 벗어나 천애(天涯)의 외로운 길손이 되는 것이다. 몸을 지켜 주는 것은 오직 칼 한 자루뿐이다.
　료마의 집에는 과연 고치에서도 손꼽히는 부유한 무사 가문답게 최상급품 명검인 '소보로 스케히로(助廣)'가 비장되어 있다.
　그러나 형 곤페이가 료마의 탈번을 경계하여 칼통에 자물쇠를 채워 꺼내지 못하게 만들었다.
　'어떻게 하나?'
　불쑥 료마는 사이타니야를 찾아갔다. 여러번 언급했듯이 사카모토 가문과는 친척이라기보다도 한집안 같은 사이이다.

환전상(換錢商)에 전당포를 겸하여 고치에서는 3대 부자의 하나였다. 사카모토 가문의 분가인데, 본가는 무사, 분가는 상인으로 상산(常山)의 뱀, 즉 쌍두사(双頭蛇) 같은 것이다. 집도 등을 서로 잇대고 있어 북문이 사카모토 저택, 남문이 사이타니야네의 가게 문으로 돼 있다.

"큰아버님 계시냐?"

료마가 이렇게 물으며 들어가자 계산대에 앉아 있던 지배인 요헤에(與兵衛)가 조심스럽게 눈을 깜짝거리며 말했다.

"아, 도련님."

왜냐하면 며칠 전 료마의 형 곤페이가 가게로 찾아와서 일러둔 말이 있기 때문이다.

"모두들 알겠나. 료마가 돈이나 칼을 달라고 오거든 절대로 주어서는 안 된다."

못을 박아 두었기 때문이다.

"주인님은 방금 번청 회계 담당에게 불려 가셔서 지금 계시지 않습니다만 무슨 볼일이신지……."

"큰어머님은 계신가?"

"계십니다만 몸이 조금 편찮으셔서 누워 계십니다."

"아니, 별 볼일은 없어. 칼 광의 열쇠 좀 빌려주게."

"그, 그건……."

"본가의 내가 부탁하는 거야. 난 안에 들어가 술을 마시고 있을 테니 가져오게."

성큼성큼 안으로 들어간다.

안채의 한 방에서 하녀에게 술을 가져오게 해 놓고 백부 하치로베가 귀가하기를 기다리고 있었다.

이윽고 저녁때가 되었다.

이 사이타니야네는 매우 자유스러운 가풍이라 무관해서 그런지 친척집 여자들의 집합소처럼 되어 있었다.

그날도 오이치 할머니(료마 할아버지의 사촌제수)가 조카딸인 구마(久萬)와 손녀 기쿠에(菊惠)를 데리고 아침부터 놀러 와 있었는데 료마를 보더니 말했다.

"료마, 오랜만이로군."

딸들도 료마를 둘러싸고 술을 따라 주기도 하며 한데 어울렸다.

오이치 할머니도 사실은 료마가 어떤 속셈으로 왔는지 짐작을 하고 있었다. 곤페이 형이 상당히 널리 친척 간에 광고를 해 놓았기 때문이다.

"칼 광을 보고 싶어서요."

"료마!"

오이치 할머니는 무서운 얼굴로 말했다. 여자도 오십 고개를 넘으면 꽤나 유들유들하게 된다.

"이 사이타니야 가문의 가헌(家憲)이 불을 켜고 광으로 들어가선 안 된다는 걸 모르진 않겠지. 광엔 아침 햇볕만 드니까 내일 아침에 다시 오도록 해."

오이치 할머니가 열심히 설교하는 것을 료마는 일부러 얼빠진 듯한 얼굴로 고개를 끄덕거리며 듣고 있었다. 물론 마음속으로는 한 마디도 듣고 있지 않았다.

'무슨 잠꼬대야.'

이윽고 백부 하치로베가 돌아오더니 얼굴만 보고도 안색이 달라져서 말했다.

"오, 료마가 왔군."

료마가 탈번의 중죄를 저지를지도 모른다고 본가의 곤페이에게서 들었기 때문이다.
"뭐, 칼 광을 보여 달라구? 그건 안 돼. 장사꾼의 광에 있는 물건이라 쓸 만한 것도 없어. 그것보다도 아랫마을 사이타니야의 막내딸을 아내로 맞지 않겠니. 그 애는 네게 마음이 있다더라만."
"색시는 필요 없습니다."
료마도 무서운 얼굴이다.
"장가보다도 큰아버님, 칼 하나 주시지 않겠습니까?"
"쓸 만한 것이 없다니까."
그러나 거짓말이었다. 사이타니야네는 성 아랫거리 제일가는 전당포로 번에 많은 돈까지 빌려 주고 있는 집이다. 번사들에게도 돈을 빌려 준다. 상당한 신분의 번사가 칼이나 무구(武具)를 잡혔다가 기한이 넘은 물건만 하더라도 수없이 칼 광에 들어 있다. 료마는 그 점을 노렸던 것이다.
"대관절 칼을 어떻게 하겠다는 거냐? 지금 차고 있는 칼로도 충분하지 않느냐."
"이유는 없습니다. 그저 갖고 싶어서요. 큰아버님, 저 광에 요시유키(吉行)가 있을 텐데요."
신도(新刀)이지만 명검이다. 정확하게 말해서 무쓰노카미 요시유키. 간몬(寬文) 연간에 활약한 칼 대장장이로 고향은 오슈(奧州)이지만 오사카에서 이름을 떨쳤고, 나중에 도사 번의 초청을 받아 고치로 이주했다. 그가 만든 칼엔 뛰어난 것들이 많다.
"요시유키 따위는 없어."
백부 하치로베는 밀어내듯이 료마를 쫓아 버렸다.
집에 돌아오자 형 곤페이가 잔뜩 긴장한 얼굴로 기다리고 있었다.
"료마, 사이타니야네엔 뭘 하러 갔었지?"

"잠깐 놀러 갔을 뿐예요, 놀러……."

자기 방으로 달아나 벌렁 드러누웠다. 이렇게 곳곳에서 경계를 하면 어쩔 도리가 없을 것만 같다.

'무딘 칼이라도 갖고 떠날까.'

가물가물 잠이 왔다.

두어 시간쯤 잔 모양이다.

누가 방에 들어온 기척에 료마는 벌떡 일어났다.

침입자는 손에 촛대를 들고 있다. 이윽고 그 촛불을 등잔에 옮겼다.

누님인 오에이(榮)였다.

"아, 누님이로군."

료마는 무뚝뚝하게 중얼거렸다.

대체로 료마네 집뿐만 아니라 이 일족은 여자가 많은 혈통이다.

료마의 큰 누이는 지즈(千鶴)로 고치의 향사 다카마쓰(高松) 집안으로 출가했고 지금은 2남 1녀의 어머니이다.

셋째 누님은 료마를 귀여워하며 여러모로 보살펴 키워 준 오토메. 그 사이에 오에이라는 누님이 있다. 불행한 여인으로 동격인 향사 시바다(柴田) 가문에 시집을 갔으나 이혼당하고 친정에 돌아와 있다.

료마는 사카모토 가문의 막내아들이다. 그러므로 둘째누님인 오에이와는 나이 차가 너무 많아 이제껏 남매로서의 접촉이 거의 없었다.

'이 누님이 무슨 일일까?'

료마는 미심쩍은 눈으로 오에이를 보았다.

―사카모토의 소박데기.

이웃에서는 오에이를 이렇게 말한다. 오에이는 소박맞은 여인답게 저택 한구석에 조용히 살고 있었다.

몸집은 매우 가냘펐다. 그 점 사카모토의 수문장이라고 일컫는 오토메 누님과는, 이들이 한 형제일까 싶을 만큼 달랐으나, 눈매와 코 모습은 료마가 열두 살 때 죽은 어머니 유키코(幸子)를 가장 많이 닮았다.

"료마, 칼을 구하고 있다면서?"

"아, 벌써 알고 계셨군요. 우리 집안은 아무래도 여자가 많으니까 마른 풀밭에 불이 퍼지듯이 소문이 빠르군요."

"그러나 소문은 집 밖으로는 새어나가지 않아. 누설되면 죄가 되니까."

"어째서입니까?"

"료마는 탈번할 셈이 아니냐?"

"아, 그것까지!"

료마는 일부러 머리를 긁적거렸다. 하지만 오에이는 싱긋도 하지 않는다.

"다 알고 있어. 사카모토 집안, 다카마쓰 집안, 야마모토 집안, 사이타니야 집안, 오카노우에 집안, 친척의 어느 집에서나 이것은 큰일이니까. 료마가 탈번하면 얼마만큼의 피해를 일족에게 끼치게 될지 몰라. 그것을 알고나 있는지?"

"그것도 모를라구요."

"첫째, 료마 자신만 해도 그래. 탈번하면 두 번 다시 고향땅에는 돌아오지 못해. 곤페이 형님도 오토메도 료마가 귀여워하는 조카 하루이도 평생 못 만난단 말이야. 물론 탈번한 사람에게 집에서 돈을 보내 줄 수도 없어. 어딘가 들판에서 쓰러져 죽어도 어쩔 수 없어. 그것을 각오했니?"

"이거 야단났는걸."

료마는 짓수그리고 앉았다. 얌전한 오에이 누님으로부터 정면으로 대놓고 이런 따끔한 설교를 들을 줄은 미처 몰랐다.

"그 각오가 섰니?"

"그야, 나도 남자니까. 일단 뜻을 세웠다면 길거리에서 객사해도 남자의 보람은 있다고 생각하지요."

"그 한마디로 잘 알았다."

"누님, 그럼 용서해 주시겠어요?"

"용서해 주고말고. 그리고 료마가 갖고 싶어하는 칼 요시유키도 내가 선물로 주겠다."

"예, 누님이?"

어떻게 누님이 그런 걸 갖고 있을까, 료마는 반신반의였다.

"한 자루 갖고 있어요. 말해 두겠지만 이건 사카모토 가문의 것도, 사이타니야네 것도 아니야. 내가 갖고 있던 거란다."

"정말 놀랐는걸요. 오에이 누님이 무쓰노카미 요시유키를 갖고 있었다니!"

"사람을 얕보면 못써."

오에이는 비로소 웃었다.

확실히 오에이는 갖고 있다. 그것은 거짓말이 아니었으나, 이 요시유키를 료마에게 주었기 때문에 뒤에 이 누님의 일신상에 큰 변이 일어났다.

오에이 누님은 잠깐 나가더니 이윽고 두 손으로 받들 듯이 한 자루의 큰 칼을 들고 방으로 돌아왔다.

"아, 이것이군!"

료마는 잡아채듯 칼을 받아 뽑아 보았다.

칼날은 파랗게 맑고 요시유키 특유의 칼무늬가 그윽하게 향기를 뿜어낸다.
"두 자 두 치."
보통 신장 다섯 자 두세 치인 무사의 칼로 알맞은 치수이다.
"알맞군!"
료마는 휘둘러보았다. 료마 정도의 거인은 두 자 서너 치에서 때로는 두 자 여섯 치의 장검도 충분히 다룰 수 있었으나, 그는 무슨 까닭인지 짧은 칼을 좋아했다. 기호에 꼭 맞는다는 말이 되겠다.
혹시 어떨까 몰라 칼을 뽑아 속을 살펴보았다.
제작자 명(銘)이 있었다.
"과연 무쓰노카미 요시유키, 진짜구나. 한데 누님 이상스럽군요. 어떻게 누님이 이런 칼을 갖고 계십니까?"
"이건 말이다……."
오에이는 슬픈 듯한 눈이 되었다.
"시바다(柴田) 서방님이 기념으로 주신 거란다."
"예, 시바다 자형이?"
하긴 이제는 벌써 자형도 아니다.
왜냐하면 시바다 요시히데(柴田義秀)는 오에이의 전 남편으로, 두 사람은 이미 부부가 아니기 때문이다.
료마는 오에이 누님이 왜 친정으로 돌아왔는지 자세히는 모르지만, 적어도 부부간의 애정문제는 아닌 모양이었다. 오히려 다정한 편이었다. 이혼의 원인은 시어머니와의 사이가 좋지 않아서였던 모양이다.
그 증거로 남편인 시바다 요시히데는 오에이를 친정으로 돌려보낼 때, 이 요시유키를 맡겼다.
"우리집의 가보요. 이것을 나라고 생각하고 지니시오."

오에이는 그것을 가슴에 안고 친정으로 돌아왔다.
"아, 그랬었군요."
료마는 석연치 않은 얼굴이다.
"그럼, 누님. 이건 누님의 목숨 같은 것이 아닙니까?"
"아니, 지금은 남편도 아닌 사람이 준 건데 뭐, 갖고 있어 봐야……."
눈을 내리깔았다.
"별수 없지."
"그럴까요?"
"그 칼도 그런 소심한 남자의 기념품이 되어 장롱 안에 잠자고 있는 것보다, 용이 되어 날아가 료마의 허리에 매달려 있는 편이 더 어울릴지 몰라."
"알았습니다. 그럼 받겠어요."
이것이 오에이의 불행이 되었다.
료마가 탈번한 뒤 번청의 조사로 시바다 가문의 요시유키를 오에이가 넘겨 준 사실이 알려져 시바다는 크게 노했다.
곧 사카모토 집에 달려와 오에이를 꾸짖었다.
"어찌하여 그대는 내 기념품을 다른 사람에게 주었소?"
그 뒤 오에이는 자살을 했다.
생각해 보건대 하늘이 료마라는 사나이를 일본 역사에 내보내기 위해 누님 하나를 이혼시키고, 또한 누님에게 자살까지 시킨 것이다. 예사로운 희생이 아니다.

어느 날 료마는 다케치 한페이타의 집을 찾아갔다.
"허어, 오랫동안 얼굴을 보지 못했군."
다케치는 묘하게 반가운 듯이 웃었다.

이 사나이에게는 그 어떤 영감이 있었던 모양이었다. 료마는 탈번에 앞서 다케치에게 넌지시 마지막 작별을 하러 갔던 것이다.

료마는 이 친구에게는 탈번 이야기는 내색도 하지 않았다.

'온 번을 들어 근왕하겠다'는 꿈을 좇고 있는 다케치는 억지로라도 료마의 탈번을 막을 것이다. 료마가 없으면 한 팔이 떨어져 나간 것과 같은 셈이고 다케치의 쿠데타 계획에도 금이 간다.

"료마, 오늘은 묘한 얼굴인데."

"그래?"

얼굴을 쓱 문질렀다.

료마의 심정도 비통한 것이었다. 탈번하면 이제 한평생 이 친구와 다시 만날 날이 없을지도 모른다.

"다케치, 암살 계획은 순조롭게 진척되고 있나?"

"진척되고 있어. 요시다 암살 뒤의 참정, 집정, 감찰관, 군 행정관 등의 배치도 대충 정했어."

이름을 듣고 보니 고미나미 고로에몬(小南五郎右衞門), 히라이 슈지로 외에는 형편없는 문벌 출신뿐이다. 물론 다케치 자신은 신분이 낮으므로 정권 탈취 뒤의 명단에 들어 있지 않아. 뒤에서 조종할 셈인 모양이다.

"한데 명단을 보아하니 고물상의 고물 인형 같군그래."

"우선 할 수 없겠지. 그래도 노공(老公)의 동생 민부(民部)님 등은 '다케치, 아직도 멀었냐' 몇 번씩 독촉을 하고 있을 정도야."

야마노우치 민부는 영주의 일가친척 중에서도 특히 머리가 날카로운 사람으로 요도나 지금 영주인 도요노리(豊範)와는 달리 정치적으로 책임이 없는 입장에 있기 때문에, 다케치가 구상하는 '근왕도사 번'을 은근히 후원하고 있다.

"아우님이 노공이나 영주에게 반역을 꾀하는 셈이로군. 이건 마치 옛날이야기의 가정 분란과 같군.”

료마는 싱겁게 웃었지만 물론 마음속으로는 이렇게 생각한다. '어리석은 다케치 녀석!' 성공한대도 적극적인 막부파인 노공이 에도에 있다. 더구나 요시다 도요를 기용한 것은 이 노공이며, 노공 그 사람은 천하의 제후 중에서도 민완가로 알려진 사람이다.

은퇴했다고는 하나 본국의 정변을 그냥 내버려 둘 리가 없다.

"다케치, 들어 봐. 만일 암살과 정변이 성공했다고 해도……."

"음."

"에도의 노공(老公)이 그건 안 된다며 들고 일어나면 어떻게 하겠나. 그때는 노공에게 화살이나 총알이라도 퍼부을 각오가 돼 있는가."

"자네 너무나 무엄하다. 성공한 뒤 나는 즉시 에도로 달려가 노공을 설득하겠어."

"이 친구야, 자네보다 학문이 위야. 게다가 영주답지 않게 변설은 자네보다 능숙하단 말이야. 그리고 옹고집이라 남의 말 따위는 안 듣는 분이지. 다케치, 마지막으로 충고하겠네만."

"응, 뭐든지 말해 보게."

"이 따위 도사 번을 버려라. 버리고 탈번해."

"탈번?"

다케치는 흘끔 료마를 보았다.

"료마, 자네 설마 탈번하지는 않겠지?"

"아니, 안 해!"

료마는 별안간 노래를 부르기 시작했다.

도사 번의 참정 요시다 도요가 다케치의 근왕당 손으로 암살당한 것은 분큐 2년 4월 8일, 밤 10시가 넘어서였다.

그날은 초저녁부터 가랑비가 내렸다.

밤이 되자 누리는 어둡고 하늘에는 두견새가 찢는 듯한 소리로 울어댔다고 한다.

도요는 성내 궁전에 있었다. 이날은 관례에 따라 도요가 젊은 영주에게 강의하는 날이었다. 교재는 라이산요(賴山陽)의 《일본 외사(日本外史)》였다.

이날 밤의 강의는 도요 자신의 운명을 암시하기나 하듯이 노부나가(信長)의 '혼노 사 흉변(本能寺凶變)' 대목이었다. 게다가 노부나가가 횡사한 나이는 마흔일곱.

우연히도 도요와 같은 나이였다.

도요는 단순한 문벌의 중신도 아니고 정상배형의 사나이도 아니다. 탁월한 학식이 있었다. 노부나가의 최후를 강의하는 데 일본 외사를 교재로 하면서도 온갖 사실(史實)을 쳐들어 영주 앞에 노부나가의 생생한 모습을 재현시키는 듯한 강의법을 썼다. 동시에 역적 아케치 미쓰히데(明智光秀)의 사람됨과 그 고뇌를 물 흐르듯이 설명해 나간다.

젊은 영주는 숨을 삼키며 듣고 있다. 이윽고 강의가 끝나자 영주는 술을 내렸다.

도요는 꽤 취했다.

"참으로 오늘 저녁에는 가슴을 치는 듯한 강의였소."

젊은 영주는 말했다. 도요는 만족스러운 듯이 머리를 끄덕였다.

"곧 에도로 나가십시다. 마지막이라 더욱 정신을 쏟았던 모양입니다."

이날 밤 내전에서 도요의 강의가 있다는 정보는 다케치에게도 들어와 있었다.

"강의가 끝나면 관례에 따라 술이 나올 테지. 그러면 퇴성은 밤 8시 지나서가 아닐까."
다케치는 자객들에게 말했다.
자객들은
나스 신고(那須信吾)
야스오카 가스케(安岡嘉助)
오이시 단조(大石團藏)
이 세 사람이다.
그 밖에 고노 마스야(河野萬壽彌 : 유신 뒤 敏鎌로 개명. 내무, 문교, 농상무, 사법 대신 역임) 자작이 있다. 고노는 암살 뒤의 뒤처리를 하는 역할이다.
암살이 성공하면 암살자 세 사람은 일단 나가나와데(長繩手)에 있는 관음당에 모일 예정이었다. 거기서 뒤처리를 맡은 고노가 기다리고 있다가 자른 목을 받는다. 세 사람은 국외 탈출을 위한 노자와 옷가지들도 이 사당에 준비돼 있다.
거인인 나스는 칼을 살펴보더니 별안간 일어나며 말한다.
"아직 출발 시각까지는 시간이 있을 거야. 잠시 거리에 나갔다가 오겠어."
나스는 밖으로 나갔다.
비가 내리고 있다.
나스는 중신 후카오(深尾)의 저택 행랑채에 있는 열아홉 살 난 조카를 찾아갔다.
나스는 봉당에서 지우산의 물을 털고 조카의 이름을 불렀다.
"겐스케(顯助 : 뒷날의 田中光顯의 아명), 이리 오너라!"
그리고 봉당으로 내려오게 했다.
"중요한 일을 알려 주려고 왔다. 너는 어리지만 대장부니까 함부로 누설하지는 않겠지. 오늘 밤 나는 참정 요시다 도요를 벤다.

알겠나!"
"예?"
"바보 같은 녀석, 조용히 해. 이 사실을 나는 장인에게나 아내에게도 말하지 않았다. 다만 도요를 베게 되면 한시라도 빨리 꼭 알려 드려야 할 분이 계시다. 우리 가난뱅이 향사 집안을 대대로 먹여 살려 주신 후카오 가나에(중신, 사가와의 영주로 도요 때문에 직책을 물러나 근신 중)님이 도요를 몹시도 원망하고 계시다. 성공했다는 소식을 네가 사가와까지 달려가서 알려 드리지 않겠나."
"한데 도요 암살 장소는?"
"오비야 거리."
"시간은?"
"오늘 밤 안에 벤다. 너는 내일 새벽에 현장을 가보고 시체와 핏자국을 확인한 다음, 그길로 사가와에 가라. 나이가 어리니까 도중 남들이 보아도 의심받지는 않을 것이다."
겐스케의 몸이 흥분으로 부르르 떨렸다.

밤 10시 도요는 성에서 물러나왔다.
"으흠, 취했다!"
내전 현관에서 하인이 내 주는 우산을 받아 펴들었다.
온 누리의 어둠이 쌀겨 같은 봄비에 젖고 있다.
하인이 등불을 들고 앞장서고 주종은 성안 돌층계를 내려갔다. 수행은 하인과 신발 당번 하나, 여느 때와 같이 둘이었다.
돌층계를 내려설 때, 도요의 신변을 호위하듯이 몇 사람의 젊은 무사가 앞뒤에 섰다. 오늘 강의의 배석자들이었다. 고토 쇼지로, 후쿠오카 후지쓰구(福岡藤次), 유히 이나이(由比猪內), 오사키 마키조(大崎卷藏)로 모두가 도요 칩거 무렵의 제자들로 도요가 정권을 다시 잡자 발탁한 새 관료들이다.
"집정님께서는 정말……."
후쿠오카가 우산을 기울이며 미소를 보냈다.
"오늘 밤의 강의는 여느 때 이상으로 좋았습니다. 노부나가의 혼노 사에서의 최후 광경 같은 건 일대 영웅의 생애를 빛내기에 알맞은 극적인 것이라 하겠지요. 처참한 가운데 화려함이 있어 듣고 있느라니까 정말 눈앞에서 보는 것 같았습니다."
"그랬나?"
도요는 천천히 빗속을 걸어 내려간다. 칭찬을 받아 나쁜 기분은 아니었다. 자기 자신도 오늘의 강의는 입신(入神)의 경지라고나 할까. 기대 이상의 성과였다고 생각했다.
"나도 그 대목을 좋아하지. 그 생애가 한 편의 시가 되는 자를 영웅이라고 한다. 나는 노부나가의 생애를 머리에 그리면서 혼노 사의 불길 속에서 애용(愛用)하는 창을 휘두른 영웅, 바로 그 사람이 완전히 돼 있었다."
"영주님께서도 퍽 흐뭇하신 모양이었습니다."
오사키가 고개를 숙였고 그 말을 받아 유히 이나이도 질세라 한마디하여 영주를 추켜세웠다.
"에도 근무로 떠나시는 영주님을 위해 무엇보다도 큰 선물이었지요."
성문을 나와 큰 거리로 접어들었다. 빗발이 한결 세어졌다.
"그럼 집정님, 저는 여기서……."
후쿠오카와 유히는 갈라졌다. 그들의 집은 성문 앞 거리로 나와 바로 남쪽으로 꺾어야 한다.
도요 옆에 남은 자는 오사키와 고토.
교수관(教授館) 앞을 지나 이윽고 남으로 꺾어 동서로 뻗은 오비야 거리에 이르렀다.

고토와 오사키의 저택은 더 남쪽에 있다. 그러나 도요의 저택은 이 오비야 거리의 모퉁이에서 동쪽으로 접어들어야 한다.

"그럼 집정님, 조심하시고……."

젊은 고토가 말했다. 쇼지로는 도요의 친척이다. 뒷날 도사 번의 참정이 되고 료마의 주선으로 막부파에서 근왕파로 전향한, 성격이 거칠고 분방한 사나이로 그도 이때에는 아무런 예감도 없었던 모양이다.

도요는 마침내 혼자가 되었다.

앞뒤에 하인과 신발 당번. 도요는 왼손에 우산대를 쥐고 진창을 피해 천천히 걸어간다.

그 여남은 걸음 전방.

세 자객이 잠복하고 있다.

장정 세 사람.

하나같이 헝겊으로 얼굴을 감싸고 도롱이를 걸치고서 집집의 대문 옆과 담밑에 웅크리고 앉아서 비를 맞고 있다.

'아직 오지 않나?'

성급한 오이시 단조는 초조해하면서 몸을 꿈틀거리고 있었다. 도롱이 속에 벼룩이 들었는지 아니면 이런 때는 그런 생리가 되는 것인지 이상하게도 온 몸이 가려웠다. 연방 긁었다.

야스오카 가스케.

그는 마에노 구메노스케(前野久米之助)라는 상급 무사 저택 담밑에 쭈그리고 앉아 있었다.

상투가 흠뻑 젖고 눈 코 입으로 빗물이 쉴새없이 흘러내렸다. 몇 번이나 쭈구리고 앉은 채 오줌을 누었다. 그것도 아주 조금밖에 나오지 않는다. 누고 나면 또 오줌이 마려운 것이었다.
 '어떻게 된 셈일까?'
 손을 집어넣어 불알을 움켜잡았다. 오그라 붙은 듯이 단단했다. 하카마 속이 젖어 있다. 비 때문은 아니었다.
 나스 신고.
 그는 마에노 저택 대문 추녀 밑에 버티고 앉아 있었다.
 헌 수건 하나로 얼굴을 싸고 있다. 눈앞 어둠 속에 시골 사가와에 두고 온 아내와 두 아이의 얼굴이 자꾸만 떠올랐으나 눈을 부릅뜨고 이를 악물면서 그것을 지우려고 안간힘을 썼다.
 '이제 다시 만날 날이 없겠지!'
 두 아이의 장래는 늙은 장인 슈페이(俊平)가 돌보아 주겠지. 그렇게는 생각했지만 허공의 어둠을 노려보는 눈에 눈물이 하염없이 흐르고 있다.
 '에잇, 아비가 없어도 자식은 자란다.'
 몇 번이나 팔뚝으로 눈물을 닦았다.
 늙은 장인 슈페이는 가난뱅이 향사였지만 다소의 논밭도 있고 하찮으나마 창술 도장도 가지고 있다. 물론 먹고 사는 데는 어려움이 없겠지.
 이윽고 오비야 일가 네거리에 불빛이 떠올랐다.
 '도요로구나.'
 장소 관계로 맨 먼저 눈치 챈 것은 오이시 단조였다.
 도롱이를 벗어 던졌다.
 오이시는 무늬 있는 검정 무명옷에 역시 무명 하카마, 칼끈으로 열십자로 소매를 걷어 매고 있다. 칼은 오이시 가문에 전해 내려오는 명도로 뎀몬 스케사다(天文祐定 : 현존함).
 비젠(備前) 오사후네(長船) 제품이다. 두 자 세 치.

칼집은 주홍빛.

오이시 단조는 빗속을 달려나가 앞장서서 오는 등불을 느닷없이 쳐서 떨어뜨렸다.

'늦었다!'

나스 신고는 문 앞에서 튀어나가 빗속을 달렸다. 하카마는 입지 않았고 옷자락을 궁둥이가 보일 만큼 높이 걷어 올리고 있다.

캄캄해졌다.

오이시가 도요의 하인이 든 등불을 쳐서 떨어뜨렸기 때문이다.

"미친 놈."

도요는 찌렁찌렁 울리는 소리를 냈다. 신카게류의 면허자이다. 그것도 보통 손장난 정도의 검술이 아니다.

허리의 큰 칼도 다른 중신처럼 장식만 화려하고 속알맹이는 가느다란 '내전용(內殿用)'이 아니다.

—실전에 쓸 수 있도록.

도요가 특별히 주문해서 고치의 명공(名工) 유키히데(行秀)를 시켜 만든 두 자 일곱 치의 굉장한 장검이었다.

칼날은 폭이 넓고 등이 휘었으며 칼몸에서 뿜어 나오는 운치가 그윽하다. 키 크고 힘이 센 사람이 아니면 쓰기 힘들다. 마상(馬上)이라면 또 모르되 늘 차고 다닐 것은 못된다. 그러나 도요는 전국(戰國) 무사의 기풍을 좋아하여 칼도 마상에서 갑옷 입은 상대를 칠 수 있는 것으로 특별히 만든 것이 틀림없다.

나스 신고는 상단으로 높이 겨누고 달려 나갔다.

"모도키칫(도요의 통칭)!"

소리는 그렇게 외쳤으나 오른발이 진구렁에 빠져 조금 미끄러졌다.

"나라를 위해서다."

쌩, 내리쳤다.

도요는 칼을 뽑을 겨를이 없어 펴든 지우산으로 이를 막았다.

나스의 칼은 그 우산을 베고 도요의 왼쪽 어깨까지 미쳤으나 상처는 얕았다.

"미치광이들! 이름을, 이름을 대라!"

외치자마자 도요는 게다를 벗어던지고 맨발이 되어 세 걸음이나 뒤로 물러났다. 그때는 칼을 뽑아들었다.

"무슨 원한이냐?"

"천벌이다!"

나스는 다시 다가들어가 내리쳤다. 도요는 칼끝으로 받았다. 칼날의 이가 빠지며 불꽃이 어둠 속에 날았다.

오이시와 야스오카 두 사람은 젊은 하인과 신발 당번을 쫓아갔기 때문에 이 자리엔 없었다.

"어, 어디의."

도요는 무섭게 돌진해 들어오며 신카게류 특유의 날카로운 찌르기를 하면서 외쳤다.

"가난뱅이 향사 놈이냐."

다시 격렬한 몇 차례의 대결.

나스는 약간 몰렸다. 비가 사정없이 눈으로 흘러들어온다.

"네놈은!"

도요의 기합은 무섭다.

언저리에는 상급 무사들의 저택이 늘어서 있다. 이 도요의 목소리가 들리지 않을 리 없으련만 쥐 죽은 듯이 조용하기만 하다. 말려들어가기 싫은 모양인가.

거기에 물을 튀기면서 오이시와 야스오카가 달려 돌아왔다.

도요는 흠칫했다.
등 뒤에도 적이 있다.

야스오카는 도요의 등을 보았다.
산더미처럼 보였다.
도요는 의연한 자세로 굽힘없이 앞의 나스 신고를 겨누고 있다.
'안 되겠군.'
떨려 왔다. 칼을 상단으로 쳐들었다. 오른쪽 무릎만을 앞으로 내밀었다. 그러나 턱은 앞으로 내밀려져 나가고 있다. 엉덩이는 뒤로 처져 있고. 평소에 익힌 검법은 까맣게 잊어버리고 부랑배들이 흔히 쓰는, 두 손으로 칼을 받쳐 든 자세로
"야아!"
등을 향해 덤벼들었다.
―얍.
도요는 몸을 홱 옆으로 돌리며 쟁그렁, 야스오카의 칼을 쳤다. 야스오카는 어이없게도 두세 걸음 허공을 헤엄쳤다.
주위는 막막한 어둠이다.
도요가 달아나려고 했다면 이 순간이야말로 절호의 기회였을 것이다. 도요가 진정 인생의 달인이었다면 달아났을 것이다.
하지만 여기서 도요의 성격이 화근이 되었다. 원래가 공격적인 성격이라 만사 비정상적일 만큼 자신(自信) 있는 소유자였다.
"이 바보놈!"
도요는 칼을 높이 들었다. 비틀거리는 야스오카의 등을 찌르려고 했다. 그러나 적은 야스오카뿐이 아니었다. 앞에 나스, 등 뒤에 오이시 단조가 있다.
"도오요!"

오이시는 예의 덴몬 스케사다를 상대의 등에 때려붙였다. 도요의 등허리가 갈라졌다. 피가 뿜어 나왔다. 도요는 으악, 외치며 옆으로 쓰러지려 했다. 오이시는 힘이 지나쳐 길바닥의 조약돌까지 베고 말았다.

그 도요의 틈을 노려 지면의 나스 신고가
"요시사님, 나라를 위해 눈을 감아 주시오."
오른편 어깨로부터 내리쳤다. 벌렁 쓰러졌다. 이 한칼이 도요의 생애를 종말 짓게 했다.
"요시스케, 목을, 목을 베라."
누군가가 말했다.
야스오카는 다가가서 칼을 휘둘렀다. 그러나 사방은 칠흑 같은 어둠이다.
빗맞았다. 내리친 칼날이 탁, 턱뼈를 쳤다. 베어지지 않았다.
몇 번이고 되풀이하니 사방에 처참한 피냄새가 감돌았다. 간신히 목을 베어내 준비했던 흰 무명으로 목을 쌌다. 이 헝겊은 야스오카의 헌 훈도시이다.
―무사의 예의도 모르는가.
나중에 다케치가 화를 냈다지만 나스, 오이시, 야스오카는 하나같이 입에 풀칠하기도 어려운 가난뱅이 향사로 새 무명을 준비할 여유가 없었다.
정말 알 수 없는 운명이다. 평소 호사스런 명주옷을 걸치고 속옷까지 새빨간 비단을 입으면서 '상급 무사는 사치를 해라. 향사는 무명 말고는 입지 마라.'
엄격히 계급 차별을 강요해 온 요시다 도요가 목이 잘려 가난뱅이 향사의 헌 훈도시에 싸이고 말았다.
세 사람은 빗속을 나는 듯이 달렸다.

개가 두세 마리 피 냄새를 맡고 목을 안은 야스오카에게 자꾸만 덤벼드는 데 애를 먹었다. 야스오카는 그 개에게서 달아나기 위해 발이 허공에서 날 만큼 마구 달렸다.

이 무렵 료마는 이미 고치에 없었다.
다케치 일파의 도요 암살 보름 전인 분큐 2년 3월 24일, 어둠을 틈타 탈번하고 말았다.
형 곤페이는 소심하면서도 원래 태평한 성격이다.
닷새쯤 지나서
"오에이, 요즈음 료마가 보이지 않는데 어딜 돌아다니고 있을까?"
물었다.
오에이는 진작부터 료마의 부재를 알고 있었다.
'탈번……' 생각했으나,
"글쎄요. 아랫마을 사이타니야네에 놀러간 게 아닐까요."
"그럴까? 그놈의 바람둥이가."
그래도 걱정은 된다.
곤페이는 뚱뚱한 몸에 예복을 걸치고 가느다란 허리칼을 꽂고 친척집을 하나하나 찾아다녔다.
"어디 찾아보아야지."
요즘 살이 너무 찐 탓인지 걸어다니는 것이 괴롭다. 아직 마흔아홉인데 벌써 늙은이 같은 노쇠 현상이 일어나고 있다.
'나도 오래 못 살겠구나.'
이 온화한 맏형은 은근히 그렇게 생각했지만, 가문의 명예만은 지켜야 한다. 그것이 가명과 녹봉을 이어받은 장손 곤페이의 의무였다.

우선 곤페이의 누이 지즈가 시집간 다카마쓰 준조(高松順藏)네를 찾아가,

"지즈야."

부르면서 들어섰다.

"료마가 혹시 와 있지 않나?"

"어머, 오라버님! 안 왔어요."

지즈는 대답했다.

"그런데 오라버님, 혹시 탈번은?"

"쉿!"

곤페이가 다카마쓰네를 나와, 윗마을 사이타니야, 아랫마을 사이타니야, 나카자와, 도이, 가마다 등 친척의 집을 찾아다니고 난 뒤에는 머리가 어지러웠다.

'몹시도 덥군.'

수건을 쥐어 짤 만큼 땀을 흘리고 있다. 3월 말이라고는 하나 이 날은 마치 한여름의 더위와도 같은 기온이었다.

일단 집으로 돌아오니 꼭두새벽부터 야마키타 마을의 오토메 누님 집에 료마의 소식을 들으러 갔던 겐 할아범이 돌아와 있었다.

"나리, 도련님은 야마키타에도 계시지 않으셨습니다."

"그런가?"

'마침내 탈번이로구나.'

곤페이는 멍한 얼굴이 되었다.

료마와는 스무 살 이상이나 나이 차이가 있으나 외동딸인 하루이보다도 이 막냇동생을 사랑했던 그는, 어릴 때의 료마의 일들이 여러 가지로 생각났다.

'탈번했다면 이제 다시 돌아오지 않겠지.'

눈물이 솟았다.

'정말로 탈번할 셈인 줄 알았더라면 가보의 칼을 주었을걸. 그 녀석의 무딘 칼로는 여러모로 불편할 텐데.'

그런 생각을 하니 눈물이 하염없이 흘러나왔다. 그러나 어쩔 수가 없었다.

잠시 뒤 겐 할아범이 사이타니야 집의 점원에게서 이상한 소리를 얻어듣고 왔다.

"뭐?"

곤페이가 겐 할아범을 바라보았다.

"료마가 사이타니 산에 올라갔다고?"

"예, 틀림없이 사이타니야 댁의 점원 이시치(猪七)가 보았다고 합니다만, 서방님."

"언제 말인가?"

"그게 닷새 전인 24일(3월) 벚꽃이 거의 핀 날이라고 하던데요."

사이타니 산이란 성 밖에 있는 사카모토네 소유의 산으로 산이라기보다는 높은 언덕이라고 하는 편이 좋았다. 언덕 위까지 좁은 돌층계가 이어져 있었다.

언덕 위에 사당이 있다. 사카모토 가문의 선조인 아케치 사마노스케(明智左馬助)의 혼령과 '와레이님'이라는 신을 함께 모시고 있다. 본사당(本祠堂)은 이요 우와지마(宇和島)에 있는 와레이 신사(和靈神社)인데, 이 사이타니 산의 신령님은 그 분신인 셈이다.

향사(鄕社)가 아니다.

사카모토 가문을 위한 사당이다. 곤페이나 료마들보다도 몇 대 전의 조상이 가문의 안전을 위하여 이곳에 사설 신사를 세운 것이다.

"료마는 어떤 차림이었나?"

"예, 도련님은 어깨에 표주박을 걸머메고 계셨답니다."

"표주박을?"
"예, 서방님. 어쩌면."
겐 할아범은 깊이 생각하는 얼굴로 말했다.
"아마도 꽃놀이 가셨겠지요."
"알고 있어. 알고 있어."
곤페이도 생각에 잠겨 있다.
"동행이 있었던가?"
"혼자였답니다."
"그러나 꽃놀이로선 늦지 않을까. 사이타니 산의 벚꽃은 일찍 피는데, 벌써 졌을 게 아닌가."
"그럼요. 벌써 졌지요, 나리."
"그런데, 무슨 표주박이지?"
"글쎄요."
겐 할아범은 생각에 잠겼으나 곤페이는 벌써 짐작이 갔다.
'마침내 료마는 탈번하고 말았구나.'
료마는 탈번하기에 앞서 사카모토의 조상신에게 작별을 고하러 갔던 모양이다.
'그렇지 않고서야 그렇게도 미신이라면 질색하는 료마가 사이타니 산에 참배할 리가 없지.'
사실, 그대로였다.
료마는 탈번하는 날 사이타니 산을 올라 사당 안으로 들어가서 마음껏 술을 마셨다.
─이봐요, 아케치 사마노스케님.
마음속으로 조상의 영을 부르고 다시 와레이님의 신령에게도 말을 걸며
─사람의 인생은 짧소. 내게 왜 일을 시켜 주지 않소?

이렇게 부탁한 모양이다.

그 길로 산을 내려오자 산기슭 농가에 숨어 있는 사와무라 소노조(澤村惣之丞)와 만났다.

사와무라는 요시무라 도라타로와 함께 이미 탈번한 사나이다. 이번에 료마를 끌어내기 위해 고향땅에 잠입해 와 있는 터였다.

"료마, 행장을 차려야지."

"아냐, 표주박 하나면 족해."

돈주머니 속에는 친척인 히로미쓰 사몬(廣光左門)이라는 인물에게서 빌린 돈 열 냥이 들어 있고, 허리에는 오에이 누님의 선물인 요시유키가 있다. 그러나 하카마도 입지 않았다.

"그런 차림으로?"

"음, 이편이 사람 눈을 속이기 쉬워."

"그럼."

밤이 이슥하자 산길을 넘기 시작했다.

탈번이란 등산 같은 것이다. 특히 이 도사의 경우에는.

이 나라의 북쪽에는 시코쿠 산맥의 준령이 동서로 달리고 있다. 나라 밖으로 나가기 위해서는 모두 그 산을 넘어야 하는데, 한길에는 관문과 사람의 눈길이 있기 때문에 민가에서도 잘 수 없다. 마을 관리들이 보면 통보를 하기 때문이다.

그러니까 사잇길로 가야 한다.

자지도 않고 계속 걷기만 해서 이요 국경까지 산길 2백여 리를 산사람처럼 가야만 한다. 자기의 발만을 의지해야 하는 것이다.

"료마, 우선 미다케(御嶽) 산정까지 올라갈까?"

사와무라가 말했다. 그는 이미 탈번한 경험이 있어 길에 익숙했다.

"그러지."

료마는 홑옷 바람이다. 그 옷자락을 훌렁 벗어 올렸으나 그래도 각반과 짚신만은 신고 있었다.

두 사람은 어둠을 틈타 고치 성 서북쪽에 있는 산으로 들어갔는데 그 뒤로는 참담한 것이었다. 산허리를 기기도 하고 칡덩굴과 등나무 가지를 잡고 암벽을 기어오르기도 하여 이윽고 미다케 산 정상으로 나섰다.

"사와무라, 걸을 수 있나?"

료마는 가끔 뒤돌아봤다. 사와무라는 다리가 약했다.

"괜찮아."

이 산길은 이로부터 보름 뒤에 요시다 도요를 암살하고 탈번한 나스, 야스오카, 오이시가 지나간 길이다.

벳시(別枝) 마을이라는 곳에 이르렀을 때, 눈사태를 만나 두 사람은 그만 산골짜기로 굴러떨어졌다.

사와무라는 발을 삐었다.

"자, 내 등을 붙들어."

료마는 사와무라를 업고 깊은 골짜기에서 기어오르며 업은 채 눈이 쌓인 산을 서쪽으로 서쪽으로 걸어갔다.

"미안하다, 미안해."

그러면서 사와무라는 료마의 등에 업혀 엉엉 울었.

이 사람은 료마와는 달리 학문을 좋아해서 수학과 영어에 능했다. 뒷날 료마의 부하가 되어 해원대(海援隊) 장교로서 꽤 일을 많이 한 사람이다.

료마의 탈번은 분큐 2년 3월 24일.

도요의 암살은 그 다음달 8일.

그러나

—하수인은 혹시 혼초 거리의 향사 사카모토 곤페이의 동생이 아닐까.

이런 소문이 번의 상급 무사들 사이에 나돌았다.

그 첫째 이유는 료마가 성 아랫거리에서 손꼽는 검객이었기 때문이다.

그리고 다케치와 더불어 도사 향사들의 두목격인 존재였기 때문에 탈번한 료마에게 혐의가 가는 것은 당연한 노릇이라고 할 수가 있었다.

—아니, 료마는 요시다님의 암살보다 앞서서 탈번했소.

이렇게 변호하는 자도 있었으나

—아냐, 날짜야 속일 수가 있지. 탈번을 가장하고 잠복했다가 다음달 8일에 칼을 썼을 것이다.

이렇게 보는 무리도 있었다.

예의 도요가 암살된 그날, 성안에서 이 강의에 배석하고 물러가는 길에 해자 옆에서 도요와 헤어진 오사키 마키조는 총감찰관이었다.

그런 만큼 분한 마음이 누구보다도 더욱 강했다.

'이놈, 향사 놈들.'

게다가 오사키는 도요의 문하생이기도 했다. 뿐만이 아니다. 그는 젊은 나이인데도 도요의 발탁으로 총감찰관이란 중직에 있는 사나이이다.

도요의 발탁에 의한 이러한 새로운 관료들을 그 무렵 가신들은 '새 꼴뚜기패'라고 불렀다. 어째서 이 출세자들을 그렇게 기이한 별명으로 불렀는지, 그에 대해서 재미있는 이야기가 있으나 여기서는 줄거리에서 벗어나기 때문에 생략하기로 한다.

아무튼 새 꼴뚜기패들은 두목인 도요를 잃음으로써 상당한 타격을 받기는 했으나, 그런 만큼 복수심도 강했다.

그들은 매일 밤, 총감찰관인 오사키의 집에 모여 협의를 거듭했다.

"도요님 암살 전후에 탈번한 자는 사카모토 료마를 필두로 나스 신고, 오이시 단조, 야스오카 요시스케 네 사람이다. 하수인은 아마 이들일 것이다."

그렇게 짐작을 하고 곧 포졸들을 나라 밖으로 풀어 이들을 소탕하려고 했으나 그러던 차에 총감찰관인 오사키가 면직이 되고 말았다.

다케치가 주축이 되어 조종하고 있는 대정변이 일어났던 것이다.

도요 계통의 무사들은 번청에서 거의 파직이 되었고, 그 뒷자리에는 평소 도요로 인해 권좌에서 물러났던 중신들과 문벌가들, 이를테면 야마노우치 시모후사(山內下總), 기리마 구란도(桐間藏人), 후카오 단바(深尾丹波), 고야기 고베(小八木五兵衞), 고토 구라노스케(五藏內藏助), 야마노우치 다이가쿠(山內大學) 등이 앉았으며, 또 상급 무사로서는 보기드문 근왕파였던 고미나미 고로에몬과 히라이 젠노조가 감찰관의 자리를 얻었다.

영주는 아직 열일곱 살이다. 모든 것이 다케치의 생각대로 실현되었다.

"이로써 전번 근왕(全藩勤王)이 성취된다."

다케치는 기뻐했으나 세상은 수재 다케치의 공식대로는 되지 않는다.

에도에 '노공'이 있다. 제후 중의 호랑이라고 불리는, 은퇴한 야마노우치 요도이다. 그는 대단한 근왕당 혐오자로서 본국 정변에 노발대발하고 있었다.

추적자

고치(高知) 성에서 남쪽으로 십 리 남짓.

간다(神田)라는 산촌이 있다.

이 산촌으로 가는 도중에는 거의 길 같은 길이 없기 때문에 마을 사람들은

—간다 놈들의 발은 길이 필요 없어. 들쥐처럼 생겨 먹었으니까.

이런 욕을 하기도 했다.

그 마을에 이노쿠치(井口) 마을 태생인 이와사키 야타로(岩崎彌太郞)가 살고 있었다. 집이라야 이름뿐인 오막살이 같은 것이었다.

이해 2월, 이미 스물아홉 살이 된 야타로는, 열일곱 살 난 어린 아내를 맞았다.

오키세(喜勢)라는 눈이 시원스럽게 생긴, 영리한 여인이었다.

―메주 덩어리 같은 야타로에게도 시집 올 여자가 있었구나.

동료들이 숙덕거렸지만 이는 부러움이 섞인 뒷공론이었을 것이다. 메주 덩어리에게는 아까울 만큼 좋은 신부였다. 오키세는 가이다 마을(改田村)의 향사 다카시바 겐바(高芝玄馬)의 딸로 뒷날 미쓰비시(三菱) 회사의 3대째 사장인 히사야(久彌)를 낳은 여인이다.

이해 5월.

도요가 암살당한 날로부터 50일이 지났다.

월말에는 비가 계속 내렸다. 어느 날 밤, 해가 저물고 나서 야타로네 집 문을 두들기는 자가 있었다.

"저어, 누구신가요?"

신부 오키세가 일어서려고 했다.

"난 출타하고 없다고 해요. 밤늦게 남의 집 문을 두들기는 놈치고 변변한 볼일로 오는 놈은 없는 법이야."

방이 두 칸밖에 없는 집이었다.

야타로는 부엌에 숨었다. 실없는 부탁은 받기 싫었다. 그런 점에서 오키세로서는 놀랄 만큼 재미없고, 멋도 없는 사나이였다.

손님은 두 사람이었다.

한 사람은 바로 며칠 전까지 번의 총감찰관으로 있었던, 죽은 도요의 문하생인 오사키 마키조.

또 한 사람은 신분이 낮다. 야타로와 동료인 감찰보조 이노우에 사이치로(井上佐一郎)였다.

'이상한데.'

이노우에는 어쨌든, 오사키 같은 상급 무사가 야타로의 집을 일부러 찾아온다는 사실은 있을 수 없는 일이었다.

'아니, 오사키님이 일부러 오시다니 이거 대체 득이 될 만한 일일까, 아니면 손해나는 일일까?'

부엌에 숨어 있으면서도 야타로는 판단을 내릴 수가 없었다. 아무튼 큰 사건임에 틀림없다.

"뭐, 야타로가 없다구요?"

미닫이 저쪽에서 젊은 오사키의 목소리가 들려왔다. 실망한 빛이다.

"그럼, 부인. 돌아올 때까지 기다리겠습니다."

오사키가 말했다.

야타로는 사실, 도요 암살 전후 근왕당의 동정을 살피기 위해 열심히 일을 했으나, 도요가 횡사한 뒤에는 아프다는 핑계로 간다 마을에 틀어박혀 줄곧 관청에 나가지 않았다.

똑똑한 사나이였다. 신구 양파의 대립이 앞으로 격화될 것을 내다보고 있었다.

그러한 대립 속에 끼여서 사람들에게 실없이 원망을 듣거나 또는 공연한 손해를 본다는 것은 미련한 짓이라고 생각한 것이다.

"부인, 오늘 밤은 여기서 묵더라도 주인께서 돌아올 때까지 기다려야 하겠으니, 폐가 되겠지만 그런 줄 아시오."

'쳇, 아예 드르누울 셈이로군.'

부엌 한구석에 숨어 있는 야타로는 입장이 난처해지고 말았다. 이쯤 되니 나갈래야 나갈 수도 없었다.

야타로는 부엌 마루에 벌렁 드러누웠다. 이렇게 되었으니 모기에게 물리건 말건 여기서 누워 잘 수밖에 없다.

'오사키의 애송이 녀석, 새 내각으로부터 총감찰관직을 쫓겨났으면서도 상관 티를 내고 있구나.'

야타로는 이번의 도요 암살을 기회삼아 직책을 사임하고 원래의 낭인으로 돌아갈 셈이었다.

'나만한 사나이가 가련하게도 3년이나 말단 감찰 노릇을 해 왔단 말이야. 앞으로 100년을 근무해 보았자 낭인 출신으로서는 상급 무사로 올라갈 것도 아니고, 시시해.'

은인인 도요도 죽었다.

이제 누구에게도 구애받을 필요가 없다. 당장 천한 일자리를 그만두고 자기 재간을 살릴 수 있는 길을 찾아야 한다는 생각이었다.

—야타로처럼 이상한 놈은 없다.

다케치 한페이타는 언젠가 제자들에게 인물평을 한 적이 있다. 천성이 담대하고 초인적이며 게다가 학문에 밝은 데도, 이 사나이만은 근왕론자도 아니고 막부 지지자도 아닌 것이다. 주의(主義) 비슷한 말은 일체 입에 담지 않았다. 흥미가 없는 일이겠지.

야타로에게 주의가 있다면 철두철미 자기주의였다. 신봉하는 것은 천황도 아니고 장군도 아니고 바로 자신이었다. 그렇다고 이기주의적인 융통성 없는 인간은 아니고, 자기 스스로 넓은 세상에 이와사키 야타로만큼 뛰어난 인간은 없다고 생각하고 있다. 속으로 자기만을 믿어도 넉넉하다고 생각하고 있는 것이다.

"아니."

오사키가 고개를 기웃거렸다.

부엌 쪽에서 코고는 소리가 들려 왔기 때문이다.

"부인, 저 코고는 소리는?"

"아, 네."

오키세는 당황했다.

"쥐새끼인 모양이죠."

"예, 간다 마을의 쥐는 코까지 골고 자는군."

코고는 소리는 점점 커지고 끝내는 오키세도 감출 수가 없어져 일어섰다.

"저, 잠깐."
"어쩌면 주인이 뒷문으로 들어와서 그대로 잠들었는지도 모르겠습니다. 나가 보고 오겠습니다."
야타로는 할 수 없이 손님 앞에 나타났다.
"오, 야타로!"
"아니, 이거 오사키님 아니십니까? 잠시 어디 나갔다가 술대접을 받고 몹시 취해서 정신없이 부엌에서 그만……."
"그런가?"
손님은, 인사는 하는 둥 마는 둥 하고 말머리를 꺼냈다.
"성급한 말이긴 한데, 꼭 들어주어야 할 부탁이 있어. 요시다님의 애석한 사건이 아직도 하수인을 발견하지 못하고 있다는 사실을 자네도 잘 알고 있겠지. 새 번청은 하수인을 알고 있으면서도 모르는 척하고 찾으려고도 않고 있어. 그래서……."
오사키는 부채로 야타로를 가리키면서
"자네에게 부탁하고 싶네. 아니, 나야 이미 총감찰관직에 있지는 않지만."
지그시 야타로를 바라본다.

"야타로, 삼가 이걸 보라구."
오사키는 가볍게 주의를 주면서 자못 소중한 듯이 한 통의 편지를 펼쳤다.
"허어."
야타로는 들여다보았다.
그것도 에도 사메즈(鮫洲)의 번저에 은거하는 노공(老公) 요도(容堂)의 친필이었다.
이 무렵의 막부는 법으로는 영주 은퇴자는 번정에 대해 발언권이 없다. 그렇기 때문에 이번에 본국에서 일어난 폭력적인 정변에 대해서도 표면상 가만히 있을 수밖에 없었다.

그러나 이면공작을 할 수는 있다.

요도는 에도에서 밀사를 내려 보낸 것이다.

번청에 대해서가 아니라 도요 지지파의 상급 무사에 대해서였다.

"천하를 샅샅이 뒤져서라도 도요를 암살한 하수인을 찾아내라."

요도는 편지로 엄명을 내렸다. 그를 위한 수사비도 에도에서 내려 보냈다.

"오사키님, 잠깐 묻겠습니다만 하수인은 누구인 것 같습니까?"

야타로는 넌지시 떠보았다.

"배후는 다케치야."

오사키는 말했다. 성 아랫거리에서는 공공연한 비밀로 되어 있다.

"이 일은 노공도 잘 알고 계셔. 그러나 아무리 노공이라도 하수인을 찾아내어 움직일 수 없는 증거를 만들어 두지 않으면 다케치를 죽일 수가 없지."

"그럼 하수 혐의자는?"

"그날 밤과 그 전에 탈번한 네 사람, 말하자면 나스 신고, 오이시 단조, 야스오카 요시스케, 그리고 혼초 거리의 사카모토 아들."

"아하, 료마군요."

"그렇지."

"그런데 말씀드리긴 죄송합니다만, 오사키님은 그 사카모토를 아십니까?"

"몰라!"

뭐 그 따위 조무래기 향사쯤 내가 알 수가 있나, 하는 얼굴이었다.

"그렇다면, 오사키님. 의심하시는 것도 무리가 아닙니다만, 그 사나이는 보통이 아닙니다. 사람을 죽여서 한때 정권을 잡으려고 하는 못난 소인(小人)은 아닙니다."
"야타로, 말을 조심하는 게 좋을 거야."
옆에서 동료인 이노우에가 충신이나 되는 것처럼 말했다.
"이 사실에 대해서 상급 무사 여러분이 몇 번이나 밀회를 거듭하시고 숙의 끝에 얻은 결정이야. 우리의 일은 그들을 잡느냐 베느냐, 그것만으로 족하단 말이야. 오늘 밤에는 그 일로 왔어. 꼭 받아들이도록."
'흥, 상급 무사의 개가 되란 말인가?'
야타로는 눈알을 부라렸다.
'재미있겠군' 생각도 했다. 상급 무사 일당의 개가 되는 것뿐이라면 거절하겠으나 은퇴한 요도 공께서 친히 하는 말이라면 일의 성격이 다르다.
'해 볼까?'
이렇게 생각했다. 요도 공의 귀에 자기 이름이 알려진다면 앞으로 어떤 길이 열릴는지 모른다.
"맡아 보지요. 출발은 언제쯤이 좋을까요?"
기백이 철철 넘치는 듯한 얼굴로 물었다.

한편 료마는, 배편으로 조슈 미다지리에 이르렀다. 료마는 작은 배로 부두에 닿자마자 천하에 뛰어드는 듯한 기분으로 물에 발을 올려놓았다.
"이봐, 사와무라."
소노조를 불렀다.
"드디어 왔군. 이제부터 어디로 가지? 좋은 방향으로 데려다 주게."

"가만가만, 흥분하지 마라!"
사와무라는 제법 료마를 달랬다.
그리고,
"천하의 길잡이는 요시무라 도라타로야. 그놈이 어디 있는지 찾아내지 않고는 아무것도 알 수가 없어. 우선 요시무라부터 찾자."
두 사람은 걸음을 내딛기 시작했다.
정말 어처구니없는 노릇이다. 모처럼 탈번을 해서 '지사(志士)'가 된 셈이지만 앞으로 무엇을 해야 좋을지 알 수가 없다.
"시모노세키로 가야 요시무라의 행방을 알 수 있을 것 같아."
"그래?"
료마는 기쁜 모양이었다. 앞서 탈번을 하여 천하의 지사들과 교제하고 있는 요시무라가 그들의 동지로 자기를 넣어 주겠지.
요컨대 료마, 사와무라의 탈번은 우젠(羽前) 낭인 기요카와 하치로, 지쿠고(筑後)의 마키 이즈미(眞木和泉), 지쿠젠의 히라노 구니오미(平野國臣) 등의 지도에 의한 교토 의거에 참가하는 것이었다. 이 막부 타도의 의거에는 대책사(大策士) 기요카와다운 비책이 있어서, 규슈 방면의 낭인들이 지금 연이어 교토와 오사카를 향해 올라오고 있는 중이었다.
그들은 사쓰마 번의 군사를 기다리고 있었다.
사쓰마 번의 사실상의 영주 시마쓰 히사미쓰(島津久光)가 군사 1천여 명을 이끌고 교토로 올라와 교토의 천황을 배경으로 삼아 막부의 정사(政事)를 바로잡는다는 것이었다.
그 히사미쓰를 막부 타도파 낭인단이 오사카나 후시미(伏見)에서 기다렸다가 옹립해서 일제히 교토를 중심으로 군사를 일으키자는 것이었다.
물론 히사미쓰는 그 수단에 넘어가지는 않는다. 이 무렵 막부는

추적자 47

아직도 강력하여 히사미쓰는 막부를 대적할 생각이 추호도 없었으며, 이번 상경도 무력을 배경으로 에도 정권에 대해 강력한 발언권을 가져 보리라는 것뿐이었다.

사쓰마군 1천여 명은 3월 16일, 가고시마(鹿兒島)를 출발하여 고쿠라(小倉)로 나가 거기서 번선 덴유마루(天祐丸)를 타고 세도 내해(瀨戶內海)를 동으로 달려 료마 등이 조슈 미다지리에 이르렀을 무렵에는 벌써 하리마(播磨)의 무로쓰(室津)에 입항하고 있었다.

앞서 적은 기요카와, 마키, 히라노 등의 낭인단은 오사카의 사쓰마 저택에서 기다리고 있었다. 사쓰마 번으로서야 귀찮은 존재였으나, 그들을 건드려서는 안 되는 일이었기 때문에 우선 번저 안에 있는 행랑채 하나를 비워 숙사로 제공했다.

사쓰마의 꾀주머니 호리 지로(堀次郎)의 계책에서 나온 조처로 보기 좋은 연금(軟禁)이라고 해도 과언이 아니다.

그러나 료마와 사와무라는 그런 정세를 전혀 모르고 교토, 오사카와는 반대인 시모노세키로 가는 길을 서두르고 있었다.

시모노세키에는 영주 모리(毛利)공으로부터 성명사용과 칼 차기를 허락받은 거상(巨商) 시라이시 쇼이치로(白石正一郞)라는 괴상한 인물이 있었다.

괴상하다는 것은, 장사치이면서도 이 시대에는 보기 드문 근왕 양이 지사로서 조슈의 과격 지사를 비롯하여 여러 번의 탈번 낭인들을 감추어 주기도 하고, 재워 주기도 하며 또한 자금을 제공하기도 하는 배후의 힘이 되고 있었다.

요시무라는 이 시라이시 집에 묵고 있었으니까 그곳에 가 보면 알 수 있으려니 하는 생각이었다.

시모노세키에 도착했다.

시라이시는 산요(山陽) 가도에서 제일가는 운선업(運船業)의 도매상이었다. 조슈의 금고라는 말을 듣느니만큼 이 별장만으로도 영주들의 성채를 보는 느낌이었다.

"굉장한 저택이로군."

료마는 감탄했으나 집이 너무 커서 들어갈 기분이 나지 않았다. 어쩐지 겁이 났다.

"이봐, 소노조. 자넨 이전에 이 집에 머물렀으니까 집주인을 잘 알 테지. 들어가서 도사의 요시무라가 어디 갔느냐고 물어보고 오게나. 난 여기서 기다리고 있을 테니까."

"사카모토 형!"

사와무라는 난처했다.

당사자 료마는 한길에 주저앉아 버렸다. 그런데 그런 료마를 친구로 알았는지 저편에서 송아지만한 붉은 개가 어슬렁어슬렁 나타나 지나치려고 했다. 개는 힐끔 뒤돌아보았다.

"야, 붉은 개야!"

료마는 개를 불렀다. 그러자 개는 이상하게도 낯익은 듯이 다가왔다. 료마는 개를 잡아당겨 놓고,

"소노조, 이놈하고 놀고 있을 테니까."

사와무라는 어처구니가 없어 혼자 안으로 들어갔다.

"도사의 사와무라라고 전해 주시오."

사와무라는 하녀에게 이른 다음 대야에 담아온 물로 발을 씻고 있으려니까 곧 주인인 시라이시가 직접 현관으로 나타나,

"자, 어서 들어오십쇼."

상냥하게 객실로 안내했다. 얼굴이 흰 학자풍의 인물로 머리는 상인 모양으로 빗고 있었으나 단정하게 하카마까지 입고 있다.

"시모노세키에 호협한 상인이 있다."

이 말은 그때 천하의 평판이 돼 있었다. 전국의 지사로 시모노세키를 통과하는 자는 꼭 이 시라이시 집에 묵었다. 시라이시는 걸인과도 같은 지사들을 극진히 대우하며 돈도 주었고, 조슈 번에 들어가 말이라도 해 보겠다는 자에 대해서는 중개역도 해 주었다.

"아, 요시무라 도라타로님 말씀인가요?"

시라이시는 말했다.

"유감스럽게도 벌써 10일 전에 교토, 오사카 지방으로 떠나셨습니다. 뒤쫓으려면 내일 아침 시모노세키를 떠나는 저희 배가 있으니 그걸 타시면 어떻겠습니까?"

"그렇습니까."

사와무라는 낙담했으나 뒤쫓아 가도 거기까지에는 충분히 시간이 있을 것으로 알고 부탁했다.

"그럼 그 배에 두 사람을."

"두 분입니까?"

시라이시는 의아스런 표정을 지었다. 사와무라 옆에는 아무도 없다.

사와무라는 까닭을 말했다.

"정말, 겸손하신 분이시군요."

시라이시는 밖으로 나갔다.

그러나 놀랍게도 붉은 개, 흰 개, 튀기, 검둥이 등 이삼십 마리의 개에게 둘러싸여 개새끼처럼 길바닥을 엉금엉금 기고 있는 몸집 큰 무사가 있지 않은가.

'미친 사람이 아닌가.'

처음으로 료마를 본 시라이시는 그렇게 생각했다고 한다.

그날 밤 료마와 사와무라는 이 협상(俠商) 집에 묵었다.

"묘한 분이로군."

시라이시는 자기 방으로 돌아와 아내에게 길에서 본 사건을 이야기해 주었다.

"글쎄 붉은 개와 장난을 하고 있지 않겠소."

"어머, 붉은 개하고요?"

부인도 놀랐다.

'아카'라고 부르는 붉은 털의 그 개는 이 시모노세키 바닥에서도 사납기로 이름난 떠돌이 개가 아닌가.

"아카가 강아지처럼 땅바닥에 몸을 비비대며 기뻐하고 있더군. 아카뿐만 아니야. 그분 둘레에 개들이 잔뜩 모여 있었는데 정말 이상한 분이야."

"개를 좋아하시는 분입니까?"

"아냐, 나도 이상해서 물어 보았더니—난 개 같은 건 좋아하지 않소…… 심한 도사 사투리로 대답하더군. 그런 다음 저녁을 먹을 때 천하의 형편을 이야기했는데 눈을 빛내며 내 이야기만 들을 뿐 아무것도 모르더군. 이 집에 꽤 많은 지사를 재워주었지만 그렇게 아무것도 모르는 분은 처음 보았어."

그러나—

시라이시는 말을 이었다.

"굉장히 끌리는 분이야."

"호호호, 그럼 당신도 개하고 똑같은 사람 아녜요?"

"그렇지. 개도 느끼는 매력을 사람이 느끼지 못할 리가 있나. 그분은 앞으로 분명히 큰 인물이 될 거야."

"사카모토 료마라고 하셨지요."

아내도 그 괴이한 이름을 마음에 새기는 듯한 표정으로 고개를 끄덕였다.

료마와 사와무라는 다음날 아침 배를 탔다.

도중 파도가 일었다.

대피하기도 하고, 또 그런가 하면 시아쿠(鹽飽)군도 근처에서는 이상한 무풍 상태를 만나 며칠 동안이나 바람을 기다리기도 하면서 셋쓰 니시노미야(西宮)에 도착한 것은 분큐 2년 4월 20일이었다.

"사와무라, 우리가 늦을는지 모르겠군."

어지간히 태평한 료마도 염려스러운 듯이 말했다.

"아무튼 사카모토님."

벌써 사와무라는 료마의 부하 같은 말투였다. 이 사나이도 긴 여행 동안 시모노세키의 '아카'처럼 돼 버린 것일까.

"요시무라 도라타로는 찾아야 합니다. 오사카의 조슈 저택에 물어보면 알 수 있겠지요."

"그럼 빨리 가자."

오사카로 들어가 조슈 저택을 찾아갔다.

—도사의 요시무라 도라타로는 한때 오사카 번저에 머물렀으나 교토로 갔소. 교토의 우리 번저에 잠복하고 있을 것이오.

이런 말이었다.

"또 한발 늦었다."

사와무라는 발을 동동 굴렀으나 벌써 해도 저물었다.

할 수 없이 신사이 다리(心齋橋) 근처에 사와무라가 잘 아는 여관이 있다고 해서 그 집에서 묵었다.

"이곳은 니시나가보리(西長堀)의 도사 번저와 가깝지요. 번의 관리들에게 잡히면 큰일입니다. 사카모토님, 외출하지 마십시오."

사와무라는 료마에게 주의를 시켰으나 료마는 신사이 다리의 번화한 거리에 정신이 팔려 있었다.

료마는 거리로 나갔다. 원래 호기심이 강한 성격이다. 그리고 무사로 자랐으면서도 상인들의 번잡한 내왕을 구경하는 것이 매우 좋았다.

'이건 굉장하구나.'

마음이 들떠 오는 것 같았다.

신사이 다리에서 동쪽 준케이 거리(順慶町) 신마치 다리(新町橋)에 이르는 세 마장쯤의 거리는, 밤이 되면 길 양편에 휘황한 불빛이 반짝이는 가운데 노점이 서고, 네거리마다 뜨내기 장사꾼들이 들끓고 오가는 사람들이 끊일 줄 몰랐다.

료마는 검은 무명옷에 가죽빛 하오리를 걸치고 미다지리에서 산승마용 하카마를 입고서 칼을 아무렇게나 찌른 채 장사치들 사이로 걸어갔다.

"재미있구나."

한 군데, 또 한 군데 가게의 물건들을 들여다보면서 자연 얼굴에 웃음이 번져갔다.

수북이 담아 주는 메밀국수.

군만두.

신사이 다리 명물인 대접술.

날두부 무침.

된장 바른 두부 구이.

뱀장어 구이.

닛타(新田) 가게의 살담배.

오기(扇) 가게의 머릿기름.

그림 장수.

─자아, 살짝 들춰 보세요.

지나가는 사람들을 불러대는 음서(淫書) 장수.

'허어!'

료마가 감탄한 것은, 여기저기 네거리에서 벌어지는 만담극 공연의 흉내 내기, 강담(옛이야기) 따위로 사람을 끌어모으고 있는 광대패들이 많다는 점이었다.

'과연 에도와는 달리 상업 도시로구나.'

료마는 생각했다. 오사카에도 극장이 있지만 거기 가려면 입장료가 필요하다. 그래서 이런 값싼 노천극장이 많다.

"역시 고장마다 다르군."

이런 구경을 사환이나 직공들뿐만 아니라 가게 주인들까지 하고 있는 것이다. 인색하다고나 할까, 생활의 재미를 알고 있다고나 할까. 아무튼 에도나 다른 나라의 성 아랫거리에는 없는 독특한 풍경이었다.

료마가 신사이 다리 모퉁이에서 수도승 차림의 사나이가 손금을 보고 있는 것을 사람들 틈으로 멍청이 들여다보고 있을 때였다.

"사카모토님."

등 뒤에서 나지막한 목소리로 부르는 자가 있었다.

"누구냐?"

뒤돌아보자 굵은 눈썹, 날카로운 눈매, 유난히 입이 큰 무사가 웃지도 않고 서 있다.

"오, 자네 이와사키 야타로가 아닌가."

반가운 듯이 다가갔다. 하지만 야타로는 애교 없는 얼굴로 뒤로 슬슬 물러난다.

"야타로, 무엇하러 오사카에 왔나?"

"무엇하러?"

야타로는 질려 버렸다.

"나는 보조 감찰로서 그대를 잡으러 왔다. 저 네거리에 동료가 있다. 어명이다. 점잖게 번저로 따라와."

'아, 난 탈번한 죄인이었지.'

대뜸 그런 생각이 들었으나, 물론 야타로 따위가 백 명이 온들 료마는 콧등의 모기만큼도 생각하지 않는다.

료마는 사람 울타리를 빠져나갔다.

야타로는 료마의 기습을 경계하여 대여섯 걸음이나 떨어져 빈틈없이 주시하고 있다.

"야타로, 여전히 괴상한 낯짝이로구나."

료마는 도사 사투리로 웃었다.

"따라와!"

야타로는 웃지 않는다. 하기야 료마는 이 사나이가 웃는 얼굴을 본 적이 한 번도 없다. 이만큼 애교가 없는 얼굴을 들고 다니는 사나이도 세상에 드물 것이다.

료마는 나가보리 강(長堀川)의 기슭을 따라 서쪽으로 걷기 시작했다.

다리가 많았다.

신사이 다리에서부터 사노야 다리(佐野屋橋), 스미야 다리(炭屋橋), 요시노야 다리(吉野屋橋), 우와지마 다리(宇和島橋), 돈다야 다리(富田屋橋), 돈야 다리(問屋橋), 시라가 다리(白髮橋) 순으로 다리를 8개나 지나 아홉째인 가쓰오자 다리(鰹座橋)에 이르면 그곳에 도사 번의 오사카 저택이 있다. 탈주자인 료마로서는 염라대왕청이나 같은 곳이다.

료마는 다섯 번째인 우와지마 다리 모퉁이에 이르자 홱 몸을 돌렸다.

야타로는 펄쩍 물러났다.

"료마, 관리를 베면 고향의 곤페이님에게까지 화가 미친다."
"베진 않는다."
료마는 사방을 휘둘러보았다.
양쪽 기슭의 늘어진 상가에서 흘러나온 불빛이 물 위에 하늘하늘 흔들리고 있다. 길은 어둡고 사람의 내왕은 없었다.
료마의 오른편에 야타로와 동료인 이노우에 사이치로가 칼손잡이에 손을 대고 있다. 숨소리가 거칠었다. 공명심에 들떠 있다. 료마를 붙잡든가 죽이면 보조감찰직에서 조금이라도 출세하는지 모른다.
"당신은 이노우에라는 사람인가? 처음 보는데 쥐새끼같이 생겼군 그래."
"료마, 어명이다. 점잖게 묶여라."
"점잖게 하고 있잖아."
"고치에서 참정 요시다 도요님을 베고 도망친 놈이 너지."
'아, 도요가 피살됐군.'
료마 쪽이 오히려 놀랐다. 나스 신고의 날카로운 얼굴이 눈에 선했다. 동시에 다케치의 침울한 얼굴이 료마의 뇌리를 스쳐갔다. 아마 본국에서는 대소동이 벌어졌겠지.
"그럼 너희들은 누가 보냈나?"
다케치가 실권을 잡았다면 자객 체포의 포졸을 보낼 리가 없지 않은가.
"에도의 노공이야."
이노우에가 히죽 웃었다.
"료마, 들어라. 다케치 일파가 나이 어린 군주를 옹위하여 국정을 혼란시키고 있는데, 에도의 노공께서 가만히 있을 리가 있겠는가. 아무튼 너희 악당들을 일망타진할 것이다."
"악당들이라?"

료마는 머리를 긁적거렸다.
"야, 쥐새끼. 난 도망치겠다."
"아, 이와사키, 뒤로 돌아라. 조심해."
이노우에가 펄쩍 몸을 솟구치며 도사 특유의 기다란 칼을 뽑았다. 이 사나이는 무가이류(無外流) 면허를 가진 자로 칼솜씨에 충분한 자신이 있다.
'그러나 료마를 상대로는 무리야.'
야타로는 칼을 뽑는 대신, 짚신을 벗어 허리띠에 꽂았다. 형세에 따라서는 도망갈 셈이다.

"허어, 맞설 셈인가?"
료마는 우와지마 다리의 남쪽 난간에 몸을 기댔다. 언제든 칼만은 뽑을 수 있게 해 두었다.
재미있는 것은 이와사키 야타로였다. 도망칠 준비만은 했으나 나중에 동료인 이노우에의 고자질이 귀찮았다.
할 수 없이 사와무라의 등 뒤로 돌아 형식상 칼을 뽑긴 했다. 칼을 겨냥하자 평소에도 못생긴 얼굴이 불이라도 내뿜을 듯한 무서운 얼굴이 되었다.
"야타로, 뽑았나? 자네도 꽤 갸륵하군그래."
료마는 악의 없이 감탄했다.
"그러나 아깝다. 자네는 더러운 졸개가 되어 상급 무사들의 턱끝으로 부려 먹힐 사나이가 아니다. 천하는 움직이고 있어. 이왕 죽을 바에야 료마의 칼을 맞고 죽기보다는 일본을 위해 죽지 않겠나? 자네에게는 도사 땅이 너무 좁단 말이다."
무슨 수작이냐 탈번한 놈이, 하는 표정을 야타로는 지었다.
원래 야타로에게는 국사에 분망할 흥미는 털끝만큼도 없다. 어느 편인가 하면 지사인 체하는 다케치 한페이타 따위가 제일 싫었다. 그렇다고 해서 도사 번에서 앞길이 뻔한 출세를 하려고 생각하는 것도 아니다. 그렇다면 남달리 넘치는 에너지를 도대체 어디를 향해 쏟을 것인지, 그 자리를 찾는 데 고민하고 있다는 것이 야타로의 지금의 심경이었다.

"이봐 야타로, 자네는 옛날 아키 군(安藝郡)의 감옥에 갇혀 있을 때 무사 노릇을 그만두고 천하의 돈을 긁어모으겠다고 했었잖아."

"그랬다. 왜?"

"난 말이야, 막부를 쓰러뜨린다."

―이 반역자가!

이노우에가 소리를 버럭 질렀다. 그러나 료마는 태연했다.

"너는 장사를 해라. 앞으로의 장사는 나라를 위하는 일이다. 상인으로는 감당하기 힘들어. 무사의 눈으로 천하의 장래를 통찰한 상업이 아니고서는 장사할 수 없다. 그런 시대가 온다."

'딴은 좋은 말을 하는걸.'

생각은 했으나 야타로는 칼 손잡이가 부서져라고 칼을 꽉 쥐고 방심하지 않는다.

"난 가와다 쇼류(河田小龍)에게 들어서 알지만 미국, 영국, 네덜란드에서는 장사꾼들이 큰소리를 친다더군. 무사도 평민도 차별이 없다는 거야. 하물며 도사처럼 상급 무사니 향사니 하는 것도 없고, 미국 같은 나라는 장군을 선거로 뽑는데, 상인이라도 표만 많으면 장군이 될 수 있대. 그것과 비교하면 도사의 상급 무사와 향사들의 싸움 같은 건 코딱지 같은 거야."

"이, 이놈이?"

이노우에는 칼을 휘둘렀다. 이끌린 듯이 야타로도 칼을 휘둘러왔다. 잡담은 잡담이고, 일은 일이라는 모양인가.

료마는 번쩍, 칼을 휘둘러 이노우에의 칼을 때려 떨어뜨렸다. 이노우에는 오른쪽 어깨를 칼등으로 호되게 맞고 주저앉아 버렸다.

'야타로는?'

사방을 살펴보았다. 벌써 혼이 나서 도망친 모양이다.

야타로가 구로에몬 거리의 하숙에 도망 와서 목덜미의 땀을 닦고 있는데 이노우에가 퍼렇게 질려서 돌아왔다.

"이와사키, 비겁하지 않나."

봉당으로 들어서며 무섭게 소리쳤다. 이 하숙집은 숯 소매상으로 봉당에 숯섬이 쌓여 있다. 이노우에는 그 숯섬 사이를 지나 별채에 있는 이와사키에게 또 한 번 고함을 질렀다.

"비겁하게 뭐야. 동료를 위험한 지경에 내버려 두고 혼자 도망치다니 무슨 짓이야."

"하 참, 당신도 함께 도망쳤어야 했어. 처음부터 무리한 일이었어. 앞으로도 아무리 덤벼들어도 그놈을 죽일 순 없어."

"그럴수록 쓰러뜨려야 해. 무사가 아닌가."

"난 말이야, 할 수도 없는 노릇을 감행하며, 공연히 비장해하는 그런 무사도는 싫어. 그 녀석은 검술의 명인이야. 그런 놈에게 우리 같은 풋내기가 달려들어 무엇이 되겠나."

"나는 무가이류의 면허를 얻었다."

"단수가 다르지."

야타로는 코웃음 치듯이 말했다.

"무례하지 않나."

"무례? 말도 쓰는 장소에 따라 다르다. 이건 예의나 법도에 대해서가 아니라 무도(武道)에 대해서 말하는 거야. 이노우에, 냉정해야 해."

"이와사키, 난 자넬 잘못 보았어. 자네는 이노쿠치 마을에서 싸움꾼 야타로라는 별명까지 붙었고, 부근에서 소문난 독종이라고 들었는데."
"아주 밉상이었지."
"그런 자네가."
"잠깐, 이 이와사키 야타로는 때를 만나면 1천만 명이 상대해 온다 해도 하겠다. 만일 그것이 이길 수 있는 싸움이라면 말이야. 그러나 지는 싸움이라면 한 사람이 상대라도 나는 도망쳐."
"난 그게 비, 비겁하다고, 말한 거야."
"아냐, 난 그리고."
이와사키는 마른침을 꿀꺽 삼켰다.
"그놈은 영 못 당하겠어."
어쩐지 료마는 질색인 것이다.
첫째로 료마가 도요를 암살한 하수인은 아니라고 보고 있다.
'그 녀석이 그런 백정 같은 짓을 할 리가 없다. 나스, 오이시, 야스오카 등과는 인간의 격이 다르다.'
그렇게 생각했다.
어딘지 얄미운 놈이라는 생각은 늘 가지고 있었지만, 그런 감정과는 별도로 야타로는 자기만큼 료마를 이해하는 자는 없다고 생각하고 있다.
'분하지만 그 녀석은 나보다 인간이 잘났어. 그놈이 나보다 뛰어난 점이 한 가지 있지. 이상하게도 인간이라는 생물에 대해 정다움을 가지고 있다는 점이야. 장차 료마의 그런 성격을 사모하여 만인이 료마를 떠받들 때가 올 것이다. 료마는 분명 큰일을 해치울 것이다. 내겐 그런 것이 없다. 결국 나는 혼자 외롭게 달리는 말일 거야.'

야타로가 료마를 얄밉게 생각하는 것은 료마의 그러한 장점에 대한 질투일 것이다. 그것 말고는, 야타로는 인간으로서의 료마와 놀라울 만큼 비슷한 점이 있다. 닮은 점이 있기 때문에 더욱 싫어하는지도 모른다.

 오늘 밤, 우와지마 다리에서 료마는 자기를 베지 않았다. 도망치게 해 주었다.

 야타로는 또 은혜를 입은 꼴이 된 것이다.

 "이노우에, 난 도사로 돌아가겠어."
 야타로는 말했다.
 이노우에는 움찔했다.
 "이와사키군, 점점 더 걷잡을 수 없는 겁쟁이가 되는군. 오늘 밤 료마에게 당한 것이 그렇게도 무서웠던가."
 "글쎄, 해석이야 어떻게 하든 자유다."
 야타로는 유들유들하게 말했다.
 사실 이러한 임무의 포기는 료마에 관한 사건만이 이유가 아니었다. 야타로는 이노우에와 함께 오사카와 교토를 돌아다니는 사이에, 이노우에의 눈에 보이지 않는 것을 똑똑히 보았다. 사쓰마, 조슈를 중심으로 하는 근왕 양이파가 의외로 큰 세력을 가지기 시작했다는 사실이었다.
 동시에 막부의 위력이 크게 감퇴했다는 사실이다.
 야타로는 주의를 따르는 자도 아니고 천하 국가에 대해서 지사인 체하며 비분강개하는 인사도 아니지만 시세를 보는 눈은 이상할 만큼 날카롭다. 아마 막부의 요인, 재야의 논객, 나아가서는 천하의 지사로 자처하는 사람들 가운데서 이 도사 번의 무명 감찰보조인 이와사키 야타로만큼 날카로운 시국안(時局眼)을 지닌 자도 드물 것이다.
 야타로의 날카로운 시국안은 지금 비롯된 것은 아니다.
 스물한 살 때, 이 사나이는 번사 오쿠노미야 슈지로(奧宮周二郎)라는 자의 종자가 되어 거의 무일푼으로 에도에 나가 아사카 곤사이(安積艮齋)의 문하에 들어가 학문을 닦았다.
 이 우물안 개구리 같은 시골 청년은 학교 선배를 따라 에도 시내를 구경했고, 마루노우치(丸內)를 지나갔다.
 마침 그날은 15일의 의식이 있는 날로 에도에 있는 여러 영주들이 장군에게 문안을 드리기 위해 등성하는 날이었다.
 "어떤가, 꽤 장관이 아닌가?"
 학교 선배는 에도 명물인 영주의 행렬을 자기 일이기나 한 듯이 자랑을 늘어놓았다.
 그는 야타로를 다쓰노구치(辰口)로 끌고 갔다. 그곳에서는 행렬이 잘 보였기 때문이다.
 길가에 서성대고 있자니 계속 행렬이 지나간다.
 과연 훌륭한 것이었다. 들어 섰거라, 물러나거라, 하는 벽제 소리가 지나가자 기치, 창, 검, 금박 무늬의 상자와 금빛 그림으로 장식된 화려한 가마, 말, 그 앞뒤를 묘한 걸음걸이로 걸어가는 행렬의 무사들을 보면서 안내하던 선배는 흥분하고 있었다.
 "어떤가? 고향에 가면 좋은 이야깃거리가 되겠지?"
 그러나 야타로는 싸늘한 눈으로 보고 있었다.
 '어리석은 노릇이다. 막부와 영주들이 망하는 날도 멀지는 않을 것이다.'
 뱃속이 떨리는 듯한 느낌으로 그런 생각을 했다.
 영주 행렬 따위는 에도 문화가 만들어 낸 기괴하기 짝이 없는 광경이지만 이것을 우스꽝스럽다고 생각한 것은 그때 내항한 외국인

말고는 없었다.

오직 한 사람, 일본 사람 가운데서 찾는다면 이 도사의 산속에서 나온 야타로밖에는 없었을 것이다.

'이 따위 어리석은 짓을 하고 좋아하는 막부, 영주는 틀림없이 자멸한다. 자멸하지 않으면 외국의 손에 망할 뿐이다.'

"난 도사로 돌아간다."

시국을 거스르는 것은 손해다. 야타로는 그날 밤 하숙을 떠나 덴포 산(天保山)의 나루터 여인숙으로 갔다. 이때 야타로가 계속 감찰보조직으로 활약했다면 메이지 정부는 그로 하여금 미쓰비시(三菱) 회사를 일으키게 하지 못했을 것이다.

이노우에는 남았다.

이노우에 사이치로만은 남았다.

키가 작달막하고 잔재주가 있는 그는 결국 감찰보조직 정도가 고작 알맞은 사나이다. 시국에 대한 아무런 이상도 없었다.

하급 관리다운 공명심이 불타고 있을 뿐이었다.

'하수인을 잡든가 죽이면 좀더 출세를 할 수 있을 텐데.'

고향에는 처자가 있다.

아내에게도 그런 말을 하고 이와사키와 함께 교토 방면으로 올라왔다.

그런데 오사카에는 도사 번저가 둘 있다.

하나는 에도 초기부터 도사 산물인 쌀, 해산물, 종이, 목재 등 물산의 집산을 맡고 있는 니시나가보리(西長堀) 강가에 있는 번저. 이 집은 족히 만 평은 될 큰 번저이다. 그러나 무역을 관장하는 관청에 지나지 않는다.

또 한 곳은 최근에 마련된 군사 전문의 번저이다. 스미요시(住

吉) 마을에 있다.

막부에서 얻은 땅에 세운 것으로 부지는 1만 79평 7홉 5작. 바닷가에 면했고 그 구조는 거의 성곽이라고 해도 좋았다.

도사 번에서는 '스미요시 진영'이라는 통칭으로 부르고 있었다.

막부가 외국 육전대(陸戰隊)의 사카이(堺) 상륙에 대비해서 짓도록 한 것이다. 죽은 도요가 막부에 아부하기 위해 필요 이상의 경비를 들여 건조했다. 무장도 상당한 것으로 연안에 포대를 만들고 진중에는 네덜란드에서 구입한 게벨 총 5백 자루를 준비했고, 진영 지휘관에 중신급 무사를 두었으며 가신 5백 명을 수용하고 있다.

이노우에는 구로에몬 거리의 하숙에서 이 스미요시 진영으로 날마다 놀러 갔다.

진영에는 이노우에의 고향에서 상관이었던 감찰보조 후쿠토미 겐지가 체류하고 있었다. 후쿠토미는 상급 무사로 에도에서 교신아케치류(鏡心明智流)를 수업하여 면허를 얻은 자이다. 에도에 있을 때 료마와 시합하여 여지없이 패한 자가 바로 이 사나이다.

죽은 도요에 의해 발탁된 예의 '새 꼴뚜기패'라고 불리는 수재 관료 중의 한 사람이었다.

그러므로 다케치 일파인 근왕당의 횡포를 이 사나이만큼 미워하고 있는 자도 없다.

"사이치로, 알겠나. 언젠가 에도 노공의 지시로 근왕당의 정권은 뒤집혀지고 만다. 지금 도요 선생의 하수인을 잡기만 한다면 출세는 네 마음대로야."

사이치로에게 바람을 집어넣었다.

후쿠토미 등 죽은 도요 계열의 잔당으로서는, 강변의 자갈을 뒤져서라도 하수인을 잡아야 한다. 잡아서 그들의 배후 관계를 자백시킨다. 배경은 다케치 한페이타라는 사실은 명백하지만 증거가 필요한 것이다.

그 증거만 있다면 다케치와 그에 동조하는 내각의 요인들은 하루아침에 죄인으로 전락할 것이고, 도요 계열의 관료들은 되살아날 수가 있는 것이다.

"잘 알고 있습니다."

이노우에는 자못 억척스러워 보이는 눈을 커다랗게 뜨고 고개를 끄덕였다.

그런데 그들에게 참으로 두려운 적이 이 진영 안에 있다는 사실을 이노우에는 모른다. 졸개, 사람백정 이조(以藏)이다.

사람백정 이조.

물론 오카다 이조(岡田以藏)는 이 무렵 아직 사람백정이라는 별명을 가지지는 않았다. 이 사나이가 교토 지방에서 막부파 인물을 마구 죽이기 시작한 것은 조금 뒤의 일이다.

그러나 풍모는 더욱 광포해졌다. 일찍이 료마를 오사카 고마 다리에서 죽이려다가 거꾸로 궁지에 몰렸던 때보다도 더욱 검기(劍技)가 숙달되어, 스승 다케치로부터 목록(目錄) 면허까지 받았다.

"이봐, 제군들!"

이조는 그때 지사들 사이에 유행하던 말로 동료들에게 의논을 걸었다. 이조는 졸개의 신분이면서도 다케치의 제자가 된 인연으로 다케치의 근왕당에 들어가 완전히 지사를 자처하고 있었다.

이조에게는 학문도 지혜도 없다.

다만 스승 다케치에 대한 맹종뿐이다. 다케치의 근왕 양이교(敎)의 광신도라 해도 좋았다.

신앙뿐만이 아니다.

다케치 근왕당은, 다시 말해서 도사 번 내의 하급 무사들의 결사

(結社)이기도 하다. 그 결사가 번 정권을 장악하게 되면 지금까지

"졸개, 졸개."

이런 소리를 들어가며 남에게 천대를 받고 있던 신분에서 어쩌면 벗어날 수 있을는지 모른다.

그러면 공명.

이조는 원래 유달리 공명심이 강하다. 의논 장소는 스미요시 진영 안의 하급 무사들의 처소이다.

스미요시 진영의 건물 부지의 광대함은 앞서 언급했지만, 진영 안에서도 상급 무사를 수용하는 건물과 하급 무사(향사, 졸개)의 건물은 따로 구별되어 있었다.

하급 무사용 건물은 '어전(御殿)'이라고 부르는 건물 오른편에 있는데, 건평 72간의 큰 이층 건물이다.

그중의 한 방.

이조는 세 동료들과 그곳에서 담소하고 있다. 동료는 히사마쓰 기요마(久松喜代馬), 다우치 기타지(田內喜多治), 무라다 주사부로(村田忠三郞). 모두들 때 묻은 무명옷을 걸치고 있었다.

"임자들은 눈치 채지 못했나? 고향에서 올라온 감찰놈 이노우에 사이치로와, 이와사키 야타로 두 놈이 무슨 까닭으로 나가보리의 저택에서 자지 않고, 이 스미요시 진영에도 묵지 않고 시내에 하숙을 정하고 때때로 진영에 놀러 오는지를. 눈초리가 보통이 아니야. 그 눈초리로 봐서 임자들은 무엇 때문에 왔다고 생각하나?"

"아, 그러고 보면"

모두들 짐작이 간다.

"탐색이야."

"잘 보았어."

도요를 벤 동지 나스 신고 등 세 사람을 찾기 위해서 왔을 것이다.

"베어 버릴까?"

이조는 무표정하게 말했다. 그러나 손은 부들부들 떨고 있다. 겁을 먹어서가 아니다. 흥분했던 것이다.

"베어 버리자. 근왕 양이를 위해서다."

만일을 위해서 스미요시 주재인 번의 중신 히라이 슈지로(平井收二郎)에게 의논을 했다. 히라이는 상급 무사로는 보기 드문 근왕파로, 다케치와 교분이 있었고 이번의 도요 암살 사건 배후의 한 사람으로 그 뒤의 정변극에서는 다케치와 더불어 주연 배우이기도 했다.

"좋아, 해치워라!"

히라이는 말했다. 만일 나스 신고 등이 잡히면 모처럼 번을 근왕 일색으로 만들겠다는 노력이 물거품으로 돌아갈지 모른다고 생각해서였다.

근왕과 중신의 허락을 얻었으므로 오카다 이조는 살인 계획에 몰두했다.

'하고야 말겠다.'

춤이라도 추고 싶은 심정이다.

'해치운다면 히라이님이나 다케치 선생님도 기뻐하실 거야.'

이조다운 공명심이었다.

그러나 상대방인 이노우에는 이노우에대로 도요를 죽인 하수인을 잡기만 하면 출세할 수 있다고 생각하고 있었다. 쌍방이 모두 별다른 주의 사상이 있는 것도 아니었다. 근왕파와 요시다파의, 그것도 말단 졸개끼리의 이상한 공명심이 머지않아 충돌을 하게 될 것이다.

도사는 두 조각 나 있다. 보기에 따라서는 세 조각, 네 조각으로 갈라져 있는지 모르나 우선 서로 아귀다툼을 벌이고 있는 것은 근왕파와 죽은 도요가 발탁한 신관료파였다.

근왕파 졸개 이조는 스미요시 근무인 말단 감찰 중에도 근왕파가 있다는 것을 알고 있다.

이름은 요시나가 료키치(吉永亮吉). 오가와 야스마(小川保馬).

"두 분, 비밀 의논이 있소. 잠깐."

이조는 이 두 사람에게 계획을 털어놓고 협력을 구했다.

"이봐요, 이노우에와 이와사키는 당신들에겐 동료이지만 아무튼 천하를 위해서요."

이와 같이 무식한 광신자가 천하 국가를 위해서라고 흥분할 때는 신통한 일은 없는 법이다.

"좋소, 협력하지. 그렇지만 오카다, 이와사키 야타로만은 임무에 불만을 품고 제 마음대로 고향에 돌아가 버렸어."

"뭐라고? 그놈, 목숨이 끈질기군. 그러나 이노우에는 남아 있겠지. 어제도 뭔가 일이 있기나 한 것처럼 진영 안을 어슬렁대고 있던데."

"음, 어슬렁거리고 있었어."

"그런데 두 사람, 없애 버리는 방법인데."

오카다 이조는 말했다. 그 뒤로 암살 명수가 된 터라, 이런 일에는 머리가 잘 돈다.

"당신들은 이노우에와 동료 아니오. 그러니까 이노우에놈도 그런 점에는 마음을 놓고 있겠지."

"그렇지."

"이 오카다 이조라면 그 놈이 경계를 할 거요."

"글쎄, 경계하겠지."

두 사람은 이조의 가느다란 눈의 광채를 보면서 끄덕였다.

"그러니 두 사람의 수단으로 이노우에를 끌어내 주오. 군자금은 여기 있소."

돈을 주었다. 돈은 중신 히라이 슈지로가 준 번의 공금이다.

"그럼."

충분한 타합이 끝나자 두 감찰보조는 이노우에의 하숙을 찾아갔다.

"이봐, 이노우에, 술이나 마시러 가자."

이노우에의 불행은 술을 너무 좋아한 점에 있었다. 사람은 그런 약점 때문에 죽는다.

"두 사람이 한턱 낸단 말인가. 고마운데."

신사이 다리로 나갔다.

그곳에 '다이요(大輿)'라는 그 무렵 꽤 번창한 작은 요릿집이 있다.

한창 마시고 있는데 우연히 찾아온 것처럼 오카다 이조, 무라다 주사부로, 히사마쓰 기요마, 다우치 기다지 등 네 살인 음모자가 미소를 지으며 올라왔다.

"여어, 어울려서 재미들 보시는군."

이조가 칸막이 저편에서 말을 걸었다.

요정이라고는 하지만 신사이 다리 근처의 가게는 신마치의 찻집과는 달리 한 방에 한 패씩 손님을 받는 것이 아니고 큰 방에 칸을 막아 좌석을 만들어 놓은 것이다.

"아, 오카다형!"

이노우에와 마시고 있던 동료인 요시나가가 젓가락을 놓고 말했다.

"소개하지. 이쪽은 며칠 전 고향에서 올라온 동료 이노우에 사이치로형이야."

"저, 이노우에입니다."

이노우에는 가볍게 머리를 숙였다. 태도가 어딘지 거만했다. 신분은 모두 같은 하급 무사이지만 감찰직에 있기 때문에 아무래도 그런 냄새가 난다.

"나는 오카다 이조입니다."

"나는 무라다 주사부로."

"다우치 기다지입니다."

저마다 통성명을 했다. 모두들 이노우에의 얼굴은 고향에 있을 무렵 본 적이 있다. 그러나 말을 주고받은 일은 없었다.

"반갑소."

이조는 칼을 놓고 앉았다.

"이노우에 형, 술 드십시다. 실례지만 마음에 기뻐할 만한 일이 있으니 계산은 저에게 부담시켜 주십시오."

술이 연이어 들어왔다.

한결같이 술통 같은 녀석들이라 연방 마셔댄다. 이노우에도 석 되 술이라는 말을 들은 사나이이다. 그런 이노우에를 저마다 달려들어 쏟아붓듯이 마시게 했다.

"어, 취한다."

이노우에는 눈알이 거슴츠레해졌다. 원래 술버릇이 나쁜 사내로, 취하면 남의 비위를 긁어내고 시비를 거는 버릇이 있다. 감찰보조 근성이라고나 할까.

"여러분들은 이와사키 야타로라는 사나이를 알고 있소?"

"아, 그 사자대가리?"

누군가 맞장구를 쳤다.

"그놈은 무사의 무 자도 붙일 수 없는 놈이야."

이와사키의 평소 행동을 하나하나 쳐들어 날카롭게 비난을 퍼부었다. 그러나 두 사람의 이번 임무에 대해서는 물론 아무 말도 하지 않는다.

전원이 잔뜩 취해서 신사이 다릿목의 '다이요'를 나온 것은 8시가 넘어서였다.

"아, 이거 취하셨군요. 구로에몬 거리의 하숙집까지 바래다드릴까요?"

"응."

이노우에는 거만스럽게 고개를 끄덕였다.

여섯 사람이 전후좌우로 둘러싸고, 일부러 비틀거리며 남쪽인 에비스 다리(戎橋)에서 도톤보리 강기슭을 따라 서쪽으로 천천히 걸어갔다. 거의 구로에몬 거리에 접어들었을 때 주위엔 이미 사람들의 내왕은 끊어졌다.

'자아, 이때다.'

이조가 눈짓을 하자

"아, 취했다, 취했어."

이노우에에게 쓰러져 가며 오른손을 감아 그대로 목을 졸랐다.

이윽고 축 늘어졌다.

한패인 히사마쓰가 이노우에의 단도를 뽑아 옆구리를 푹 찔렀다.

시체는 도톤보리 강에 던져 버렸다.

데라다야 소동

료마와 사와무라 소노조는 교토 오사카 지방에서 아직도 헤매고 있다.

"이봐, 사와무라, 요시무라 도라타로는 어디 갔을까?"

이날도 교토 거리를 태평스러운 얼굴로 돌아다녔다. 그러나 어떻게 보면 집 잃은 아이 같아 가련한 모습이기도 했다.

두 사람이 모두 생판 시골뜨기가 되어 요시무라 같은, 번에서 먼저 뛰쳐나온 사나이의 길잡이가 없으면 지사들 틈에 끼어들 수가 없는 것이다.

주머니 돈도 차츰 줄어들었다.

숙소도 싸구려 여인숙이다. 히가시혼간 사(東本願寺) 옆에 그런 여인숙이 즐비했다. 큰 절을 찾아오는 여러 지방의 신도들을 위한 숙소였다.

　자연히 노인 숙박객이 많아 아침저녁으로 어느 방에서나 염불 소리가 처량하게 들려오곤 했다. 그러지 않아도 기분이 울적한데 염불 공세까지 겹쳐 사와무라는 살이 쭉 빠져 버렸다.

"사카모토님!"

사와무라는 절 동네를 걸어가면서 속삭였다.

"천하의 낭인들이 교토에 모여들어 근왕 의군의 기치를 든다는데 거리는 어찌 이다지도 조용할까요. 내가 당신을 꾀어낸 것이 잘못인 것만 같군요. 설마 속고 있는 건 아닐 테죠."

"안심하게."

료마는 태평하기만 하다.

"그 녀석들이 의군을 일으키지 않으면 나하고 자네가 하면 되잖아."

"하긴."

"그런데 조금은 후회하고 있지. 애당초 남들이 하니까 꽁무니를 따라간다는 것이 잘못이었던 거야."

"그렇군요."

절간의 흙담이 이어지고 저녁 햇살이 희미하게 벽을 비치고 있다. 료마 앞을 고양이가 한 마리 살금살금 지나갔다.

오가는 사람은 없었다.

"그럼, 사카모토님. 나하고 단둘이 교토에서 군사를 일으킨단 말입니까?"

"무리한 노릇일까?"

"무리지요."

사와무라는 시무룩하니 말했다.

"그러나 사와무라, 남자의 마음가짐은 그래야 해. 예를 들면 자네가 천황을 업고 히에이 산(比叡山)으로 올라간다. 나는 교토에서 막부군을 막는다."

"둘이서 말이지요."

빗방울이 후두둑 떨어졌다.

사와무라는 료마의 태평스러움이 이제 불쾌하기까지 하다.

"그렇다고 하지만 사와무라, 나 같으면 이번의 의군 계획처럼 교토에서 군사를 일으키지는 않겠어. 교토라는 곳은 방어하기가 힘든 지형이라 옛날부터 교토를 지켜 이겨 낸 역사가 없지. 내가 천하에 군사를 일으킨다고 하면 그건 세도 내해(瀨戶內海)가 제일이야."

"그래요?"

사와무라는 상대를 하지 않는다.

"사카모토님, 차라리 한번 가와라 거리(河原町)로 나가 볼까요?"

그곳에 도사 번의 교토 저택이 있다. 그 거리는 같은 번 사람들이 나다니기 때문에 지금까지 피하고 있었던 것이다.

"그보다도 사와무라, 왕성(王城)이 있는 땅에 오지 않았나. 기녀들을 데리고 술이나 마시자."

"그런 돈이 있어야죠."

씁쓸하게 말했다.

료마와 사와무라는 히가시 산(東山) 산네이(産寧) 고개를 올라가 산기슭에 있는 요정 '아케보노'로 갔다.

일찍이 료마가 검술 수업 시절, 다즈를 따라온 요정이다.

후두둑후두둑 여우비가 떨어졌다.

'다즈 아가씨는 어떻게 지내고 있을까.'

산네이 고개의 흙은 황토 단지처럼 붉다. 료마는 느릿느릿 올라간다.

눈앞에 펼쳐지는 히가시 산은 때마침 신록의 계절이라 짙고 옅은 초록빛 비를 맞아 한결 선명했다.

'그때가 안세이 5년 가을이었지.'

그때 교토의 공경과 지사들은 이른바 안세이 대옥(安政大獄)의 선풍 속에서 벌벌 떨었다.

산조(三條) 가문의 시녀 다즈에게까지 밀정이 미행하는 형편이었다.

'생각하면 다즈 아가씨는 그래 보여도 참 대담한 여자였어.'

미행을 하는 데도 료마와 이 아케보노에서 몰래 만났던 것이다. 미행자는 포졸 분키치와 그 부하들이었다.

료마는 눈썹에서 뺨으로 흘러내리는 빗물을 손등으로 닦았다.

'그로부터 4년이 된다.'

시대는 날로 변해 간다. 풍운 속에서 낮잠을 자고 온 듯한 료마조차 바야흐로 탈번하여 넓은 천하에 뛰쳐나오지 않았는가.

—하기는 뛰쳐나오기는 했어도 어디로 가야 할지를 몰라 이렇게 산네이 고개의 황토 마루에서 서성대고 있기는 하지만.

'나는 4년 전 이 고갯길을 오르면서 진정 다즈 아가씨가 그립다고 생각했었지.'

지금 그 언덕을 오르고 있다.

"다즈 아가씨."

그렇게 중얼거려 보았다. 가슴이, 가슴속 깊은 곳에서 묘한 전율이 일어나, 료마는 아픔을 동반한 슬픔 같은 것이 느껴졌다.

'난 그녀가 좋아.'

그런데도 이 묘한 사나이는 다즈를 만나러 가려고는 하지 않는다. 귀찮아서 그럴까, 료마는 자기 마음을 저울질해 보았다.

'아니, 이런 일에 귀찮다는 것은 있을 수 없지. 아마 나는 형편없

이 무정한 놈인 모양이다.'
료마는 비로소 자기 자신이 이해된 듯한 표정을 지었다.
비는 안개처럼 내린다.
어느덧 상투와 얼굴이 젖고 빗물이 뺨과 턱으로 흘러내린다.
'다즈.'
료마는 흠칫했다.
"뭐라고 했습니까?"
옆에서 키가 작은 사와무라가 료마를 바라보았다.
"아무것도 아니야."
아케보노 문 앞에 이르렀다.
"사와무라, 들어가자."
"괜찮아요? 돈도 없는데."
"괜찮아."
지불은 다즈 아가씨가 해 주겠지, 료마는 그런 생각이었다.

아케보노에서는 료마의 얼굴을 알아보았다.
"어서 오십시오."
그들을 아늑한 방으로 안내해 주었다.
이것이 교토의 좋은 점이다. 처음 보는 손님은 매정하게 거절하지만 한 번 온 사람이면 몇 년 동안이라도 기억해 주고, 또 깎듯이 대우해 준다. 특히 아케보노 관에서 볼 때 료마는 그때 산조 댁의 시녀가 데리고 온 사람이다.
그 점이 더욱 신용의 뒷받침이 된다.
"좋은 집이군요."
사와무라는 정원을 두리번거리면서 침착성을 잃어간다.
무리도 아니다. 도사 산골의 가난뱅이 향사가 왕성의 일류 요정에 앉았으니 말이다.
"좋은 향내가 납니다."
사와무라는 실내 공기를 맡는다.
향을 사르고 있는 것이다.
이윽고 안주인이 인사차 들어왔다. 정중하게 장황한 계절 인사를 하고 난 다음, 얼굴을 들어 인사를 하고 웃었다.
"사카모토님, 정말 오래간만이로군요."
'다즈 말만은 하지 말아 다오.'
사와무라에게 거북하다. 사와무라는 도사 사람이다. 번의 중신 후쿠오카 집안의 딸 다즈가 고향에서 손꼽히는 미녀였던만큼 이름은 들어서 알고 있을 터이다.
그런데 과연 교토의 요정 주인답게 그와 같은 인정 기미(機微)를 알고 있는 듯 아무 말도 하지 않았다.
"사카모토님은 굉장한 분이군요."
사와무라는 여주인이 가 버리자 놀란 듯이 고개를 흔들었다.
"역시 당신은 우리의 맹주요."
"그럴까?"
료마는 내심 우스워서 못 견딜 지경이다.
이윽고 하녀들이 들락날락하더니 술과 요리가 운반되었다.
료마는 별실로 물러가 두루마리를 얻어 다즈에게 편지를 썼다.
편지에 봉을 하고 보자기를 빌려 싼 다음, 하인을 불러 품속에 남은 돈을 다 털어 주면서 산조 댁에 있는 다즈 아가씨에게 전해 달라고 부탁했다.
그런 다음 기온(祇園)에서 기녀를 불러 술을 마셨다.
사와무라는 거의 미칠 듯이 기뻐했다.
무리도 아니었다.

탈번 뒤 갖은 고생을 거듭하고 그동안 몇 번이나 노숙을 한 일도 있다. 주머니가 가벼워 술도 좀처럼 마시지 못했다.

"이젠 정말 사람 사는 것 같군. 사카모토님에겐 머리가 수그러집니다."

천진스럽기 짝이 없었다.

어지간히 술기운이 돌았을 때, 옆방이 떠들썩해지더니 몇 사람 손님이 들어오는 기척이었다.

그 방에서도 주연이 벌어졌다.

더욱이 격한 소리로 토론이 벌어졌던 것이다.

"무사로군."

료마는 사와무라에게 속삭였다.

"조슈 패들이구나."

짐작했다.

사투리로 알 수 있었다.

그러다가 사와무라는

"아!"

잔을 놓고 료마를 바라보았다.

"왜 그래?"

료마가 물었다.

"아니, 사카모토님, 옆방 목소리 말입니다. 귀를 기울여 보십시오. 조슈 사투리 속에 우리 번의 요시무라 도라타로의 목소리가 섞여 있는 것 같은데요."

"과연."

도라타로 특유의 굵직한 목소리가 들려 왔다.

료마는 손뼉을 쳐서 하녀를 부른 다음, 옆방에 가서 혹시 도사의 요시무라 도라타로님이 계신가 물어보라고 일렀다.
"네, 그러지요."
상냥하게 대답하고 옆방으로 갔다.
순간 옆방이 잠잠해졌다.
드르륵, 료마 방의 사잇문이 열리고 큰 칼을 왼손에 들고 버티고 선 요시무라의 모습이 나타났다.
"아니, 료마 아닌가."
순간 요시무라는 마음이 놓인다는 얼굴로 말했다.
"어떻게 된 거야, 난데없이."
료마가 웃자
"난, 이놈들이 분명 막부 관리라 싶어 베어 없애려고 했지. 아무튼 이쪽 방의 속삭임을 알아낸다는 것은 보통이 아니니까 말이야."
"그게 속삭임인가?"
이 친구들의 조심성 없는 태도에는 기가 막혔다. 이런 식으로 교토에서 의병을 일으켜 막부의 교토 고등정무청을 습격하는 일이 가능할 것인가.
그 요시무라 옆에서
"오, 사카모토님, 오랜만이오."
이렇게 말한 것은 조슈 번의 과격파 구사카 겐즈이였다. 그 뒤로 조슈 번의 사람들이 우르르 들어왔다.
"누구라고, 모두 함께 오셨소?"
료마는 기뻤다.
사와무라는 집 잃은 아이가 어머니를 다시 만난 듯이 기뻐하며
"참...... 정말 찾느라......."
여기까지 말했을 때 료마가 황급히 말을 가로막고

"그런데 자네들, 아마 우릴 찾았겠지."

큰소리를 쳤다. 길 잃은 아이로 보인다는 것은 아무래도 보기 좋은 꼴은 아니다.

그러자, 요시무라도 도사 사람이다.

조슈 패들에게 료마를 크게 보이게 하려고 일부러 목소리를 높여 말했다.

"아, 찾고 있었지. 료마, 자네가 끼지 않으면 도사 패들의 기세가 오르지 않아."

"뭘, 그렇기야 할라고."

이번에는 료마가 겸연쩍을 차례였다.

"요시무라, 어떻게 지냈나?"

"아, 그 뒤 말이야. 탈번한 몸이니까 어디 몸둘 곳이 있나. 구사카 님의 알선으로 조슈 번의 교토 저택에 숨어 있으면서 동지들과 함께 의군을 일으킬 셈으로 있지. 참, 나스, 야스오카, 오이시도 조슈 저택에 있어."

"그래?"

"료마, 사와무라, 자네들도 탈번한 몸이 아닌가. 조슈 번에 신세를 져라."

료마는 그들과 함께 산네이 고개의 아케보노 관을 나왔다. 그리고 현관까지 나오기 전에 계산대에 들러 안주인에게 말을 남겼다.

―곧 산조 댁에 심부름 갔던 사람이 올 터인데 료마는 조슈 번으로 갔다고 전해 주시오.

다즈에게 술값만 떠안기고 어디론가 사라졌다는 생각을 하게 만드는 것이 싫어서였다.

조슈 번저는 가와라 거리에 있었다.

지금의 교토 시청 부지가 바로 그것이다. 36만 섬의 대번답게 번저의 규모도 컸지만 아깝게도 겐지 원년 하마구리 궁문의 사건으로 타 버렸다.

그런데 료마는 뒷날 유신의 진원지의 하나가 되는 그 번저 문 앞에 서 있다.

"아, 참!"

료마는 생각이 나서 구사카에게 물었다.

"가쓰라 고고로형은 지금 이 번저에 있습니까?"

"아닙니다. 고고로는 지금 에도에 있습니다. 그곳 번저 안에 있는 문무 도장의 관장 일을 보고 있지요. 자, 들어가십시다."

"그럼, 실례."

료마는 문안으로 들어갔다.

번저 안은 심상치 않았다.

맞은편 본채와 여러 행랑방에도 환히 불이 켜져 있을 뿐만 아니라 뜰에도 화톳불이 서너 곳 타오르고 있었으며, 손에 창을 든 자, 쇠사슬을 받친 갑옷을 입고 서성대는 사람 등 심상치 않은 광경이었다.

료마에게 행랑방 하나가 주어졌다.

"구사카 형, 귀번저는 굉장히 분주하군요."

료마는 시치미를 떼며 말했다.

아케보노 관에서 가와라 거리 번저로 오는 도중 구사카가 말한 대체적인 정세 이야기로 눈치 빠른 료마는 대충 짐작을 하고 있었다.

'조슈 번의 지사도 사쓰마 지사 못지않게 한바탕 들고 일어날 속셈이로구나. 이거 교토도 야단났는걸.'

료마는 이처럼 생각했다.

사쓰마 무사, 아리마 신시치(有馬新七)를 수령으로 하는 동번의 과격분자 및 마키 이즈미를 맹주로 하는 낭인단이 지금 후시미의 여관 데라다야(寺田屋)에 집결하여 교토 습격의 전투 준비를 갖추고 있다 한다. 수효는 데라다야에 수용할 수 있을 정도니까 적은 인원이었지만 한결같이 죽기를 맹세한 자이다. 교토의 막부 기관인 고등 정무청에 쳐들어가 정무관을 죽이고 또 나카가와노미야(中川宮) 왕자를 모셔 관군의 기치를 드는 한편, 나아가선 입경중인 사쓰마 영주의 부친 시마쓰 히사미쓰를 설득하여 사쓰마 군사를 한편으로 끌어넣어 교토를 점령한 다음, 천하의 근왕 영주와 지사들에게 격문을 띄워 참전하도록 해서 에도 막부를 타도하고 단숨에 정권을 조정으로 되돌린다는 장대한 '계획'이다.

이러한 움직임은 교토에 있는 조슈 번의 과격분자들을 자극했다.
'사쓰마에 선수를 빼앗길소냐.'
구사카 겐즈이가 모의의 중심이 되어 교토 근무인 2백여 명을 은밀하게 무장시키고 있었다.
그것을 료마는 본 것이다.
이 무렵 막부의 위력은 아직도 컸다.
유신을 앞둔 7년 전의 일이다.
료마는 그들의 계획이 한낱 꿈같이만 생각되었다.

이 시기, 분큐 2년 초여름.
시대는 바야흐로 들끓기 시작했으나 아직도 무르익기에는 멀었다.
세상 돌아가는 물정이 아직도 '막부 타도'라는 격렬한 말이 어울리지 않는 시절이었다.
천하의 3백 영주.
그중 구 할 구 푼은 아직도 태평세월이라는 금병풍에 에워싸여 잠자고 있다.

올바른 정신으로 막부 타도를 몽상하고 있는 영주는 한 사람도 없었다.

사쓰마 영주도 그랬다.

조슈 영주도 또한 마찬가지다.

도사 영주는 가장 강한 막부 옹호파였다.

천하에 큰 번이 이 밖에도 몇몇 있었으나, 이상하게도 이 무렵, 이 세 번에서 재사, 기사(奇士), 호걸, 전략가, 책사(策士), 논객들이 무더기로 나왔다.

요컨대 세 나라 모두, 번의 영주는 대체로 상식적인 사상의 소유자들이었으나, 그 가신들 중에서 어처구니없는 반역아들이 숱하게 나왔다.

이를테면 이 밖에도 큰 번들이 있다. 가가(加賀) 번은 1백만 섬. 오슈(奧州) 센다이(仙臺) 번은 62만 섬이었으나 인재가 없었기 때문에 메이지 유신이 되어서야 간신히 낮잠에서 깨어난 노인처럼 망연자실, 눈을 비비면서 겨우 도쿠가와 시대가 끝났다는 사실을 알았을 정도였다.

그렇다고 해서 사쓰마, 조슈 두 번의 가신들이 모두 토막모막론자(討幕侮幕論者)인가 하면 그것도 아니다. 번의 수뇌부나 상급 무사의 구 할까지가 보수주의였고 앞서 말한 가가 번이나 센다이 번과 다름이 없었다.

사쓰마 영주의 실부(實父)이며 사실상의 영주였던 시마쓰 히사미쓰(뒷날 공작)는 메이지 시대가 되고서까지

—막부 타도? 천만에. 나는 그럴 생각은 아니었어. 그건 사이고(西鄕) 등이 멋대로 한 짓이야.

따위의 말을 했던 것이다.

도사 번의 노공 요도는 끝까지 근왕색을 지닌 강경 막부파였기 때

문에 료마나 다케치 한페이타 등이 가진 고난을 다 겪었다. 마침내 도사 번의 지사들은 영주를 젖혀 놓고 멋대로 번의 군사를 동원하여 막부를 쓰러뜨렸다.

조슈의 모리 공은 좀더 희극적이다. 다카치카(敬親 : 慶親)라는 이 조슈의 영주님은 그다지 우둔하지는 않았으나 영매하지도 않았다. 천하가 메이지 시대로 돌입했을 때 유신의 공신들에게

—이봐, 난 언제 장군이 되는 거냐.

이런 말을 물었다는 설이 있다. 믿어지지 않는 이야기지만 조슈의 경우, 사쓰마나 도사와는 달리 영주가 범용했기 때문에 가신들에게 떠메어져 우왕좌왕하고 있는 사이에 메이지 유신으로 말려 들어간 모양이다.

독자는 이러한 내막을 염두에 두고 앞으로 2년 반 동안 계속되는 료마와 그 주변의 기나긴 사연을 읽어 주기 바란다.

막부 말기의 풍운은 이 권에서는 아직도 시작에 지나지 않는다.

—그건 그렇고, 데라다야 사건을 살펴보자.

이 '폭동 계획'에 참가한 자는 이러한 사정으로 말미암아 사쓰마 번에서도 불과 이삼십 명이었다. 교토 니시키고지(錦小路)의 사쓰마 번저에 있던 시마쓰 히사미쓰는 이 소문을 듣고 격노했다.

사쓰마 번은 원래 조슈 번과는 달리 영주를 중심으로 한 철저한 조직 제일주의 국가이다. 그들을 '반역자'로 보았다.

불행은 여기서 싹텄다.

후시미의 뱃손님을 재우는 여관 데라다야에서 일어난 참극 소식이 삼십 리 떨어진 교토 가와라 거리 조슈 번저에 알려진 것은 그 다음날 새벽녘이었다.

쿵쿵, 번저의 복도를 달리며 소리 지르는 사람이 있었다.

"일어나라. 모든 일이 실패다. 후시미의 사쓰마 번 근왕파 동지는 전멸이다."

'전멸?'

료마는 자리를 차고 일어났다.

어두운 번저 뜰로 뛰어나가자 마침 구사카 겐즈이가 달려오더니 무언가 외치면서 어둠 속으로 사라졌다.

'바보 같은 놈들.'

료마는 어두운 새벽 하늘을 우러러보았다.

별이 총총했다.

'너무 일렀어, 시기가…….'

헛되이 목숨을 버린 동지들에 대한 걷잡을 수 없는 노여움이다.

날이 밝으면서 자세한 소식이 들려왔다. 사쓰마 무사들을 벤 모양이다.

'좋아, 가보자.'

료마는 번저를 나와 후시미로 달려갔다. 다행히 데라다야의 여주인 오토세는 료마와는 옛날부터 아는 사이이다.

위문이라는 뜻도 있었다.

용사들의 명복을 빈다는 마음도 있었다.

데라다야 사건의 진상에 대해서 료마는 그 뒤 더욱 자세히 알게 되었지만 그야말로 처참가열(悽慘苛烈)한 것이었다.

교토 니시키고지의 사쓰마 번저에 있었던 시마쓰 히사미쓰는 여덟 사람의 가신들을 불렀다.

"데라다야에 모여서 폭동을 꾀하고 있는 우리 일문의 가신 놈들에게 일러라. 알겠나, 일당에 낀 낭인들은 상관하지 않아도 좋아. 우리 가신들에게만 전하라. 즉각 교토 저택으로 와서 내 말을 들으라고 알려라. 내가 직접 이들을 설득하겠다."

"만일 듣지 않으면 어떻게 하지요?"

번의 공용(公用) 담당이며 히사미쓰의 지혜주머니인 호리 지로(堀次郎)가 히사미쓰에게 다짐을 두었다. 이 사나이는 근왕파를 제일 싫어하고 있었다.

"때에 따라선."

히사미쓰는 그렇게만 말했다. 어명으로 다스리라는 뜻이었다. 즉 베라는 것이었다.

히사미쓰는 다시 덧붙였다.

"사자들은 그들과 뜻을 같이하는 자들을 선발하도록."

그렇게 하지 않으면 데라다야 패들의 설득에 응해 오지 않으리라는 히사미쓰의 배려였다.

그러나 데라다야 패들의 결심이 확고하다는 사실도 잘 알고 있다. 설득이라는 것도 말뿐이지 아마 같은 번 가신끼리 서로 싸우게 되리라는 것은 쉽게 상상할 수 있었다.

선발된 자는 여덟 사람. 뒤에 하나 더 늘어 아홉 명이 되었다. 나라와라 기하치로(奈良原喜八郎 : 후에 繁, 남작)를 필두로 모두 사쓰마의 검술 지겐류(自源流)의 고수들뿐이었다. 그리고 데라다야 패들과도 같은 사상을 지닌 자들이었다.

그들 사쓰마 사람은 조슈나 도사 사람과는 달리 사상보다는 영주의 명령을 무겁게 생각했다.

그들은 해가 진 다음 후시미를 향해 떠났다.

이 무렵, 후시미 데라다야에서는 지사 전원이 무기를 정비하고 무장을 갖추어 벌써 출발 준비를 끝마치고 있었다.

이 데라다야 패들 중에는 아직도 나이 어린 소년 오야마 야스케(大山彌助 : 후의 巖, 노일전쟁 때의 만주 파견군 총사령관, 원수, 공작), 사이고 신고(西鄕信吾 : 다카모리의 아우, 후의 從道, 원수, 후작)가 있었다.

이 무렵 후시미는 교토 오사카를 연결하는 합승선(合乘船)의 발착지로서 번창했다.

시발역은 후시미의 교바시(京橋).

종착역은 오사카 덴마(天滿)의 핫켄야(八軒家).

그동안 여객들은 요도 강(淀川)을 오르내리는 셈이다.

이 후시미 교바시의 번화함은 오늘날의 국철, 사철(私鐵)의 시발역을 염두에 두고 연상하면 족할 것이다.

나루터 여인숙이라는 것은 이 역의 대합소라고 할 만했다.

이 후시미 교바시 강변에 여섯 채의 큰 여관이 있었다.

데라다야는 그중의 하나다.

료마가 옛날, 도둑인 도베와 함께 들었을 때에는 아직 세상은 태평스러웠으나 지금은 다르다.

교토 가도.

다케다(竹田) 가도.

교토에서 후시미에 이르는 이 두 갈래 가도를 나라와라 기하치로 등 아홉 명의 사쓰마 가신이 '토벌자'로서 두 패로 나뉘어 달리고 있었다.

그들이 데라다야에 도착한 것은 밤 10시쯤이었다.

추녀에 달린 등불이 아직 밝혀져 있어, '여관 데라다야'라는 글씨를 어둠 속에 떠올리고 있었다.

데라다야는 이층집이다.

교토식으로 벽에 분홍 빛깔의 물감이 칠해져 있었지만, 이층은 난간이 있을 뿐 교토의 여관에서 흔히 볼 수 있는 격자는 사용하지 않고 있었다.

폭동파인 사쓰마 번사와 낭인단은 벌서 무장을 갖추고 이층에서 출발 준비를 하고 있었다.

토벌자인 나라와라는 인원의 반을 집 밖에 남기고 죽기를 다짐하며 안으로 뛰어들어갔다.
"주인은 없는가?"
종업원이 나왔다.
"어디서 오셨는지."
"이층에 사쓰마의 아리마 신시치가 있을 것이다. 동번의 나라와라가 목숨을 걸고 담판을 짓고자 왔다고 일러라."
"예예!"
종업원은 층계를 뛰어올라갔다.
이층.
"뭐라고? 나라와라가 왔다고?"
모두 흥분하고 있다.
"설득은 필요 없어. 쫓아 버려!"
그러나 아리마 신시치는 두령격이다. 그리고 나라와라의 친구이기도 했다.
아리마는 아래층으로 내려갔다.
나라와라는 아리마의 얼굴을 보더니 마룻바닥에 왼손을 짚고 애원하듯이 말했다. 할 수만 있다면 베고 싶지 않다.
"아리마, 부탁이다, 부탁한다. 영주님의 명령이다. 경거망동을 일단 중지해 주게."
"나라와라!"
아리마는 말했다.
"일은 벌써 여기까지 왔다. 나는 무사야. 설사 영주의 명령이라도 중단할 수가 없다."
"만일 어명으로 너를 친다고 해도 아리마, 그래도 괜찮은가?"
"괜찮다!"

순간 쌍방에 살기가 등등했다.

분명 살기였다. 하나 서로 미움은 없었다. 서로가 번 내에서는 근왕파의 동지이며 친구였다.
그러나 사쓰마 사나이의 기묘함은 어떤 경우에도 자신의 사나이로서의 명예를 지킨다는 점에 있었다. 7백 년 동안 일본 영도의 서남단(西南端)에서 담력을 단련시켜 온 이 고장의 독특한 기풍이다.
우선 싸움은 나라와라의 옆에 있는 미치시마 고로베에(道島五郎兵衞)가 오른쪽 무릎을 세우면서부터 시작했다.
"아리마, 너희들은 끝내 주군의 명을 듣지 않겠는가."
"안 듣는다."
말한 것은 폭동파인 다나카 겐스케(田中謙助)이다.
"어명이다."
미치시마는 대도를 뽑자마자 번쩍, 다나카의 미간을 내리쳤다.
탁!
소리가 난 것은 다나카의 뼈다. 뼈가 단단하다.
다나카의 두 눈알이 튀어나오고 그는 벌렁 넘어지며 기절했다. 다나카는 죽지 않고 나중에 깨어났으나, 다음날 후시미의 사쓰마 번저로 옮겨져 번의 명령으로 할복했다. 서른다섯 살로 성격이 담백했고 학문도 있었으며 생전에 동료들로부터 사랑을 받았다.
싸움이 시작되었다.
그런데 폭동파의 주력은 이층에 있다. 그들은 아래층에서 설마 난투가 벌어지고 있는 줄은 몰랐다. 행인지 불행인지 아래층에 있는 것은 그들의 대표 네 사람뿐이다. 게다가 이 네 사람은 위층 동료에게 도움을 청하려 하지 않았다. 그 무렵 사쓰마 무사다운 호기라고나 할까.

더욱 호기로웠던 것은 폭동파 대표의 한 사람인 시바야마 아이지로(柴山愛次郎)였다. 시바야마는 어렸을 적부터 용기로 이름 나 있었다.

시바야마는 눈을 감고 있다.

사나이로서 '폭동'은 버릴 수 없지만 군명에는 복종해야 한다. 이 자리에서는 죽을 수밖에 없다고 각오했다.

"시바야마, 각오해라."

토벌대인 야마구치 긴노신(山口金之進)이 일어나 외쳤다.

"오, 덤벼라."

그렇게 말했으면서도 시바야마는 단정히 앉은 채이다. 야마구치의 대도가 시바야마의 왼쪽 어깨에서 가슴까지 내리쳤다.

시바야마는 여전히 정좌한 채이다.

야마구치는 다시 오른편 어깨로부터 명치를 향해 내리쳤다.

즉사.

두령 아리마 신시치는 보다 더 호기로웠다. 이 사나이는 사나이로서 그 명예를 위해 힘이 다할 때까지 싸울 것을 결심했다.

대도를 뽑아들고 토벌대인 미치시마에게 공격을 가했다. 미치시마는 몇 차례의 공격을 받으면서 마지막으로 허리를 낮추고 상단에서 아리마의 정수리를 내리쳤다.

아리마는 칼을 세워 날밑으로 받았다.

불꽃이 튀었다.

아리마의 칼이 부러졌던 것이다.

칼이 날밑에서 두 치가량 남고 부러졌다.

아리마 신시치의 손에 손잡이만 남았다.

'분하다.'

신시치는 그렇게 생각했을까. 아니, 생각할 겨를도 없었을 것이다. 순간 서른일곱 살의 아리마 신시치는 기이한 행동을 취했다. 이 기이스러움은 우리가 그 시대에 살며 특수한 무사도를 7백 년 동안 이어받아 온 사쓰마 무사의 처지가 되지 않고서는 이해할 수 없을 것이다.

아리마는 사쓰마인이면서 동시에 사쓰마인과 다른 일면을 지니고 있었다. 사쓰마인의 정치 감각은 영국 사람과 닮은 점이 있다. 관념론보다도 현실적으로 보고 그때그때의 방침을 정하는 형이다.

그러나 아리마는 그 점에서 미도인(水戶人)과 닮았었다. 학자인 동시에 굉장한 관념론자였다. 현실과의 타협을 받아들이지 않았다. 근왕 양이주의라는 사상만이 아리마의 전부였다. 그러나 그것만은 아니다.

아리마.

이 사람은 기남아(奇男兒)였었다.

―천자님의 세상이 오면 모든 것이 잘된다.

이 말을 철석같이 믿고 있었다. 그때의 근왕 무사는 누구나 그 사실을 믿고 있었으나 아리마로서는 일의 성패 여부를 불문하고 그 주의를 위해 죽는 것이 그의 '종교'였다. 그 격정은 실로

"사쓰마의 다카야마 히코구로(高山彦九郞)"라는 말을 들었을 정도였다. 사쓰마 무사의 격정적인 성격과, 이 사나이의 독특한 '종교'가 기이한 행동을 하게 했다.

아리마는 칼을 내던지자 재빨리 상대인 미치시마의 품속으로 뛰어들어 힘껏 그를 벽에 밀어붙였다.

그리고 외쳤다.

"하시구치, 하시구치, 하시구치!"

하시구치 기치노조(橋口吉之丞)는 폭동파의 동지였다.

"나하고 함께 찔러 버려, 함께 찔러!"

아리마의 무서운 힘으로 밀어붙여져 있는 미치시마도 지금은 토벌대였으나 친구이며 동지였다. 그러나 아리마는 용서하지 않는다. 무사의 죽음은 한 사람이라도 적을 죽이고 최후를 장식하는 것이 사쓰마 무사의 '교양'이라고 믿고 있었다.

"알았소."

하시구치 기치노조, 스무 살. 이 사나이도 사쓰마 사나이였다. 칼을 번득이며

"아리마님, 미치시마님, 용서를!"

아리마의 등을 찔러 그대로 경단이라도 꽂이에 꿰듯이 미치시마의 가슴을 꿰뚫어 벽에 찔러 박았다.

폭동파는 이미 두령 아리마가 죽고, 시바야마 아이지로, 하시구치 소스케(橋口壯助), 하시구치 덴조(橋口傳藏), 데시마루 료스케(弟子丸龍助), 니시다 나오지로(西田直次郎)가 전후하여 즉사했다.

그중 스물두 살의 하시구치 소스케는 빈사의 중상을 입고 데굴데굴 뒹굴면서 부르짖었다.

"물, 물!"

토벌대 대장격인 나라와라가 이를 불쌍히 여겨 물을 주자, 하시구치는 자기를 벤 나라와라를 조금도 원망하지 않고 말했다. 그리고 눈을 감았다.

"우리는 죽지만 당신들이 있소. 살고 또 살아서, 다음 세상을 부탁하오."

아직도 밤은 어둡다. 하지만 유신의 태양은 이윽고 이 처참한 시체더미 너머로 떠오르게 되는 것이다.

이층에 있던 패들.

'왜 저리 아래층이 시끄러울까.'

생각을 하면서 잡담을 하고 있었지만, 설마 이런 난투극이 벌어진 줄은 모른다.

"내가 보고 오겠다."

사쓰마의 시바야마 료고로(柴山龍五郞)가 이층 계단에서 아래층을 내려다보고 기겁을 했다.

"큰일 났다. 붙잡으러 왔다."

와아! 일동이 칼이며 창을 거머잡고 일어났을 때 아래층의 나라와라가 계단을 올라서며

"나다, 나라와라다. 사쓰마 번사들에게 말한다. 모두 들어다오. 히사미쓰공은 임자들의 마음을 잘 알고 계시다. 하지만 지금은 잠시 기다리라는 분부이시다. 우리의 어명을 따라 달라."

토벌대의 나라와라, 이 사람이야말로 사나이였다. 칼을 던져 버리고 웃통을 벗고 외치면서 이층으로 올라갔다.

"자, 이렇게, 이렇게."

두 손을 번쩍 쳐들고 이층 객실로 들어섰다.

모두 칼을 뽑아 들고 있었으나 나라와라의 광태를 보고 멍하니 서 있었다.

나라와라는 척, 앉았다.

게다가 합장을 하며

"간청, 간청이다."

그렇게 말하면서 빠른 말투로 아래층에서의 사정을 설명하고, 다시 간곡하게 사리를 설명하면서 마음을 돌려 달라고 빌었다.

"안 된다면 나를 베고 가라. 자네들을 만류하러 올 때 목숨은 없다고 생각하고 왔어."

두 눈에서 눈물을 흘리며 설득했기 때문에 폭동파의 사쓰마 번사

들도, 낭사단도 일단 진정하기로 했다.

료마가 이 사건의 무대 '데라다야'를 찾아갔을 때는 이틀이 지나고 나서이다.

'안에 들어갈 수 있을까.'

막부의 후시미 행정청 포졸들이 여관에 그물을 치고 있지나 않은가 했던 것이다. 그런데 그렇지는 않았다.

막부는 사쓰마 번을 두려워하고 그 감정을 필요 이상 자극하지 않으리라고 조심하고 있다. 번내의 사건으로 보고 말참견을 않을 눈치였다.

료마는 추녀 밑에 섰다.

다다미 직공이며 미장이가 들락거리며 분주히 내부를 수리하고 있다. 벽에 뿜어진 피, 다다미 밑으로 스며들어 마루 밑까지 적신 숱한 핏자국, 여관을 휴업하고 내부 수리를 하는 모양이었다.

"아, 무사님, 오늘은 쉬는뎁쇼."

지배인격인 사나이가 황급히 쫓아왔다.

"그런 모양이로군."

료마는 웃으면서 벌써 안으로 들어와 신을 벗고 안쪽을 향해 걷는다.

데라다야의 주방은 30조 넓이의 마루방으로 꽤 오래되어 흑단(黑檀) 같은 윤기가 자르르 흐른다.

그 마루방에 흰 버선을 비치면서 서성거리던 안주인 오토세가 문득 포렴을 쳐들면서 안으로 들어가는 료마의 등을 보고 놀랐다.

"어머, 사카모토님! 사카모토님 아니세요?"

료마는 뒤돌아보았다.

"도대체 어떻게 되신 거예요? 풍문에 듣자니 탈번하셨다면서요."

"그렇지. 탈번했지."
료마는 히죽히죽 웃고 있다.
"이름도 바꾸었어. 난 사이타니 우메타로(才谷梅太郞)라고 해."
"하지만 얼굴은 옛날 그 얼굴인데요."
오토세는 배짱이 있는 여자답게 턱을 씰룩이며 웃었다.
"음, 얼굴만은 바꿀 길이 없군."
료마는 쓱 얼굴을 문질렀다.
"오늘은 위문하러 왔어."
"사실은 구경하러 오셨죠?"
"아, 그것이 진심이긴 해. 구경꾼 말이 나왔으니까 말인데 내가 구경꾼의 제일착인가?"
"제일착이지요. 별로 칭찬할 것은 못되지만."
"그럴 거야."
킥킥 티 없이 웃으면서 말한다.
"농담은 그만하고 오토세, 임자네 집도 혼났군."
"처음에는 큰 난리가 세 패, 네 패 쳐들어오는 줄 알았어요."
"그랬을 거야."
"그야말로 베고 찌르고 해서 굉장한 소동이었지요."
"그런 것이 사나이다."
료마는 방 한가운데 앉았다.
오토세는 물러갔다가 곧 차 준비를 해가지고 들어왔다.
"아리마님을 비롯한 돌아가신 분들이 가엾어서······."
"시체는 어떻게 했나?"
"나중에 많은 사쓰마 분들이 오셔서, 저 앞의 다이고쿠 사(大黑寺)에 묻었어요. 그런데 그중에서도 하시구치 소스케님의 몸이 어찌나 무거운지."

"오토세 아줌마가 거들었군."

"뭐, 좀……."

오토세는 태연히 웃었으나 눈에 눈물이 가득히 고였다.

"협기 있는 여인이로군."

오토세는 그런 여인이다.

료마는 문득 천장에 뿌려진 피를 쳐다보고 이내 눈길을 돌렸다.

춘등(春燈)이라고 하기에는 계절이 무르익었으나, 이날 밤 후시미 집집의 등불은 강에서 피어오르는 밤안개에 흐려지고 있었다.

료마는 이층 난간에 몸을 기대고 오토세에게서 빌린 샤미셴을 안고 있다.

'사쓰마 용사의 영전에.'

료마는 무언가 애도(哀悼)의 말을 읊으려 한다.

격식을 차리자면 만수향을 사르고 경문 한 권이라도 외어 주어야 하겠지. 그러나 료마는 불경을 몰랐고, 그 기묘한 고대 중국 발음인 염불소리는 듣기만 해도 마음이 울적해져서 싫었다.

료마는 시를 읊는 것도 좋아하지 않는다. 시음(詩吟)은 그때 지사들 사이에 유행이었으나, 료마는 그것을 읊고 있는 사나이를 보면 소름이 끼친다. 배짱도 성깔도 없이 애당초 여치같이 생겨먹은 인간이 호랑이라도 된 것 같은 기분으로 울부짖고 있는 것이 바로 그것이라고 생각했다.

'비파라도 뜯을까.'

사쓰마 사람에게서는 사쓰마 비파라도 뜯으며 노래를 불러 주는 것이 보다 좋은 공양이 되겠지. 그들은 어려서부터 비파 소리를 들으면서 사나이의 무쇠 같은 정신을 길러 왔던 것이다.

'그러나 나는 비파마저 뜯을 줄 모르니.'

게다가 비파도 없다.
안고 있는 것은 샤미센뿐이다.
료마는 샤미센을 탈 줄 안다.
오토메 누님에게서 배운 숨은 재주이다.
'어디 노래라도 지어 볼까?'
걸터앉아 있는 옆에 찻잔이 놓여 있다. 큼직한 대접이다. 안에는 술이 들어 있다.
쭉 들이켜고 음색을 조절하고 있다가 이윽고 데라다야의 순난(殉難) 지사를 애도하는 즉흥 노래를 부르기 시작했다.
컬컬하고 좋은 목소리이다.

꽃을 피운 벚나무에
어이 말을 매는고
저 말아 뛰지 마라
꽃이 지누나

사쓰마 영주 시마쓰 히사미쓰에 대한 원한과 야유를 곁들인 노래이다.
꽃을 피운 벚나무란 아리마 신시치 이하의 폭동파 일동을 가리킨 것이다.
그들은 커다란 뜻을 꽃처럼 피우게 하려고 이 데라다야에 모여들었다. 히사미쓰는 거기에 나라와라 기하치로의 설득단(실은 토벌단)을 파견했다. 하나같이 사쓰마의 용맹스런 자들로서 료마는 이들을 말로 비유했다. 말이 뛰면 꽃이 지는 것은 당연하지 않은가. 부질없다. 부질없다는 뜻이다.
료마는 다시 한 곡.

애닲구나 시냇가의 버들아
강물은 흘러 흘러 쉬지 않는데

인생유전(人生流轉).
생사(生死)는 원래 하나로, 다만 그 형태만 다를 뿐이다. 료마가 그들에게 보내는 조사(弔詞)인 셈이었다.
이 데라다야의 두 즉흥 노래는 오늘날까지도 술자리에서 불려지고 있지만, 료마가 데라다야를 피로 물들이고 죽어 간 자들에게 바친 노래인 줄은 거의 모르고 있다.

유전(流轉)

교토의 햇살이 날로 뜨거워지고 있다.

그 뒤 한 달쯤, 료마는 가와라 거리에 있는 조슈 번저에서 하는 일 없이 날을 보냈다.

"사카모토님, 조심하는 게 제일이오."

어느 날 구사카 겐즈이가 말했다.

"도사 번의 밀정들이 여전히 당신을 노리고 있는 모양이오. 사태가 안정될 때까지 조슈 번저에 머물러 계시오."

료마나 사와무라 말고도 도사 번의 망명자 몇 사람이 이 번저에 숨어 있다. 참정 요시다 도요를 벤 나스 신고, 오이시 단조, 야스오카 요시스케 등도 한패에 속한다.

예의 요시무라 도라타로는 이미 교토에는 없었다. 요시무라는 사건 전후 연락을 위해 가와라 거리의 조슈 저택과 니시키고지의 사쓰마 번저 사이를 오가고 있었는데, 어느 날 사쓰마의 히사미쓰가 '저 놈은 눈에 거슬린다'고 도사 번에 넘겨주고 말았던 것이다.

'그 녀석이니까 본국에 송환되었어도 언젠가는 뛰쳐나와 세상을 깜짝 놀라게 할 일을 저지를 거야.'

료마는 요시무라의 인물을 높이 평가하고 있다.

어느 날 밤, 료마는 심심하기도 해서 조슈 번저를 나서려고 했다.

"사카모토님, 어디로 가십니까?"

문 앞에서 조슈의 시나가와 야지로(品川彌二郎)가 이맛살을 찌푸리며 물었다.

"바람이라도 쐴까 하고."

거리를 산책할 셈이라고 료마는 말했다.

"위험합니다."

"아니, 나는 도망가거나 숨거나 하는 일은 아무래도 성질에 맞지 않아."

"그러나 요시무라님처럼 잡히는 것도 좋지 않습니다."

"아, 그것도 성질에 맞지 않지."

그러고 휙, 등을 돌리더니 문을 나섰다.

뒷날 마쓰카타(松方) 내각의 내무대신이 된 시나가와 야지로의 인상으로는 이때의 료마만큼 서글픈 듯한 그림자는 본 적이 없었다고 한다.

사실 료마는 우울했던 것이다.

탈번은 했으나 예의 '교토의 거리'는 비 갠 뒤의 무지개처럼 속절없이 사라지고 말았다.

'아무튼 내 몸 주체하기도 힘들군.'

공연 직전에 해산이 된 극단 배우처럼 몸 둘 곳을 찾지 못하는 셈이었다.
'도사 포졸들도 귀찮으니 이 길로 에도로나 가 버릴까.'
기야 거리(木屋町)를 남쪽으로 내려갔다.
'에도의 지바 도장에서 잠시 탈번 소동의 열기나 가셔 볼까.'
그러나 에도로 갈 노자가 없다.
그때였다.
"여보시오."
등 뒤에서 부르는 자가 있다.
료마는 걸음을 멈추었다.

'……?'
고개를 돌린 료마의 눈 가득히 다카세 강(高瀨川)의 푸른 버들가지가 어지러웠다.
그 버드나무 아래에 의젓한 무사가 서 있었다.
"나야."
데와 사투리가 섞인 에도 말투였다.
여름 하오리에 구요성(九曜星: 9개의 별)인 듯한 문장(紋章)이 어렴풋이 비쳐 보였다. 비단 하카마에 흰 끈의 조리(草履)를 신었다. 칼끈은 자줏빛의 명주끈, 금장식을 한 대소도(大小刀)의 날밑. 그러한 차림이 잘 어울리는 사나이였다.
얼굴이 희다.
미남이다.
하지만 날카로운 두 눈은 어린이가 봐도 보통내기가 아닌 것을 알 수 있다.
"잊었나?"
좀 불쾌한 낯을 지었으나, 곧 호걸답게 웃고 말했다.

"기요카와 하치로야."

"아아."

료마는 능청을 떨었다. 대뜸 알아보았으나 이 사나이를 썩 좋아하진 않는다.

"이제 생각이 났나?"

기요카와의 흰 끈을 단 조오리가 다가왔다.

에도 지바 도장에서의 동문이었다. 기요카와는 료마와 마찬가지로 호쿠신 일도류의 면허개전(免許皆傳)을 얻은 실력이다.

"반갑네."

기요카와는 말했다. 기요카와 쪽이 몇 년 선배였다. 다만 이 사나이는 오타마가이케의 본 도장에서 수업하고 료마는 오케 거리에서 배웠으므로 죽도를 겨뤄 본 적은 없다.

"이 근처에서 한 잔 하세."

"고맙지만……."

료마는 소매를 흔들어 보였다. 돈이 없다는 뜻이다.

"그러니까 이 다음에."

"돈이라면 이 기요카와가 가지고 있지."

"아냐, 그만두겠소. 당신이 갖고 있더라도 내가 없으면 술 같은 걸 마셔도 맛이 없어요. 술이란 그런 거죠."

"기묘한 술이로군."

기요카와는 쓴웃음을 지었다.

"그렇지만 기요카와 형, 당신 허리춤에 있는 전대를 내게 준다면 그건 별문제요."

'이 녀석.'

기요카와는 원래 거만한 사나이이다. 울컥했으나 료마의 스며들 것 같은 미소를 보고 있는 동안 다시 생각하게 됐으니 묘한 일이다.

'흠, 그것도 멋있는 노릇이군.'

이처럼 매사에 까다로운 이 사나이가 가죽 전대를 얼떨결에 료마에게 내밀었다.

"받겠소."

묵직하다.

료마는 품속에 넣으면서 말했다.

"기요카와 형, 한잔 합시다."

턱으로 본토 거리(先斗町) 쪽을 가리켰다. 료마는 걷기 시작했다. 기요카와 정도의 대책사가 몹시 맥 빠진 걸음으로 료마를 뒤따라갔다.

본토 거리에 '요시야'라는 요정이 있다.

유명한 술 '겐비시(劍菱)'로 알려진 가게다.

료마는 처음 오는 곳이었으나 전부터 그 집 술을 마시고 싶었다.

교토 술집에서는 어디 손님인지 모르는 초면 손님은 좋아하지 않는다.

그래서 료마는 요시야로 들어가자마자 안주인을 불러 전대를 내밀었다.

어차피 기요카와의 전대다.

"돈이 남거든 아이들에게 나누어 주어라. 나 말인가, 번의 이름은 밝힐 수 없지만 사이타니 우메타로라고 한다."

"사이타니."

여주인은 얼빠진 얼굴을 하고 있다. 전대 안에 있는 액수는 알 수 없으나 무게로 보아 황금 열두세 냥은 들어 있을 것 같다.

"이봐, 사카모토 군."

기요카와는 언짢은 얼굴이었다. 그러나 무사로서 이런 장소에선

시비도 할 수 없다.

기요카와는 초라도 마신 듯한 표정으로 이층 객실로 올라가 앉았다.

"좋은 밤이군."

료마는 싱글벙글하고 있다.

"기요카와 형, 기생은 나중에 부르기로 하지요."

"아, 좋도록."

멋대로 하렴, 하는 시무룩한 태도다.

"그때까지는 이야기, 이야기나 합시다."

료마는 흐뭇해서 말했다.

마음에 들지 않는 놈을 곯려 주는 것이 즐겁기만 한 것이다.

술이 나왔다.

기요카와는 상당한 주량이다.

"술 받으세요."

하녀가 술병을 들었다.

기요카와는 우람한 어깨 근육을 느릿느릿 움직이며 술잔을 들었다.

거만한 사나이지만 행동 하나하나가 웬만한 큰 번의 중신쯤은 돼 보이는 기품이 있다.

우젠(지금의 山形縣)에 히가시 다가와 군(東田川郡) 기요카와 마을이라는 산촌이 있다.

이 고장에서 '사이토(齋藤)님' 하면 굉장한 대지주로, 고장 사람들은 성주님이라고 떠받들 정도이다.

그 사이토 가문의 장남이 이 사나이다. 어릴 때는 도련님이라고 불렸다. 넓은 천지에 뛰쳐나온 뒤에도 당연히 고향에서 보내오는 돈이 많다. 료마도 도사에서는 이름난 부잣집 향사 태생이지만, 이 도호쿠(東北) 지방의 향사와는 규모가 다르다. 집이 '저택 나으리'라고 불릴 만큼 대단한 것도 아니다.

기요카와는 지나치게 거대하다고 할 만한 재능을 지니고 이 도호쿠 고원 지대에서 태어났다.

학문, 무예, 어느 것에나 곧 숙달했다.

문장도 능숙했다.

언변도 좋았다.

그리고 남보다 배나 되는 기력도 있다. 그뿐 아니었다. 시국과 인물 등 사실의 본질을 한눈에 꿰뚫어보는 안목과, 책략이 샘물처럼 홀연히 솟아오르는 천재적인 재간이 있었다. 이런 점은 백년에 하나 볼 수 있는 뛰어난 귀재일 것이다.

그런데 단 한 가지, 중대한 결함이 있다.

기요카와 하치로는 열여덟 살에 고향인 우젠을 뛰쳐나와 에도로 왔다.

그 무렵 간다(神田) 오타마가이케에 도조 이치도(東條一堂)라는 유명한 학자가 학당을 열고 있었다. 막부 직할 무사의 자제들이 입학하는 경우는 드물었으나 도호쿠 여러 번이나 미도 번, 서부 방면의 시골에서 나온 자제들은 대개 이 학당에 들어갔다. 그 점은 메이지 이후의 와세다(早稻田) 대학의 성격과 비슷하다.

이 도조 학당 옆이 유명한 '겐부 관(玄武舘)'이다.

호쿠신 일도류 지바 슈사쿠의 도장으로 검객 슈사쿠와 학자 이치도는 사이가 좋았다.

―손을 잡고 잘해 가자.

암묵 속에 제휴했다. 자연히 시골에서 나온 젊은 무사로서 도조의 학당에 들어가는 자는 이웃 지바 도장에 들어가 검술을 배웠고, 지바 도장에 들어가는 자는 도조 학당에서 학문도 배웠다.

어느 편이나 번창했다.

유전 105

기요카와는 이 두 곳에서 단번에 천재라는 칭찬을 받게 되었으나 이 사나이는 그것만으로 만족하지 않았다.

남달리 강한 호기심을 가진 자였다. 아니, 인간에 대한 관심이 지나치게 많은 사나이였다.

'천하에는 좀더 큰 인재들이 있을 것이다.'

이런 생각에 그는 20대 전반에 세 차례나 긴 여행을 했다. 교토 방면에서 주고쿠(中國), 시코쿠(四國), 규슈(九州), 마침내는 혼슈(本州) 북단까지 갔고 또 배를 타고 홋카이도(北海道)까지 갔다. 이 여행 중에 기요카와는 열렬한 근왕 양이론자가 되었고 다시 막부 타도론자가 되었다. 아직도 막부가 강성했던 가에이(嘉永), 안세이 연간의 일이므로 천하가 넓다곤 해도 막부 타도론자는 기요카와 정도였을 것이다.

도중, 그는 고향에 돌아가 저작도 했다. 추요론(芻蕘論), 병감(兵鑑), 사서 췌언(四書贅言) 등이다. 그 뒤 에도로 나와 스루가다이(駿河臺), 다음에는 오다가마이케에 집을 빌려 '문무교수(文武敎授)'의 간판을 내고 학당을 열었다.

그동안 세상의 명사, 지사 등과도 빈번하게 교제하여

—에도에 기요카와 하치로가 있다.

는 평판이 널리 알려지게 되었다. 이 이름은 본명이 아니다. 본명은 사이토 겐지(齋藤元司)라고 하는데 고향의 마을 이름 '기요카와'를 땄고 이름은 하치로.

외기 쉽다.

예명 비슷하다.

기요카와는 그런 사나이였다. 굉장한 근왕파이긴 했으나 동시에 자신의 이름을 세상에 크게 드러내고 싶어했다. 혼자 책모(策謀)를 꾸미고 그 책모로 세상을 움직이고, 책략가답게 배후에서 조종하는

게 아니라 언제나 그 책모의 중심에 앉아 그 공을 혼자 차지하고 싶어하는 사람이었다.

덕이 없다는 말이 될 것이다.

이 희대의 재사의 운명을 결정한 불행은 그와 같은 결함에 있었다.

'굉장한 사나이이다.'

료마는 술을 마시면서 관찰했다.

'그러나 재간이 얼굴에 너무 드러나는 책사구나.'

료마 나름으로 무게를 가늠해 본다.

기요카와는 막부가 수배중인 인물이다.

에도에 있을 때 야나기바시(柳橋)의 만파치 루(萬八樓)에서 동지들과 함께 통음(痛飮)하고 돌아오는 길에 사건을 일으켰다.

술집에서 천하를 논의한 뒤이기도 하다.

취하기도 했다. 이래저래 꽤 기분이 의기양양했던 모양이었다.

맞은편에서 장사치가 왔다.

건달패 같았다.

이 무렵의 건달들은 무사를 아주 업신여기고 있었다. 길가에서 무사를 향해 욕설을 퍼부어도 무사는 쉽사리 칼을 뽑지 않는다는 것을 잘 알고 있었다. 칼부림 따위로 사고를 일으키면 번에서는 기다렸다는 듯이 녹(祿)을 몰수하고 파면시켜 버린다. 어느 번에서나 가신들을 먹여 살리기가 어려울 만큼 쪼들리고 있었던 것이다.

건달은 맞은편에서 오는 기요카와 하지로를 큰 번의 상당히 신분 있는 가신으로 본 모양이다.

아무튼 종자들을 거느리고 있었다. 아사카 고로(安積五郎), 이무다 쇼오헤이(伊牟田尙平), 무라카미 슌고로(村上俊五郎) 등 기요카와를 맹주로 삼는 낭인들이었다.
 건달은 비틀거리며 발을 헛디뎠다.
 별로 악의가 있었던 것은 아니다. 극히 자연스러운 실수였지만 길이 좁았다.
 기요카와의 어깨에 부딪쳐 버렸다.
 "똑바로 걸어다녀!"
 건달은 쌍스럽게 욕을 퍼부었다.
 "무례한 놈!"
 기요카와는 손을 칼로 가져갔다.
 뽑았다고 생각할 사이도 없이 벌써 번개같이 칼은 기요카와의 칼집에 짤깍, 소리와 함께 들어가 있었다.
 아무튼 호쿠신 일도류의 달인이었다.
 ─똑바로 걸어다녀!
 건달의 목은 한마디 외친 그 입이 미처 닫히기도 전에 몸뚱이에서 떨어져서 허공을 날아 대여섯 간 건너편 가게 앞에 털썩, 하고 떨어졌다.
 기요카와는 에도에서 자취를 감추었다.
 막부에서는 기요카와를 잡아넣을 좋은 기회라고 여겨, 여러 나라에 인상서(人相書)를 돌려 엄중한 탐색을 벌였다.
 그 인상서엔 기요카와를 이렇게 표현했다.
 '나이 서른 살가량. 중키. 에도 오타마가이케에 집이 있음. 뚱뚱한 편. 얼굴, 턱이 네모지고 머리는 상투를 매지 않고 어깨까지 풀어 내렸음. 얼굴은 희고 코는 오똑하며 눈빛은 날카로움.'
 쇼나이 형(庄內型)의 미남이다.
 여러 곳을 전전한 끝에 교토로 들어와 다나카 가와치노스케(田中河內介)라는 한때 공경(公卿) 나카가와 집안을 섬긴 사나이와 시국을 격렬하게 토론했다. 그리고 가와치노스케를 통하여 천황에게 상소문을 올린 바 있다. 옛날 막부의 세력이 한창일 무렵에는 영주조차도 교토 조정에 접근하는 것을 막부는 용서하지 않았는데, 시대는 한낱 낭인이 이와 같은 행동을 저지르게끔 변했다.

그 뒤 기요카와는 규슈를 돌아다녔다.

각지에서 지사를 방문했다. 지쿠젠의 히라노 구니오미, 지쿠고의 마키 이즈미 등과 크게 뜻이 맞은 것은 이때의 일이다.

"교토로 올라가 의병을 일으켜야 한다."

기요카와는 그런 극단론을 폈다. 규슈인은 교토나 에도의 정세에 어두웠고 게다가 혈기가 왕성했다.

그리하여 속속 교토, 오사카로 올라왔다. 이것이 데라다야 사건이 되고 교토 지방에서 피비린내 나는, 막부 말기 풍운극의 막이 열리게 되는 동기가 되는 것이다. 기요카와는 홀로 막부 말기의 풍운을 불러일으킨 사나이라고 해도 과언이 아니다.

"기요카와 형."

료마는 기요카와의 말을 들으며 잠깐씩 적당히 허풍스럽게 고개를 끄덕였다.

감탄하고 있는 것이다.

그 매끄러운 혓바닥, 풍부한 말, 논리의 기발함, 정말 료마는 감탄했다. 기요카와의 이야기를 듣고 있으면 가만히 있을 수 없게 되고 자기도 모르게 뛰어나가고 싶은 충동을 막을 수 없었다.

이 기요카와의 말재주에 넘어가 규슈의 쟁쟁한 지사들은 마치 최면술에 걸리기라도 한 듯 교토로 올라왔던 것이다.

"해타 성주(咳唾成珠 : 말 하나하나가 구슬 같다는 뜻으로, 웅변을 말함)란 말이 있지만 기요카와 형과 같은 사람을 두고 말하는 거로군요."

유전 109

료마는 속으로 경멸하고 있었지만, 내색하진 않았다.
"난 말이요, 사카모토 군."
기요카와는 잔을 입에 대며
"에도 시대부터 자네를 기대하고 있었어."
천천히 독특한 가락으로 늘어놓았다.
"고마운 말이군요."
료마는 얼굴을 숙이며 술을 마셨다.
"후훗."
기요카와는 웃었다.
"사카모토 군, 놀리지 말게. 자네는 조금도 고마운 얼굴이 아니야."
"아니 정말 고마워요. 나는 뭐든지 솔직하게 기뻐하는 성질이죠. 누님도 늘 말했습니다. 료마는 추어주면 괜히 기뻐하니까 추어올린 보람이 있다고……."
"그만두게."
기요카와는 씁쓸한 얼굴이다.
그러나 속셈이 있다. 이 료마와 짝을 지어 한바탕 연극을 하고 싶은 것이다.
"그 데라다야 사건 말인데."
기요카와는 말했다.
"그것도 내가 쓴 각본이었지."
"어허."
놀라 보였으나 료마는 벌써 알고 있었다. 기요카와의 평판은 어쩐지 악평이 더 많은 것이다.
기요카와는 자칭 영웅호걸이다. 젊었을 때는 일본의 최고 학부인 쇼헤이코(昌平黌)에도 적을 둔 적이 있었으나 '이런 고물 책이나 만지고 있다가 내 속에서 숨쉬고 있는 영웅호걸이 죽어 버린다'고 뛰쳐나와 버렸다.
 규슈 순방 중엔 여러 곳에서 '지사'를 자칭하는 이름난 사람들을 만났으나 기요카와는 만날 때마다 그 일기에 날카로운 혹평을 가하고 있었다.
 구마모토(態本)에는 나가시마 산페이(永島三平)라는 이름난 지사가 살고 있었다. 집이 기요마사 묘(淸正廟) 문 앞에 있으므로 기요카와는 가끔 들러 의견을 나누었다.
 그날 밤 쓴 일기이다.
 '전국의 형세를 논하긴 해도 원래 허풍이 많은 인물로 도무지 믿을 만한 자는 못된다. 얼마 동안 토론을 했지만 영웅호걸이 깊이 사귈 만한 자가 못되어 적당히 해 두었다.'
 아무튼 기요카와는 부지런히 다녔다. 인물이라면 반드시 만나보았다.
 거의 대부분이 기요카와에게 감동되었다.

 "교토 의거 사건의 작자는 나야."
 기요카와는 말했다. 허풍은 아니었다. 기요카와 하치로는 허풍을 떨어 자기를 추어올릴 만큼 빈약한 사나이는 아니다.
 "당신이 말이오?"
 세상이란 묘한 것이군, 료마는 자기 자신이 우스웠다. 기요카와가 어디선가 분 피리소리가 돌고 돌아 도사 시골까지 들려 왔기 때문에, 료마도 덩달아 춤을 추어 탈번하기에 이르지 않았는가.
 '이놈이 내 일생을 바꿔 놓은 셈이로구나.'
 료마는 턱을 쓰다듬으며 장지문 밖을 보았다. 깜깜한 밤이다.
 "그러나 기요카와 형, 당신은 그때 데라다야에는 없었던 것 같은

데."

"……."

기요카와는 아무 말 없었다.

킥킥, 료마는 혼자 웃었다.

데라다야의 참극을 빚게 한 교토 의거의 일막은 틀림없이 기요카와가 배우들을 모으고 각본을 쓰고 또 연출까지 했으나, 그 직전에 기요카와는 단원 일동에게 쫓겨났다. 그 내막은 료마도 들었다.

그때 료마는 '의군'의 낭사 녀석들이 어디 있는지 몰라 사와무라와 더불어 오사카를 헤매고 있었지만, 일동은 사쓰마 번의 오사카 저택에 있었던 것이다.

사쓰마 번은 그들을 귀찮게 여겨 저택 안의 행랑채 중 '28번 행랑'이라는 한 채를 비워 숙소로 제공하고 있었다. 친절이 아니라 한데 몰아넣고 감시한다는 것이 본심이었다. 그러나 기요카와를 포함해서 낭사들은 믿었다.

'사쓰마는 우리 편이다.'

낭사들은 천하를 차지한 듯이 날마다 큰소리를 치고 있었다.

기요카와는 그 일기에 비난하고 있다.

"그들은 모두 경거망동의 무리들."

그런데 낭사들도 기요카와를 그와 같은 눈으로 보고 있었다. 아니 기요카와보다도 기요카와가 심복으로 데리고 온 에치고 낭인 혼마 세이이치로(本間精一郎 : 나중에 암살됨)를 특히 그렇게 보고 있었다. 혼마는 사치를 좋아하고 게다가 입부터 먼저 태어난 것처럼 말재주가 있고 자기 자랑이 대단했다. 남과 토론하면 납작하게 만들기까지는 물러서지 않았고, 언제나 입가에 상대를 비웃는 듯한 웃음을 띠고 있다. 이를테면 담력이 없는 기요카와 형(型)의 사나이였다.

낭사는 모두 그 혼마를 미워하고 혼마를 따돌리고 마침내 대장격인 기요카와까지 싫어했다.

드디어 두 사람은 사쓰마 번저를 나왔다.

아니, 동지들에게 쫓겨났다고 하는 편이 좋겠다.

'아까운 사나이야.'

료마는 수려하며 약간 심통이 난 듯한 기요카와의 얼굴을 보면서 생각했다.

막부 말기의 사극(史劇)은 기요카와 하치로가 막을 열고 사카모토 료마가 내렸다고 하지만, 료마는 이 기요카와를 좋아하지 않았다.

모든 것에 만능인 재사이면서도 오직 한 가지, 인간에 대한 애정이 부족하다.

기요카와는 끝내 큰일을 이루지 못할 사나이다, 료마는 이렇게 보고 있었다.

"사카모토 군, 자네를 믿고 말하겠네."

기요카와가 말했다.

"나는 지금부터 에도로 내려가 막부의 코앞에서 경천동지(驚天動地)의 대사업을 벌이고 싶은데 동행해 주지 않겠나?"

"에도로?"

료마는 멍청한 얼굴로 말했다.

'기요카와 녀석, 에도로 날아가서 어떤 마술을 부리려는 것일까.'

재미있을 것 같기도 하다.

"어차피 나도 에도로 내려가려고 생각하던 참이니까 동행은 하겠지만 에도로 가서 뭘 한단 말인가요?"

"막부를 속이는 거야."

기요카와다운 말이다.

"속여서 천하의 낭인들을 모으게 한다. 에도에서도 어지간히 양이(攘夷)를 부르짖는 낭인들이 설쳐, 막부도 골치를 썩이고 있는 모양이니까, 이들을 한곳에 모아 막부 비용으로 먹인다. 게다가 유사시엔 양이의 선봉으로 쓸 수 있다—고 설득하면 막부로선 일석이조가 아닌가. 얼씨구나 하고 덤벼들 거야."
"그들을……."
료마는 얼른 이해가 가지 않는다.
"어떻게 한단 말입니까?"
"반대로 막부 타도의 군사로 쓰는 거야."
'흐음…….'
천재적인 책략에는 놀랐으나 료마는 당장에 말했다.
"그만두십시오, 기요카와 형."
"일생에 한 번쯤은 속임수도 좋겠지만 일에는 실속이 있어야죠. 사람이 따라오지 않거든요. 속임수로 이게 떡이라고 하며 한때는 속일 수 있겠지만, 마침내는 한낱 종잇조각이라는 것을 알게 되면 세상은 당신을 걷어찰 것입니다."
"사카모토 군."
기요카와는 취했다.
"나는 배경이란 것이 없어. 자넨 있지. 도사 번에 동료가 있지 않은가. 근왕을 뜻하는 도사 향사들을 모으기만 해도 2, 3백 명은 넉넉히 될 걸세. 그 동료들이 자네의 배경이야. 야아, 소리치기만 하고 자기 선전을 하지 않더라도 조상 대대로 한마디 인사로 얘기가 통하던 친구들 아닌가. 사쓰마, 조슈, 아이즈 패들도 마찬가지다. 그러나 데와 산골짜기에서 나온 내게는 그런 것이 없어. 천하에 기요카와 하치로 한 사람뿐이야. 그렇다면 저쪽을 속이고 이쪽을 선동하여 남의 힘으로 일을 할 수밖에 없잖은가. 말하자면 소진장의(蘇秦張儀)다."
기요카와는 고대 중국의 대책사(大策士)의 이름을 들어 스스로 자랑했다.
그러나 료마는 그런 기요카와를 좋아하지 않는다. 책사는 결국 책사에 지나지 않는다. 끝내 대사는 이루지 못할 것이다.
'알맹이가 필요하다.'
료마에게도 지금은 알맹이도 뚜껑도 없다. 그러나 만들겠다는 몽상은 하고 있다.
나와 기요카와의 차이다, 료마는 마음속으로 이렇게 생각했다.

데라다야의 참사를 들었을 때, 다즈는 바로 말해서 숨이 막힐 것만 같았다.
'혹시 료마님이……'
생각했던 것이다.
그러나 곧이어 주인집인 산조 댁에 자세한 소식이 알려짐에 따라, 다즈는 야릇한 느낌이 들었다.
'어째서일까?'
료마는 그 사람들 속에 끼어 있지 않았다.
안심은 되었다. 그러나 동시에
'뭐가 그래.'
그렇게 생각했다.
'그 사람은 역시 그 정도의 사람일까.'
배신을 당한 것 같은 느낌도 들었다.
게다가 박정한 사람이기도 했다.
탈번하여 교토에 올라왔다는 소식은 알고 있다. 우선 산네이 고개의 '아케보노 요정'의 지불건 때문에 심부름꾼이 왔었다. 그런데도 그 자신은 도무지 자기 앞에 얼굴도 내밀지 않고 있지 않은가.
 사랑도 하지 않고 의거에도 참가하지 않고 속셈을 모르겠다.
 '무엇을 하고 있을까.'
 그러고 있는데―
 그것은 그날 오후의 일이었다.
 난데없이 도베가 찾아와 다즈를 놀라게 했다.
 여전히 떠돌이 장사치 차림이다.
 "헤헤, 교토에 왔던 길입죠."
 도베는 웃어 보였다.
 도베는 에도의 도사 번저에서 들었는지 료마의 탈번을 알고 있었다. 그러나 지금은 어디 있는지 모른다.
 "알고 계시면."
 가르쳐 달라는 것이었다.
 "나도 몰라요. 아마도 조슈 번저에 숨어 계시다는 말은 들었지만."
 다즈는 말하기를 꺼려 했다. 어지간히 료마에게 화를 내고 있는 모양이다.
 도베는 그렇게 짐작했다.
 '질투하고 계시는군.'
 "저도 에도에서 데라다야 사건을 듣고 틀림없이 서방님의 일당이려니, 생각하고 달려 왔는뎁쇼."
 "네."
 다즈는 내키지 않는 얼굴이다.
 "그런데 일당이 아니었어요. 무엇 때문에 탈번했을까요?"
 "다즈도 모르겠어요."
 "그럼."

도베는 잠시 생각하더니 말했다.
"그럼, 내가 조슈 저택을 찾아가, 계신지를 확인하고 만나 뵙게 해 드리겠어요."
"내버려 두세요."
다즈는 토라졌다.
"공경 저택은 막부의 눈이 번득이고 있어요. 낭인배들이 함부로 드나들면 주인댁에 폐가 돼요."
"예."
우선 도베는 조슈 저택에 가서 은근히 더듬어 보았다.
아무래도 료마는 에도로 내려간 것 같았다.

그 무렵 료마는 기요카와와 더불어 도카이도를 한가하게 걸어가고 있었다.
첫날밤은 구사쓰(草津).
다음날은 쓰치야마(土山).
다행히 맑은 날씨가 계속되고 있다.
사흘째는 스즈카 고개(鈴鹿峠)를 넘었다.
"묘한 일이로군."
료마는 감탄하면서 걷고 있다.
가도에 사람이 많았던 것이다. 료마는 벌써 네 번째인 도카이도 여행이지만 이렇게 가도가 붐비는 것을 본 적이 없다.
그것도 에도로 가는 것이 아니라 줄곧 그쪽에서 온다.
더구나 여자들이 많다. 호화스러운 여자용 가마들이 무사들이나 하녀의 호위를 받으며 서쪽으로 서쪽으로, 때로는 연이어서 몇 패나 온다.
"사카모토 군, 이걸 알겠나?"

"글쎄요."

"막부 와해의 징조야."

기요카와는 말했다.

여자용 가마 안에는 약속이나 한 듯이 영주들의 정실부인이 타고 있었다.

영주의 처자는 에도 번저에 둔다는 것이 막부 2백 년의 규범이었다. 이른바 막부에 대한 인질이다. 영주의 본국에서의 반란을 미리 방지하기 위한 것이었다.

그리고 영주의 재력을 소모시키기 위해 참근교대(參勤交代)를 시킨다. 즉 원칙적으로 1년은 에도, 1년은 본국, 이런 식으로 왔다 갔다 하게 하는 제도이다. 여러 영주는 많은 가신들을 거느리고 에도와 영지 사이를 오가기 때문에 막대한 경비가 들었다. 그들은 차츰 쪼들리기 시작하여 막부에 반항할 만한 재력도 무력도 가질 수 없게 되었다.

그리하여 도쿠가와 막부는 2백여 년이나 지속할 수 있었던 것이다.

도쿠가와 가문은 평안했으나 일본 자체의 무력은 쇠퇴했다.

거기에 외환(外患)이 닥쳐왔다. 언제 외국군이 쳐들어올지 모르는 시기에 정작 영주들에게는 그 방위력이 없다. 군비를 개수하려고 해도 돈이 없었다.

분큐 2년 초가을.

막부는 참근 교대 제도를 거의 폐지나 다름없이 완화시키고 또 영주의 처자식의 에도 거주제도도 늦췄다.

2백여 년 동안 막부가 영주들의 코뚜레를 꿰어놓고 에도에 묶어두었던 이 제도가 사실상 폐지된다면, 영주들은 다시 들판의 호랑이가 될지도 모른다.

"막부 와해의 징조야."

기요카와가 통찰한 것은 이것이었다.

가도를 서쪽으로, 서쪽으로, 올라오는 것은 이 부인들뿐만은 아니었다.

에도 저택에서 일하던 졸개, 하녀, 하인들까지도 상전댁에서 풀려나 고향으로 돌아가는 자가 꼬리를 이었다.

그 때문에 주막거리의 인부 품삯, 말 짐삯, 나룻배 뱃삯 등이 놀랄 만큼 비싸졌다.

"기요카와 형, 이러다가는 오와라(尾張) 근처에서 당신 전대는 바닥이 나고 말겠구려."

료마는 '막부 와해의 징조'보다도 그 편이 걱정인 모양이다. 료마도 기요카와의 돈으로 노자를 쓰고 있는 것이다.

한편 도사에서는 다케치 한페이타가 조종하는 혁신 내각이 그런 대로 성립되어 있었다.

"료마 녀석, 너무 서둘렀어."

별로 군소리를 하지 않는 사나이였으나 말이 료마에게 미치면 그때마다 그 탈번을 아쉬워했다.

그러나 료마는 다케치가 성공했다는 소문을 바다 건너 교토에서 듣고 오히려 불안해했다.

―사상누각(砂上樓閣)이야.

다케치는 관념론자이다. 료마는 현실주의자였다. 도사 한 나라를 무력으로 진압할 만한 실력을 다케치가 갖지 못한 이상, 그 혁신 내각은 끝내 사상누각이 되고 말 것이다.

―다케치가 하는 일도 알맹이가 없어. 기요카와나 마찬가지야.

세도 내해에서 사설 함대를 만들어, 그 무력으로 세상을 바로잡아

보겠다고 생각한 료마는 책략만 쓰는 방법이 아무래도 마음에 차지 않는다.

참정 요시다 도요를 암살한 이후, 도사 번의 인사권은 다케치의 생각대로 되었다. 각료의 팔 할은 정국의 안정을 위해 문벌 출신의 수구파에게 맡겼으나, 그들은 우매하여 이 할 남짓한 근왕파 중신들에게 끌려다니리라는 것이 다케치의 전망이었다.

물론 다케치 자신은 향사 출신이라는 억울한 신분 때문에 요직에는 앉지 않았다. 겨우 시로후다(白札)의 조장직 정도의 말단 직책을 맡았을 뿐이었다.

그러나 공공연한 배후 인물로 그는 내각을 조종하고 있었다.

―사쓰마와 조슈에 뒤지지 말아라.

이것이 다케치 등의 구호였다.

마침 경쟁 상대인 조슈 번에 양이 촉진(攘夷促進)의 밀칙(密勅)이 내려, 구사카 겐즈이를 비롯한 조슈의 근왕당은 그야말로 춤을 덩실덩실 추었다. 교토의 조정이 막부 휘하의 영주에게 직접 칙명을 내린다는 것은 그 무렵의 정치 체제로 보아 위법도 대단한 것이었으나, 당사자인 고메이 천황과 그 주변의 공경들은 외국 공포증이 더욱 심해져서 신경의 균형을 잃고 있는 형편이었다.

―막부는 무엇을 하고 있나. 외국의 위협으로 차례차례 개항(開港)하고 조약을 강요당하니 그런 짓을 하고 있으면 머지않아 외국에 나라가 먹혀 버린다.

공경의 무지.

공경의 겁먹음.

그리고 공경의 탐욕.

조슈의 책사들은 이 공경들을 이용했다. 그 무렵 공경은 돈이라면 그만이다, 라는 말을 들었을 정도였으므로, 밀칙 강하 운동(密勅降

下運動) 같은 것은 두세 명의 유력 공경에게 뇌물을 안기면 그다지 어려운 일은 아니다.

'밀칙 강하.'

이것으로 갑자기 조슈 번은 활기를 띠었다. 막부와 같은 위치라는 기분이 모든 가신 사이에 번져 나갔다.

'도사도.'

다케치는 근왕파 상급 무사인 히라이 젠노조 등과 운동을 벌여 천황의 내지(內旨)라는 것을 얻었다.

이 때문에 다케치 등은 열일곱 살 난 영주를 앞세워 군사를 이끌고 교토로 올라가게 되었다. 료마가 교토를 떠난 직후의 일이다.

료마는 에도로.

서로 엇갈리며 다케치는 교토로 올라왔다.

영주 도요노리와 도사 군사는 가와리 거리의 번저가 비좁아 시내 서쪽에 있는 묘신 사(妙心寺) 경내 다이쓰 원(大通院)을 본진으로 삼고 주둔했다.

다케치는 바빴다.

야마노우치 집안의 인척이 되는 산조 사네토미를 내세워 운동을 벌였고 선물이라는 명목의 금은을 아낌없이 뿌려 공경들의 비위를 맞추었다.

"조슈도 부자지만 도사도 과연 24만 섬의 큰 나라답게 부자로군. 폐하께 잘 말씀드리지."

공경들은 크게 기뻐했다. 예부터 공경이란 역사상 신통한 일을 하지 못했으나 묘한 권위가 있다.

그들은 천자라는, 살아 있는 신을 둘러싼 사당지기인 것이다. 다만 사당지기에 지나지 않는다. 그러나 천자가 직접 영주를 만나는 것이 아니므로 그 신탁(神託)을 신관이 중개하듯이 공경은 천자의 말을 중개한다. 그런 뜻에서 권위가 있다. 따라서 도중에 공경이 자기 편의에 따라 변조하더라도 천자는 전혀 모르고 있다.

다케치의 공작이 잘되어 도사 번의 중신 기리마 쇼겐(桐間將監)이 조정에 불려 나가게 되었다.

조정이라고는 하나 대궐 안에 있는 관청에 불려 나가는 것이다. 이 관청을 학습원(學習院)이라고 했다. 그 관청에는 근왕파에 속하는 소장 공경들이 모여 있었다.

기리마는 이 학습원에서 무가(武家) 담당 상주관인 나카야마 태정차관에게서 '칙서'를 받았다.

'도사 번주는 사쓰마 조슈 번주와 같이 공무(公武 : 조정과 막부) 사이를 주선하도록' 하는 것이었으나, 그 순간부터 도사 번의 무게는 막부 말기의 정국에서 다른 번을 누를 정도가 되어, 삿조도(薩長土 : 사쓰마, 조슈, 도사의 첫 글자)라는 명칭이 이때부터 생겨났다. 천황주의라는 별명이 붙은 다케치의 기쁨이야말로 이루 말할 수 없어 사람들은 '한페이타는 미쳐 죽을 것만 같았다'고 했을 정도였다.

―이럴 때 료마가 있었더라면.

다케치는 더욱더 료마의 탈번을 아쉬워했다.

그러나 세상은 다케치가 생각하는 것만큼 수월하지는 않았다.

에도에 있는 전 영주 요도는 은퇴한 몸이기 때문에 번정에 대해 공식적으로 간섭할 수는 없었다. 그러나 그대로 있지는 않았다.

"우리 영주는 장군의 부하다. 그런데도 계층을 무시하고 직접 조정과 관계를 맺다니 괘씸하다."

다케치 일파의 음모 암약을 기뻐하지 않고 비밀리에 전 참정 요시다 도요가 기용한 관료들을 움직여 다케치 일파의 행동을 감시하고 있었다.

틈만 있으면 실각시키려고 하는 악의에 가득 찬 감시였다.

료마는 아직도 도카이도를 여행 중이다.

복잡한 번내 사정에는 일체 관계를 맺지 않고 혼자 천하를 걸어가려 하고 있었다.

에도로 되돌아온 기요카와는 큰 관문(關門)을 지나 시바 다리(芝橋) 앞에 이르자

"사카모토 군, 아무래도 뒤따르는 놈이 마음에 걸리는데."

기요카와는 미간을 찌푸렸다.

료마도 아까부터 눈치 채고 있다.

다마치(田町)에서부터 묘한 자가 두 사람을 미행하고 있는 것이다.

"밀정이로군."

료마는 말했다.

"아무튼 당신의 인상서는 꽤 많이 뿌려져 있으니까요."

"흥!"

기요카와는 유유히 걷는다.

에도까지 오는 동안 묵어 온 여관마다 대개 기요카와의 인상서가 벽에 붙어 있었다. 허나 당사자인 기요카와가 너무 당당하게 굴었기 때문에 여관집이나 취조 관리도 전혀 의심하는 사람이 없었다.

"과연, 에도의 밀정이군. 기요카와 하지로가 큰 관문 안을 들어서자 벌써 뒤를 따르고 있으니."

"사카모토 군, 이쯤에서 헤어지세."

"도망가시겠소?"

"응."

기요카와는 고개를 끄덕였다. 기요카와의 말에 의하면 다행히 여

기서 멀지 않은 미다(三田)에 사쓰마 번저가 있다고 한다. 사쓰마인 마스미쓰 규노스케(益滿休之助)가 친지이기 때문에, 당분간 숨겨 달라고 해서 에도의 형편을 살핀 다음 활동을 개시하겠다는 것이었다.

"그러나 당신을 감추어 준다면 사쓰마 번도 난처할 게 아니오?"

"뭐, 난처하게 되라지. 막부와 사쓰마 번의 틈이 조금이라도 벌어지면 그만큼 세상이 재미있게 된다."

과연 책사이다.

"사카모토 군, 앞으로의 자네 연락 장소를 알아두고 싶군. 설마, 가지바시(도사 번저)는 아닐 테지. 어디서 묵을 작정인가."

"오케 거리의 지바요."

"음, 그곳 데이키치(貞吉) 대선생님에겐 사나코라는 무예 솜씨가 굉장한 따님이 있지. 자네한테 홀딱 반했다는 소문이 오타마가이케에서도 자자했었는데 정말인가?"

갑자기 음탕한 얼굴로 묻는다.

"사실과는 다른데."

료마는 히죽히죽 웃고 있다.

"어떻게 다르단 말인가?"

"내가 반한 편이죠. 하긴 호되게 딱지를 맞았지만."

료마는 아하하하 너털웃음을 웃었다. 물론 거짓말이다.

이상한 소문이 나서 사나코에게 상처를 주고 싶지 않은 임시방편이었다.

이윽고 미다의 사쓰마 번저 앞에 이르렀다.

"그럼."

료마는 눌러 쓴 방갓에 바람을 정면으로 받으면서 성큼성큼 걸어갔다.

햇살이 밝았다.
오랜만에 밟는 에도 땅이었다.

가나스기 다리(金杉橋)를 건넜다.
길이 열두 간의 나무다리로 오른편에는 바닷물이 반짝였고 왼편 저 멀리 소조 사(增上寺)의 숲이 보인다.
건너가면 이미 하마마쓰 거리이다. 얼마쯤 가다가 료마는 홱 돌아섰다.
미행자가 있다.
작은 키의, 보기에도 뻔뻔스럽게 생긴 건달 비슷한 젊은이였다.
"이리와."
그는 어지간히 화나 있었다. 다마치에서 줄곧 뒤따라온 사나이이다.
"헤헤헤, 그저……."
허리를 굽신거리며 뱃심 좋게 다가와서 고개를 꾸뻑했다.
"잠깐 여쭙겠습니다만 나리께서는 혹시 도사 대감의 가신이신 사카모토 료마님이 아니신지요?"
'이 녀석이 기요카와를 노리고 있었던 게 아니었나?'
료마는 오히려 당황해서
"너는 누구냐?"
헛기침을 하며 물었다.
"예, 조타(長太)라고 합니다. 앞으로 기억해 주시기 바랍니다."
"왜 나를 미행하나?"
"도베 두목님이……."
"허어, 도베의?"
"예, 그렇습죠. 두목님이 이러이러한 인상의 분이 에도에 들어오시면 정중히 숙소를 여쭈어 두라는 말씀이 계셨습니다."
"너는 도베의 부하냐?"
"예, 한패지요."
"역시 도둑이로구나!"
"예."
조타는 당황했다. 료마는 상관치 않고 물었다.
"도베는 아직도 도둑질을 하고 있나?"
"아아뇨, 모릅니다. 그런데 하시는 장사가 꽤 잘되는 모양입니다."
"지금, 에도에 있나?"
"글쎄, 그것도……."
이 패들은 서로의 소식은 말하지 않는 것이 법칙인 모양이다.
"그럼 도베에게 일러 둬라. 오케 거리의 지바 도장에 있다고."
"예, 감사합니다."
사라지려는 그를 료마는 불러 세우고 금은으로 장식한 단도를 뽑아 조타에게 주었다. 헐값에 팔아도 대여섯 냥은 족히 될 것이다.
조타는 떨고 있다.
"수고비다. 돈이 없어."
료마는 벌써 대여섯 걸음 걸어가고 있었다.
저녁나절 가지 다리 궁문이 보이는 근처에까지 이르렀다.
바로 건너편이 도사 번저이다. 그것도 바로 코앞에 오케 거리의 지바 도장이 있으니 료마로서는 별로 마음 놓을 곳이 못된다.
여러 번의 가신들이 거리를 분주히 오가고 있다.
'에라 모르겠다. 들키면 그때 볼 일이다.'
유유히 가지 다리 궁문을 북으로, 미나미 가지 바시, 미나미 다이쿠 거리를 지나 오케 거리에 들어서자 안면 있는 동네 사람 일고여덟 명과 마주쳐 애를 먹었다.
"어이구, 돌아오셨군요."
껴안을 듯이 다가오는 사람도 있었다. 지바 도장의 옛 사범이 돌아온 것이다. 반가운 모양이었다.

료마는 도장 문 앞에 섰다.
'모두가 옛날 그대로다.'
대문을 우러러보고 무너진 담을 정겹게 굽어보았다.
옛날이라지만 료마가 이 도장을 떠난 것은 안세이 5년, 스물네 살 때이다. 불과 4년 전의 일인데 그 뒤의 자기 몸의 변화가 그렇게 만들었는지 퍽 먼 옛날이었던 것 같은 느낌이 든다.
'그대로구나.'
그렇게 생각하며 담 너머로 무성한 소귀나무 잎사귀를 하나하나 살폈다. 잎사귀마다 환하게 석양빛이 어려 있다.
료마는 안으로 들어갔다.
조용하다.
나중에 들은 일이지만 이날은 지바 주타로가 주군으로 섬기고 있는 돗도리 번 전 영주의 제삿날로 도장은 휴일이라는 것이었다.
그는 현관에 섰다.
"료마입니다."
그러자 제자가 나왔다. 료마가 모르는 얼굴이었다.
"아, 사카모토 선생님."
그러나 그는 곧 짐작했는지 인사도 하는 둥 마는 둥 안으로 뛰어 들어갔다. 아마도 료마는 이 도장에서는 이미 전설적인 거인이 돼 있는 모양이었다.
료마는 안내를 기다리면서 근처를 둘러보았다.

뜰에 오래된 우물이 있다.

그 건너편에 도장 판자벽이 하나 있고, 그 판자가 낡아 있는 것도 옛날 그대로였다.

문득 멀구슬나무 저편, 조금 떨어진 담장 한 모퉁이에 자갈로 동그랗게 둘러쳐진 화단이 있고 도라지꽃이 가득 심어져 있는 것이 보였다.

'옛날엔 저런 꽃이 없었는데.'

일부러 돌로 둘러싼 것으로 보아 자연히 생긴 것은 아니고 누군가 심어서 가꾸고 있는 모양이다.

꽃이 두 송이 달려 있다.

종모양의 파란 꽃이 하늘하늘 바람에 흔들린다.

도라지꽃은 료마의 집 가문(家紋)이다. 그래서는 아니지만 료마는 이 꽃이 좋았다.

그러나 료마는 이 꽃의 내력을 모른다.

이 꽃은 안세이 5년, 료마가 번의 유학 기간이 다 되어 고향에 돌아간 다음, 사나코가 몰래 심은 것이었다.

오빠 주타로가 보고,

―잡초가 자꾸 나는구나.

그 풀을 뽑으려 하자 사나코는 황급히 말했다.

"제가 심었어요. 아버지 기침약에 쓰려고요."

사실 도라지 뿌리는 말려서 달여 먹으면 기침과 담에 효험이 있다. 내과 의사들이 기관지염이나 백일해, 폐결핵, 천식 등의 약으로 쓰고 있는 것이다.

"아 그래, 사나코는 효녀로구나."

주타로는 약간 그늘진 미소를 지었으나 그것뿐 다음은 아무 말도 없었다. 오빠는 사나코가 도라지에 기울이고 있는 심정을 알고 있는

지도 모른다.

"큰 선생님께서 무척 기뻐하십니다. 곧 도장에서 뵙겠다고 하십니다."

제자가 돌아와서 말했다.

도장 정면에 지바 데이키치 노인.

홀로 앉아 있다.

료마는 멀리 아랫자리에서 머리를 숙이고 얼굴을 쳐들었다. 창문에서 바람이 들어와 노인의 흰 수염을 흩날렸다.

많이 하얘졌다.

그러나 살갗은 전보다 더욱 윤기가 있었고 병도 완전히 나은 모양이었다. 료마가 이 도장에 있었을 무렵에는 잔병이 많아 훨씬 늙은 티가 났었는데.

"몰라 볼 만큼 건강하신 걸 뵈오니 기쁘기 한이 없습니다."

료마도 이 노스승에게만은 사람이 달라진 것 같은 정중한 말을 쓴다.

"아, 병이 어디론지 달아났어."

싱글벙글 웃고 있다.

"무슨 묘약이라도?"

"그렇지도 않아."

데이키치 노인은 잠시 생각하더니 말했다.

"료마, 웃을는지 모르지만 나는 아무래도 딴사람이 된 것 같아."

"그 연세로⋯⋯."

"나이고 뭐고 있나. 인간이 살아 있는 동안은 아무래도 여러 차례 달라지는 모양이야. 다른 사람은 어떤지 모르겠지만 난 완전히 딴사람이 되었다. 아니, 그렇다는 말이다."

"하긴 뵙기엔 다른 분 같으십니다. 언제 그렇게 되셨습니까?"
"작년이었지. 12월 10일, 형님의 7주기를 맞았는데 그 무렵부터인 것 같군."

친형 지바 슈사쿠는 안세이 2년 12월 10일, 예순둘의 나이로 세상을 떠났다. 처음에 료마는 슈사쿠에게 배우려고 했으나 그가 에도에 왔을 때 벌써 슈사쿠는 병석에 있었다.

죽은 것은 료마가 첫 유학을 끝내고 도사로 돌아간 스물한 살 때로, 이 때문에 료마는 끝내 슈사쿠의 지도를 받지 못했던 것이다.

그러나 실력은 '소(小)지바'인 데이키치가 더 위라는 말이 있었다. 그런 평판이었으나 데이키치는 애써 '대(大)지바'인 형님을 내세워 다른 사람 앞에서 형과 시합을 하지 않았다. 아마 슈사쿠의 죽음으로 그런 속박에서 해방되었는지도 모른다.

료마의 이런 생각을 데이키치 노인은 안색으로 알아차렸는지 대뜸 말했다.

"아니야."
"그럼?"

료마는 놀리듯이 미소를 지었다.

"뭔가 도를 깨치시기라도 하셨습니까?"
"천만에. 그냥 둥실둥실 딴사람이 되었어."

데이키치는 옆에 놓인 검도 도구를 쓰고 료마에게도 시합 준비를 하라고 분부했다.

그들은 마주쳤다.

양쪽 모두 호쿠신 일도류의 기본자세인 중단이다.

"료마, 덤벼라."

과연 스승은 이상스러워졌다. 지금까지 이 스승이 죽도를 잡으면 기백이 단호하게 충만하고 칼끝이 할미새 꽁지처럼 흔들리며 변화

무쌍하고, 천지가 어떻게 변할지 모를 만큼 굉장한 것이었으나, 지금은 연기와 같은 사람의 그림자가 있는 듯 없는 듯 그곳에 가물거리고 있을 뿐이었다.
'무언가 달라졌구나.'

그런데 데이키치 노인도 놀랐다.
'이 녀석도 변했구나.'
료마가 산처럼 보였다. 공격할 수가 없었다.
틈이 없다는 건 아니다.
너무 많다.
자세는 평중단. 죽도를 아무렇게나 쥐고 있는데 지나지 않는, 마치 초심자(初心者)가 막대기를 쥐고 있는 것 같았다.
전엔 이렇지가 않았다. 지난날의 료마는 공격이나 방어에 잔재주가 많았고 기력이 넘쳐 건드리면 불을 뿜는 듯한 무엇인가가 있었지만 지금은 전혀 그것이 없다.
그러면서 산과 같은 위압을 느끼는 것은 무슨 까닭일까.
'이 녀석 돼먹었구나.'
데이키치는 생각했다. 짐작해 볼 때 그 뒤 수업에 수업을 쌓아 여기에 다다른 것이 아니라, 무언가 다른 일로 정신이 무르익어 가고 있는 모양이다.
무르익는다고 했지만 이미 기술이 아니다. 인간의 알맹이다. 생사 승패를 초월하여 모든 것이 공(空)이 되고 자신도 공에 융합되는 것이 검이나 선(禪)의 경지라고 말하는데, 료마가 그것에 가까워지고 있는 것 같다.
그렇지만 데이키치는 료마가 선 공부를 했다는 소리는 들은 일이 없다.

아니, 그뿐 아니라 료마 자신도 자기가 그러한 경지에 가까워지고 있다는 것을 조금도 깨닫지 못했음이 틀림없다.
'이 녀석은 하늘이 낸 사나이로구나.'
만 명의 하나, 자연의 법칙으로 자기도 모르는 사이에 그와 같은 경지에 도달하는 극히 드문 인간일지도 몰랐다.
'료마가 바로 그런 자일 거야.'
그 소질은 있다. 데이키치는 이제 생각해 보니 이 젊은이가 열아홉 살에 입문했을 때부터 무릇 자기 뜻, 자기 고집이 없는 것 같았었다. 있는 그대로이고 자연스러운, 마치 태어난 그대로 티 없이 살고 있는 사나이 같았다. 애당초 무엇을 담더라도 그릇이 아주 컸다.
검은 필경 기술이 아니다.
이른바 경지(境地)이다.
기술이라는 점에서는 데이키치도 고금의 명인에게 조금도 떨어지지 않는다고 스스로 생각하고 있다. 뒤떨어지는 것은 경지이다.
그것을 이 나이에 이르러서야 겨우 알았고, 안 순간부터 데이키치의 검이 달라졌다.
'그런데 료마는 이런 젊음으로도 그 경지가 이루어진 모양이다.'
데이키치의 죽도가 세차게 울었다. 유인했던 것이다.
그러나 료마는 잠잠히 있다.
"료마!"
마침내 데이키치는 일부러 고함을 질렀다.
"뭘 하고 있나? 정신 차려."
"아닙니다."
면구(面具) 속에서 료마는 말했다.
"쳐들어갈 수가 없어요."
말한 순간, 료마의 죽도가 데이키치의 면을 후려쳤다. 데이키치는 허리를 후려쳤다.
동시에 울렸다.
동시치기다. 료마는 뒤로 물러나 죽도를 거두었다.
"졌습니다."
물론 스승에 대한 예의이다.

'어처구니없는 놈이로군!'
데이키치 노인은 화도 내지 않는다. 료마는 동시치기를 했는데도 '졌습니다' 큰 소리를 지르며 얼른 죽도를 거두고 있다.
"한 번 더."
"안 되겠습니다."
료마는 웃으면서 도장 구석에 앉아 면구를 벗으려 했다. 정확하게 말하면 이제 한 공격은 료마 쪽이 빨랐다. 진검이었다면 스승은 쓰러지고 말았을 것이다.
'선생님도 약해지셨구나.'
놀라고 있다. 4, 5년 동안 거의 병석에 누워만 있었던 생활 때문이 아닐까.
'그러나 심경만은 명인의 경지야. 난 아직도 멀었어. 기술은 떨어져도 인격이 월등히 위로 올라가셨어. 역시 검은 승부가 아니다.'
그러니까 졌다고 말한 것이다. 사실, 졌다고 생각하고 있다.
"료마, 도구를 떼지 마라. 스승의 명령이다."
데이키치 노인은 말한 다음, 노인만이 자리로 돌아가 도구의 끈을 풀기 시작했다.
문득, 도장 저쪽 관자문이 살며시 열렸다.
보호구로 몸을 갖춘 인물이 들어와 등을 돌리고 허리를 낮추어 문을 닫았다.

흰 연습복, 흰 하카마, 빨간 허리 보호구에 화려한 보랏빛 끈.
작은 몸집이다.
'뭐야, 사나코가 아닌가!'
그렇게 판단했다. 도장에 어둠이 짙어져 있는 데다 얼굴 보호구의 쇠그물 때문에 얼굴이 보이지 않는다.
그러나 보호구를 쓴 채 들어오다니 사나코도 변했다. 오랜만의 대면이라 맨 얼굴로는 부끄러웠던 모양이다.
"료마, 겨루어 보아라."
스승 데이키치가 말했다.
료마는 도장 한복판으로 나아가면서
'아직도 시집을 안 갔나?'
이 아가씨가 걱정이 되어서 견딜 수 없다. 승부 같은 것이 문제가 아닌 것이다.
사나코인 듯한 검사(劍士)가 앞으로 걸어 나와 절을 했다.
료마도 절을 했다.
죽도 끝이 가볍게 스친다.
료마는 싱긋 웃었다.
그러나 상대는 웃지 않는다. 보호구 속에서 눈이 반짝반짝 빛난다. 사나코다.
데이키치 노인이 앞으로 나오며 선언했다.
"승부 한 차례!"
사나코는 일어섰다. 동시에 번개같이 료마의 면을 엄습했다.
료마는 한 발 물러섰다.
'굉장한 기합이로군.'
정말 사나코의 공격은 굉장했다. 다시 하카마를 펄럭이며 쳐들어와 면을—계속해서 면, 면, 면에다 연속적인 공격을 가해왔다.

'아니, 이런 아가씨가 어디 있담.'
료마는 칼끝으로 뿌리치고 칼등으로 받으며 물러나서 틈을 넓히고 응대하느라고 분주하다.
무엇인가 원한이라도 있는 듯한 격렬한 공격이다.
'무슨 사정이 있군.'
료마는 더 이상 응대할 수가 없었다.

료마는 사나코의 죽도를 감아 옆으로 피하며 팔목을 쳤다.
"너무 얕아요."
사나코는 뒤로 물러나면서 스스로 심판한다.
료마는 이 처녀의 기승스러움이 우스워져서 이번에는 죽도를 올려 면을 때렸다.
"얕아요."
말하는 사나코.
맞으면서도 이상하게 큰소리였다. 어리광을 부리는 것인지, 오래간만의 대면을 쑥스러워하는 것인지, 아니면 료마의 박정함을 미워하고 있는 것인지 이 처녀의 마음을 도무지 알 길이 없었다.
다음은 얼굴을 노려 온 사나코에게 료마는 뒤로 물러서며 허리를 때렸다.
"얕아요!"
사나코는 분한 듯이 외쳤다. 보호구 안에서 울고 있는 것이 아닌가, 료마는 생각했다.
게다가 사나코는 눈에 보이게 지치고 있다.
'가엾구나.'
그런데도 사나코는 공격을 멈추지 않고 있는 것이다.
"손목!"

사나코는 뛰어 들어왔으나 료마는 가볍게 피했다. 공격에 힘이 없다.

'어디까지 버틸 셈일까?'

료마는 귀찮아져서 개가 꼬리를 늘어뜨리듯이 죽도를 하단으로 내렸다.

그것에 사나코는 유인되었다.

손목을 칠 듯하다 얼굴을 공격해왔다.

료마는 확 변했다.

힘껏 찔렀다.

사나코의 작은 몸은 네댓 간 저편으로 나가 떨어졌다.

"그만!"

데이키치 노인이 무표정하게 판정을 내렸다.

사나코는 일어나지 않는다.

정신을 잃은 것이다.

료마는 가까이 다가가서 얼굴 보호구를 벗기고 허리 보호구의 가슴 끈을 풀었다. 유방이 부드러웠다.

목에 빨간 반점이 나 있었다.

"음!"

기합을 넣자 사나코는 눈을 떴다. 눈물이 가득 고여 있다.

료마는 슬퍼졌다. 사나코가 어째서 눈물을 흘리고 있는지 까닭을 알 수 없었고 추측하기도 귀찮았으나, 아무튼 사나코의 슬픔이 료마의 가슴에 스며 들어왔다.

"울지 마시오."

료마는 말했다. 사나코는 고개를 저으며 '물!' 가느다란 목소리로 말했다.

료마는 곧 우물가로 갔다. 물을 길었으나 옮길 그릇이 없다. 그대로 두레박째 입에 가득 머금고 도장에 돌아왔다.
"잠깐 실례."
사나코의 입술에 자기 입술을 갖다 대고 물을 흘려 넣어 주었다.
아버지 데이키치 노스승이 그걸 보고 있다. 료마의 행동이 어처구니없을 만큼 시원스럽다. 아주 당당했고 조금도 추한 면이 없었다.
'아아.'
탄성이 나올 것 같은 마음으로 료마의 모습을 보았다. 그리고 이 사나이에게는 당할 수가 없구나, 데이키치 노인은 생각했다.

이 도장의 젊은 선생 지바 주타로는 돗도리 번의 주군 경호관으로에도 번저에 출사하고 있는데, 며칠 전부터 해안 방비 시찰이라는 변명으로 보소 반도(房總半島)의 다테야마(館山)에서 스자키(洲崎) 방면으로 나가 있는 모양이다.
"언제 돌아옵니까?"
료마는 그 한정 없이 사람 좋은 주타로가 보고 싶어 못 견딜 지경이다.
"글쎄 언제쯤 돌아올까?"
데이키치 노인은 그런 료마의 심정을 알고 있었으므로 아버지로서 기쁜 모양이었다.
"공무니까 알 수 있어야지."
그렇게 말하고 자기 방으로 들어오게 하여 이런저런 세상 이야기를 하기 시작했다.
"이제 가을이군요."
료마는 뜰을 보면서 말했다.
해는 지고 등롱에 불이 켜졌다.
"아, 벌레가 울고 있군요."

"울지, 벌레 정도는—료마, 너는 여전히 태평스러워 좋군. 세상에서는 양이니, 칙명이니, 천주(天誅)니 하고 떠들고 있는데……."

"그렇습니까."

"교토에서도 후시미 데라다야에서 굉장한 소동이 일어난 모양이지만, 에도도 무시무시해졌지. 쓰지기리(辻斬 : 행인을 베는 일)가 부쩍 늘어났다. 일반 시민들도 베지만 무사들도 베고 있어. 듣자 하니 오랑캐와의 전쟁에 대비한 솜씨 시험이라나."

"무시무시하군요."

살짝 미닫이가 열리고 사나코가 차를 들고 들어왔다.

'아니.'

머리도 깨끗이 다시 빗었으며 화장도 고쳤고, 부채 무늬가 아름다운 옷으로 갈아입었다.

'조금도 나이를 먹지 않았구나.'

료마는 감탄했다. 벌써 20대 후반에 들어섰을 텐데.

사나코는 눈꼬리가 길고 매끈한 소년 같은 생김이어서 열여덟, 아홉이라고 해도 그대로 통할 것 같았다.

사나코는 방 한구석에 있는 얕은 병풍 옆으로 물러나 화로에서 주전자를 들어내어 차 준비를 하고 있다.

"요즈음은 우리 주타로까지도 천황이 어쩌니, 양이가 어쩌니 하기 시작했어."

"돗도리 번은 근왕 번이니까 그렇겠지요."

"지바 일문도 그렇다."

사실이었다. 죽은 지바 슈사쿠나 그 자식들은 미도 가문에서 녹을 받고 있었기 때문에 문하생에 미도 무사가 많았고, 에도 안에 있는 도장치고는 일찍부터 근왕 논의가 활발한 숙풍(塾風)이었다.

"그건 그렇고. 우리 료마는 태평이로군. 그렇지, 사나코!"
"네."
사나코는 나직한 소리로 대답했다.
"그런데 료마, 이번에는 어떤 목적으로 나왔나?"
"탈번했어요."
"뭐?"
"당분간 좀 숨겨 주셨으면 합니다."
"지독한 녀석이군."
데이키치 노인은 료마를 다시 본 모양이었다.
"이젠 도사로 돌아가지 않겠습니다. 천하를 집으로 삼고 살겠습니다."

다음날, 일어나자 비가 내리고 있었다.
료마는 드르륵 덧문을 열었다.
'폭풍이 치려나?'
구름발이 빠르고 나뭇가지들이 뒤흔들리고 있다. 바람의 힘에 끈기가 있었다. 도사 태생이라 폭풍을 예측하는 데는 예민했다.
'점심때쯤 불어닥치겠군.'
이윽고 여느 때처럼 제자들이 모여들었다. 모두 우산을 들고 높은 나막신을 신기는 했으나 옷자락이 흠뻑 젖어 있다.
료마는 도장 옆뜰로 나갔다.
"아, 사카모토 선생님."
그의 얼굴을 아는 사람이나 모르는 사람이나 모두 료마 옆으로 몰려들었다.
"언제 에도로 나오셨습니까?"
"어제 왔어. 단 가지바시의 도사 번저 녀석들에겐 말하지 말아 줘."
"저도 도사인데요."
아차, 이거 잘못했구나, 하는 얼굴로 료마는 머리를 긁었다. 하긴 이 젊은이는 고향땅 군행정관의 아들인 야마모토 아키노스케(山本明之助)이다. 료마도 잘 알고 있는 사나이다.
"물론 입은 다물고 있겠습니다만."
젊은이는 킥킥 웃고 있다.
"그런데 그 모양은 어떻게 된 것입니까?"
료마는 새하얀 무명 훈도시 바람으로 빗속에 서 있다.
"모두들 벗어. 옷, 칼 우산 같은 건 도장에 갖다 놓고 이곳으로 모여라. 지금부터 양이의 전투 연습을 한다."
녹봉이 높은 자들의 자제도 있고 낭인의 자식도 있다.
료마는 순식간에 이들을 알몸으로 벗기고 하나는 목수조(木手組), 둘째는 선전조, 셋째는 직할조, 이렇게 3개 부대로 나누어 각각 대장을 임명하고 자세히 임무 분담을 하고 나서 소리쳤다.
"적은 폭풍우다. 한낮쯤에는 닥쳐온다. 자아, 시작!"
먼저 선전조가 이웃으로 달려 나갔다.
고참들은 도장의 전설을 알고 있다. 료마가 사범이었을 때 폭풍우를 좋아해서—아니, 폭풍의 예보를 좋아했는데 그것이 이상하게도 언제나 꼭 맞아 들어갔다. 예측할 뿐 아니라, 전원을 발가벗겨 그 예방 작업을 시키는 것이었다.
선전조는 이웃으로 알리러 가는 것이었다. 덧문에 못을 박아라, 창문에는 판자를 대라는 등 주의를 시키고 다닌다. 도장 이웃집은 모두 서민들의 집으로 황송해하면서도 이를 고맙게 여겼다.
—사카모토 선생님이 훌륭한 거야.
이웃집 사람들은 모두 알고 있다. 물론 도장과 스승 댁의 폭풍 방비는 지나치게 엄중할 만큼 시켰다. 그 지휘법은 볼 만한 것으로 3개조 대장에게 세세하게 작업 방법을 일러 준 다음에는 아무 말도 않는다.

비가 내리는 뜰에 걸상을 내다 놓고 알몸으로 앉아 있다.

때때로 너털웃음을 터뜨린다. 작업하고 있는 녀석들의 우스운 꼴을 보고 놀려 준다. 그것만으로 일은 척척 돼 간다.

예측대로, 점심 전에 천지가 뒤집히고 기왓장이 날 정도의 큰 폭풍이 몰아쳤다.

두어 시간 휘몰아치고 그 뒤엔 거짓말처럼 비도 그쳤으나 도장도 이웃도 거의 피해가 없었다.

저녁때 이웃사람들이 우르르 인사하러 왔다. 그러나 그때 료마는 벌써 외출하고 없었다.

바람이 멎고 나서 사나코와 주타로의 아내 오야스가 하녀를 시켜 문하인 일동에게 단술을 대접했다.

모두들 도장에 앉아서 마셨다.

"맛있는데."

야마모토 아키노스케 같은 사람들이 말했다.

정작 료마가 없어서 이가 빠진 것 같아 사나코는 쓴웃음을 지으며 말했다.

"태평스러운가 하면 성급하고, 도대체 어떤 생각으로 살아가시는지."

"도장의 전설로만 듣고 있었지만, 사카모토 선생님의 지휘법은 듣던 것 이상으로 훌륭했습니다."

그렇게 말하는 자가 있었다.

사나코는 웃고 있었다.

"아니, 그분에 대해선 고향땅에서도 이런 이야기가 있어요."

같은 고향인 야마모토가 료마의 어릴 때 일화를 털어놓았다.

열여덟 살 때라고 하니까 료마가 지바 도장에 들어오기 전 해의 일이다.

고치의 고다카자카(小高坂)에 저택을 가지고 있는 이케다 도라노신(池田寅之進)은 료마의 아버지 핫페이와 절친한 친구였다. 어느 날,

"여보 핫페이, 당신 아들 코흘리개를 조금 빌려주게."

부탁하러 왔다. 이케다는 오늘날 나카무라시(中村市)를 흐르는 시만토 강(四萬十川) 제방공사 감독을 분부 받고 있었던 것이다.

부하가 필요하다.

"속을 잘 아는 자네 아들이 좋겠기에 부탁하러 온 거야."

공사는 십구(十區) 정도로 나누었고 료마는 그중 한 구역의 우두머리가 되었다. 인부는 1백 명가량을 쓴다.

각 구 사이에 경쟁이 벌어졌다. 그런데 어느 구에서나 인부들은 틈만 있으면 게으름을 피우거나 싸움을 벌이고 해서 쉽사리 공사가 진척되지 않는다. 각 구 책임자는 때로는 칼을 뽑아 위협을 하곤 했다.

료마는 구도 마을(具同村) 제방을 쌓는 것이 책임 부서였다.

여기만은 이상하게도 빨리 진척되었다.

공사 감독관 이케다는 이상하게 여기고 몇 번 순시를 했으나, 올 때마다 더욱 이상하게 생각했다.

료마는 언제나 소나무 둥치에 기대 앉아 무릎을 끌어안고 졸고 있는 것이다.

"료마, 그러면서도 용케 일이 돼 나가는군."

"정말 그렇군요."

료마도 이상했다. 자기 구역 인부들만은 활발하게 흙을 나르고 돌을 쌓아올리고 하면서 여간 기운차지 않은 것이다.

다른 구역의 반밖에 안 되는 날수로 일이 끝나 버렸다.

이케다 도라노신이 자세한 사정을 들어 보니, 료마는 우선 일의 책임자를 잘 뽑아 저마다 일을 분담시키고 경쟁을 시켰다.

"그렇게 해놓곤 그냥 버려두나?"

"날마다 일의 성과를 조사해서 상을 줍니다."

이 제방은 '료마의 낮잠 둑'이라는 이름으로, 그 고장에서는 지금도 이야기가 전해 내려오고 있다.

나마무기 사건

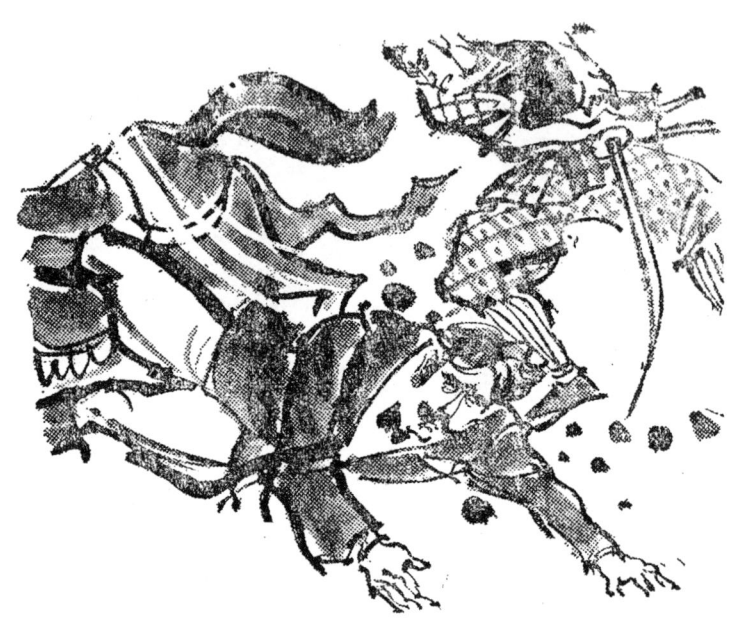

이 무렵 천하를 깜짝 놀라게 하는 '사건'이 일어났다.

료마가 에도에 도착했을 때, 온 에도 땅은 사건 이야기로 들떠 있었다.

"사쓰마 영주님이 굉장한 일을 저질렀대."

장사치들까지도 통쾌한 듯이 말한다.

"양이를 하셨다."

그런 표현으로 말하는 자도 있다.

"과연 서부 지방의 웅번(雄藩) 시마쓰 가문이다."

무사들은 그렇게 말했다. 사쓰마의 무용은 전국(戰國) 이래로 천하에 정평이 나 있다. 료마의 영주였던 야마노우치 요도(山內容堂)도.

─군사는 날카롭고 말은 사납다.

교묘한 말로 사쓰마의 기풍을 칭찬했다.
 이 '사건'은 천하의 양이 지사를 용솟음치게 만들었으므로 막부 말기에 사쓰마 번의 주가는 크게 올랐다.
 료마는 다소 애매한 점이 있는 양이주의자지만, 그렇다고 해서 빠지지는 않는다. 아니, 빠지지 않을 뿐 아니라 본디 검객이므로 이 '사건'의 소문에는 완전히 흥분하여 연줄을 찾고 있었다.
 "자세한 내용을 알 수 없을까?"
 그러나 유감스럽게도 료마는 사쓰마 번사를 모른다. 뒷날, 사이고 다카모리를 비롯한 사쓰마 번사들과 더할 나위 없이 친밀해지지만 그 무렵까지는 아무런 관계도 없었다.
 그러고 있는데, 예의 비바람 치던 날, 기요카와 하치로(淸河八郞)로부터 심부름꾼이 왔다. 비바람이 멎자 곧 도장을 튀어나간 것은 그 때문이었다.
 '기요카와는 천하의 소식통이다. 예의 사건에 대해서 자세히 알고 있겠지.'
 더구나 기요카와는 화술의 명수이다. 사건을 생생하게 재현시켜 주리라는 것을 기대하고 료마는 기요카와의 부름에 응했다.
 장소는 바로 이웃인 미나미덴마 거리(南傳馬町)의 와치가이야 소고로(輪違屋惣五郞)라는 전당포로, 나중에 알고 보니 주인은 기요카와와 동향 출신으로, 기요카와를 서방님, 서방님 하며 은근히 온갖 충성을 다하고 있는 모양이었다.
 기요카와는 막부의 수배 인물이므로 이러한 비호자들을 찾아 돌아다니고 있었다.
 찾아가니 그는 별채에 있었다.
 "이것 참, 불러내어 미안해."
 여전히 날카로운 눈매였다.

"근처까지 온 김에 좀 보고 싶어서 말이야. 그런데 나마무기(生麥) 사건을 자넨 어떻게 생각하나?"
"어떻게 생각하다니요?"
료마는 털썩 앉으면서
"생각이고 뭐고 난 아무것도 모르죠. 당신에게 들으러 온 건데."
"여전히 어둡군!"
"그렇소. 당신처럼 귀가 빠른 사나이로 태어나고 싶었소."
"아니, 그 정도가 좋아. 난 귀가 너무 빨라 일을 성급히 결정하지. 뒤를 돌아보면 아무도 따라오지 않는단 말이야. 오늘까지 그런 일의 되풀이뿐이었으니까."
"자, 좀 들어 봅시다."
료마는 표주박을 당겼다.
기요카와의 표주박인 것이다.

"아니, 그건……."
기요카와는 료마가 끌어안고 있는 표주박을 가리키며 언짢은 표정을 지었다.
"내 술이야."
"알아요."
료마는 모로 드러누워 찻잔에 술을 따르고 있다.
'이 녀석이.'
기요카와는 혀를 차고 싶었으나 생각을 돌려 무릎에 부채를 세웠다.
"그런데."
"흐음, 만담가 같군."
료마는 진지한 얼굴이다.

"에잇, 고약스런."

기요카와는 지껄이기 시작했다.

장소는 도카이도의 연도(沿道) 나마무기 마을. 이곳은 에도 니혼바시에서 육십 리 떨어진 곳으로, 지금은 요코하마 시(橫浜市) 쓰루미 구(鶴見區)에 있다. 그 무렵에는 근동의 어부 아낙네들이 조개니, 문어, 낙지 등을 삶아 길가는 나그네들에게 팔고 있었을 뿐인 가난한 마을이었다.

이 '사건'이 일어났기 때문에 일본 역사가 계속되는 한 지워지지 않는 지명이 되었다.

분큐 2년 8월 21일.

새벽 일찍 에도를 떠난 시마쓰 히사미쓰를 중심으로 한 사쓰마 번의 행렬이 나마무기 마을로 접어든 것은 오후 2시 30분쯤이었다.

수행 인원수는 7백여 명.

말 60필, 옷궤짝 80짝, 그리고 그 밖에 가마니를 씌우고 보통 짐처럼 위장된 수레에 실린 물체가 몇 개 끌려간다. 대포이다. 영주 행렬에 대포까지 끌고 다니다니 막부의 위세가 당당한 시절이었다면 그것만으로 시마쓰 가문은 영지 몰수가 되었겠지만, 그 무렵 사쓰마는 이미 막부 따위는 안중에도 없었다.

호위대장은 두 사람이다.

모두 히사미쓰가 아끼는 혈기 있고 민첩한 무사로 가에다 다케치(海江田武次), 나라하라 기자에몬(奈良原喜左衞門 : 데라다야 사건을 진압한 기하치로의 친형) 두 사람이다. 두 사람 모두 사쓰마 번에서도 강력한 양이론자로 알려져 있다.

영주 행렬의 호위대장이란 하루씩 교대 근무로, 이날은 나라하라가 당번이었다.

나라하라는 검술에 뛰어난 자였다. 허리에 두 자 다섯 치의 오미

노다이조(近江大掾) 후지와라 다다히로(藤原忠廣)를 차고 도보로 히사미쓰의 가마 열을 따르고 있었다.
활짝 갠 날씨이다.
게다가 일요일이었다.
하기야 사쓰마 가신들은 일요일이 뭔지도 모르지만 풍습이 다른 한 패가 건너편 요코하마에 떼 지어 살고 있다. 양이론자들이 말하는 오랑캐이다.
그들에게는 일요일에 교외를 산책하는 버릇이 있다.
이 불행한 영국인들도 그랬었다.
요코하마에서 비단 도매상을 하고 있는 영국인 W. 마샬은 때마침 홍콩의 영국 상인에게 출가한 사촌누이 볼로데르가 놀러 왔으므로 권하는 말을 했다.
"말을 타고 기와사키 다이시(川崎大師)를 구경하러 가자."
두 사람은 친지인 상사(商社) 사원 W.C. 클라크와 홍콩에 상점을 가진 C.L. 리처드슨을 권유하여 네 사람이 되었다.

비극은 그 착각에 있다.
리처드슨은 그때 세계를 주름잡던 큰 나라 영국에서 온 상인이다. 일찍부터 홍콩에 거주하며 중국인과 접촉해 왔다. 채찍을 들면 도망가는 것이 동양인이라는 생각을 가지고 있었다.
그는 요코하마에 온 지 얼마 되지 않는다.
당연히 일본 사람도 똑같은 줄 알고 있었다. 다른 세 사람도 마찬가지다.
그러던 차에 저편에서 사쓰마의 영주 행렬이 나타났다. 극히 상식적인 일본의 관습을 알고 있었다면 피했을 것이다.
예를 들면 그들보다 몇 시간 전 우연히 한 미국인이 이 행렬을 만났다.

 일본말을 조금 아는 벤리드라는 인물로 그는 말에서 곧 내려 말고 삐를 붙잡고 길옆으로 비켜서서 히마시쓰의 가마가 지나갈 때 모자를 벗고 경의를 표했다.
 그 뒤 그는 나마무기 사건을 듣고 이렇게 말했다.
 "그들은 일본 풍습을 모르고 거만하게 굴었다. 당연히 스스로 부른 재난이다."
 일본 풍습으로는, 아니 법률이라 해도 좋지만 행렬 앞을 가로지르는 것은 최대의 무례로, 베어 버려도 좋게 되어 있었다.
 그 증거로 사쓰마 번은 6월 23일자 공문서로 막부에 보고하고 있다. 대강의 줄거리는 다음과 같다.

 요즈음 외국인들은 말을 타고 떼를 지어 버릇없이 이곳저곳을 돌아다니고 있다. 되도록 참긴 하겠으나, 만일 저쪽에서 무례한 짓을 할 경우, 참기 어려운 일도 있을 수 있다. 그러므로 영주 왕래에 관한 우리나라 법을 각 외국 장관에게 철저히 알려 주기 바란다. 따라서 외국 거류민 쪽에서 유의해야 할 일이다.

 하긴 일본의 풍습을 이해하지 못해도 외국인 사이에서는 일본 무사에 대한 공포심이 강해서 이 무렵 통역관으로 부임해 온 영국 공사관원 어네스트 사토는 그 수기 속에서 '일본도는 면도날처럼 예리하여 무서운 상처를 낸다. 뿐만 아니라 일본인은 칼을 대면 상대를 도막도막 내고라도 마지막 숨을 끊게 하는 관습이 있다. 그러므로 서양인들은 칼을 두 자루 차고 있는 자를 보면 자객이 아닌가 하는 생각을 했고, 지나가고 나서 목숨이 붙어 있으면 가슴을 쓸어내리며 하느님께 감사했던 것이다' 쓰고 있다.

홍콩 생활을 해 온 이 불행한 네 영국인은 그런 모든 것을 가볍게 보았다.

일요일.

쾌청한 날씨다.

말을 타고 담소하며 동쪽으로 나아갔다. 저편에서 사쓰마의 행렬이 오고 있는데도 속도를 늦추지도 않고 물론 말에서 내리려고도 하지 않는다.

그 무렵 이 근처의 길은 말 두 필만 나란히 서도 꽉 찰 정도로 좁았으므로 자연 충돌은 면할 수 없다. 상대가 영주 행렬이 아니고 단순한 집단이라 하더라도 말에서 내려 길옆으로 피하는 것이 마땅한 태도였을 것이다.

당연히 말을 탄 영국인들은 사쓰마 행렬의 선두와 충돌했다.

"내려, 내렷!"

호위 무사가 소리쳤다. 그러나 그들은 아직도 말 위에 있었고 행렬 왼편으로 밀리면서도 말을 몰고 나아갔다. 마침내 길은 사람과 말로 뒤얽혀 리처드슨은 행렬 속에 말려 들어가고 말았다.

"내려, 내렷!"

사쓰마 번사들은 계속 외쳤다. 이대로 가면 영국인의 말이 행렬 중앙에 있는 히사미쓰의 가마와 충돌할지도 모른다.

"무얼 떠들어대고 있는가?"

가마 옆을 따르던 호위대장 나라하라 기자에몬이 물었다.

"선두 쪽에서 외국인이 행렬 속에 말을 타고 들어왔습니다."

누군가가 대답했다.

이때 나라하라는 재빨리 옷자락을 걷어붙이고 칼을 빼들자 호위 무사들을 밀어젖히고 앞으로 뛰어갔다.

일설에 의하면 히사미쓰가 가마의 문을 열고 '베어 버려라, 베어 버려!' 했다고 한다.

아무튼 나라하라는 달렸다.

현장에 이르자 두 자 다섯 치의 명검(名劍) 손잡이를 움켜잡고 뛰어오르며 사쓰마 지겐류(示現流)의 독특하고 무시무시한 기합 소리를 냈다.

"캬악!"

칼날이 공중에서 번득이는가 싶자 말 위에 앉은 리처드슨의 왼편 허리에서 배에 걸쳐 내려쳤다.

피가 뿜어 오르는 것이 행렬 중간쯤에서도 보였다고 한다.

리처드슨은 말고삐를 오른손에 바꿔 쥐고, 왼손으로 상처를 누르며 말을 달려 도망쳤다.

남은 두 영국인도 다른 번사들의 칼을 맞았다. 볼로데르 부인만은 무사했으나 모두 말허리를 차고 도망쳤다.

나라하라에게 걸린 리처드슨이 가장 불행했다. 피를 흘리면서 한 마장가량 달렸으나 바로 쫓아온 소총수 구키무라 리큐(久木村利休)가 몸을 솟구치더니 나라하라와 같은 자리를 베어 버렸다. 상처를 누르고 있던 리처드슨의 왼손이 잘려나가고 상처는 더욱 깊어졌다. 그래도 리처드슨은 다시 얼마쯤 달아나다가 소나무 가로수 밑에 굴러떨어졌다.

아직 숨이 남아 있었다.

거기 뒤따라 온 가이에다 다케지가 숨통을 끊어 놓으며 말했다.

"무사의 인정이다."

지금 본다면 야만도 이만저만한 게 아닌 사건이지만, 그 무렵의 일본인은 이렇게 하는 것을 최고의 정의로 알고 있었다.

나라 풍습이 그러니 도리가 없다.

영국인이야말로 큰 재난이었다.

이 사건이 뒤에 '사쓰마 영국 전쟁'을 일으키게 되는 것이지만, 그 무렵 미나미텐마 거리의 전당포 별채에서 기요카와의 말을 듣고 있던 료마는 거기까지는 예측하지 못했다.

한바탕했구나, 바보처럼 감탄하고 있다.

며칠이 지났다.

지바 주타로는 아직도 '해안 방위 시찰'에서 돌아오지 않는다.

"어떻게 된 일일까. 번의 명이라지만 주타로 형은 너무 늦는군요."

료마는 사나코에게 말했다.

"네."

이날 아침 사나코는 얌전하기만 하다. 료마를 위해 차를 끓이고 있다.

"번명(藩命)은 시나가와 해안 시찰뿐이었나요?"

"네."

무언가 거북해하는 말투이다. 주타로의 일에 대해 사나코는 짐작 가는 것이 있는 모양이었다.

"사카모토님은 정말 탈번하셨나요?"

"그렇소."

"나랏일을 하시려고요?"

고개를 숙인 채 팔을 뻗쳐 차 주걱을 집어 들었다.

"이를테면 그렇지요. 그런데 어째서 그런 걸 물으십니까?"

"그저."

차 주걱으로 휘저으면서 사나코는 문득 놀리는 듯한 눈을 쳐들었다.

"매일 이렇게 아무 일도 안 하시고 놀고 계시니까 통 나랏일에 분주하신 것 같지가 않아서 그래요."
"과연 듣고 보니 그렇군요."
"남의 말처럼 하시네요."
"아니, 일에는 때라는 것이 있소. 지금은 이래도 때를 만나 이 료마가 나가면 천하를 놀라게 할 대사건이 일어난답니다."
"어머."
사나코는 웃으면서 료마 앞에 찻잔을 놓았다.
"고맙소."
료마에게 다도의 예법이 있을 리 없다. 집어 들어 꿀꺽꿀꺽 마셨다.
사나코는 그것을 보면서 말했다.
"그래서 낮잠만 주무시고 날마다 놀고 계시는군요."
"연극의 유라노스케(由良之助 : 大石內藏助의 별명)의 마음이라오."
"하지만 유라노스케는 남몰래 동지들에게 지시도 하고 위로도 하고 편지도 쓰고 하면서 바쁘지 않나요?"
"오라버니는 어떻소?"
"제 오라버니 말인가요?"
"예, 주타로 형 말입니다."
"요즘 몹시 변해서 굉장한 양이파예요. 이번에도 사실은 시나가와 시찰을 핑계삼아 요코하마의 외군들 동정을 살피고 외국 사람 목을 대여섯은 베고, 뭣하면 그 자리에서 할복하여 막부에게 오랑캐 격퇴의 결의를 일깨우겠다고 하면서 나갔어요. 사카모토님은 어떻게 생각하세요?"
"허허, 주타로 형이?"

나마무기 사건 153

"네, 오라버니조차 그런데······."
"사카모토 료마는 뭣하느냐, 이 말이로군요."
료마는 머리를 긁적이고 나서 사나코가 꺼내온 주타로가 누이에게 써놓은 편지를 보았다.
"보배로운 칼을 오랑캐의 피로 물들이기 아깝구나!"
후지다 도코의 시구가 글 속에 있었다.

이튿날 오후, 주타로가 돌아왔다.
문 앞에서 갓을 하인에게 주고 현관에서 칼을 오야스에게 건네준 다음 얼굴에 활짝 웃음을 띠었다.
"뭐, 료마 형이 왔다고?"
얼굴에 희색이 돌았다.
"뭐라구? 료마 형이 탈번해서 왔다고? 그런데 지금 어디?"
"낮잠을 주무시고 계세요."
"아, 그래?"
좀 김빠진 기색이었으나 그래도 복도를 총총히 걸어가더니 료마의 방문을 열고
"료마 형, 나다, 돌아왔어. 이야기는 나중에 하지."
말을 던지자 문을 닫고 가 버렸다.
'꽤 설쳐대는군.'
료마도 일어나 멍하니 앉았다.
주타로는 아버지에게 인사를 하자 여장을 풀고 우물로 가서 물을 좍좍 끼얹으면서 성급하게 말했다.
"오야스, 사나코, 내 말이 들리나? 술상을 준비해."
성미가 급하다.
"들었어? 오늘 밤은 료마 형과 밤새 마신다."

부엌에서 오야스와 사나코가 얼굴을 마주보며 소리 없이 웃었다.
"오라버닌 좀 이상해."
"뜻밖의 손님이 와 계시니까 기쁘신가 보죠."
'그런데 요코하마에서 서양 사람을 베었는지 몰라?'
사나코는 그것이 궁금했다.
저녁때 조촐한 술잔치가 벌어졌다.
"주타로 형, 요코하마에서 한바탕했나?"
"안 했어."
한쪽 눈을 찡긋했다. 오야스가 시중을 들고 있다. 걱정을 할 테니까 오야스 앞에서 그 이야기는 삼가 달라는 눈짓이다.
이윽고 오야스가 일어나고 교대로 사나코가 시중을 들었다.
"난 했어!"
주타로는 잔을 쭉 들이켜고 말했다.
그 무렵 요코하마의 외국인들 중에는 꽤 난폭한 패들이 많았다. 그들을 상대로 일용품 장사를 하고 있는 일본인도 나빴다. 외국인 집의 고용인들과 짜고 나쁜 짓도 꽤 했기 때문에 외국인들이 일본인을 때리거나 하는 사건이 가끔 일어났다.
그런 소문이 잘못 퍼져나가 양이 지사들을 자극했다.
주타로가 요코하마 해안 거리에 있는 막부 행정소 옆을 지나가고 있을 때, 저편에서 영국 수병 세 사람이 나타났다.
모두 하늘을 찌를 듯한 큰 사나이들이다. 그자들이 주타로를 보고 무슨 까닭인지 웃었다.
"왜 웃어?"
말도 없이 주타로는 지나치는 척하다가 오른편 끝에 있는 사나이를 번쩍 내던져 버렸다.
사나이는 공중에서 한 바퀴 돌고 땅에 떨어지며 머리를 맞아 기절했다.

　―에도 오케 거리의 지바 주타로다. 한패를 불러 대려거든 배에 있는 놈을 깡그리 불러와. 상대해 주마.

　하기는 영어로 말한 것이 아니니까 상대방 수병에게 통했을 리가 없다.

"그래서 어떻게 했는가?"
료마가 말했다.
"나머지 두 놈은 용기가 없더군. 나가떨어진 동료를 들쳐 업고 도망가 버렸어. 료마 형, 자네는 꽤 유식하니까 묻겠네만 수병들이란 잡병격인가, 아니면 무사격인가?"
"어느 편이면 좋겠나?"
"그야 무사라면 좋지. 모처럼 일본 무사의 본때를 보여 준 상대가 잡병이었다면 지바 주타로의 명예에 관한 문제라고 생각해."
"오라버니!"
사나코조차 웃고 있다.
"그렇게 마음에 걸린다면 상대방에게 잡병인지 무사인지 물어 보았더라면 좋았을걸."
"그래그래, 그건 그렇구나."
주타로는 억지로 웃고 상 위에 놓인 잔을 들었다.
그것을 쭉 들이켠 다음, 료마에게 건네주고 말했다.
"그런데 료마 형, 의논이 있네."
"무슨 일인가?"
료마는 사나코가 따르는 술을 받으면서 말했다.
"중대한 일이야. 찬성해 주겠나?"
"아, 하고말고."

"너무 간단한데. 일은 목숨에 관한 일이다."
"그야 그렇겠지. 사무가 중대하다는 건 모두 목숨에 관한 일이니까. 내 목숨을 달라는 건가?"
"그래도 찬성하겠나?"
"난 뭐든지 찬성하는 사나이라네."
"아하하하……."
주타로는 어처구니없어졌다.
"료마 형에겐 못 당하겠어. 뭐든지 찬성하고 뭣에든지 목숨을 내던진단 말인가?"
"암, 얼마든지 내던진다."
"정말 놀랐어. 목욕탕 아궁이에 장작개비 던져 넣듯이 말하는군. 그러나 료마 형, 장작은 장작 가게에 가면 얼마든지 있지만 목숨은 하나밖에 없어."
"하나밖에 없으니까 내던지는 거야. 하나밖에 없다는 생각으로 돈 항아리를 안고 있는 여승처럼 안고만 있으면 인생의 큰일이 이루어지겠나?"
"맞았다."
주타로는 료마에게서 잔을 되돌려 받았다.
"그러나 료마 형, 자네 목숨에 관한 문제야."
"그래. 남의 목숨은 저마다 자기 생각에 따라 처리하면 되지만 내 목숨은 내 생각 하나로 결정할 수 있네."
"하지만 고향 도사에서."
사나코가 옆에서 더듬는 듯한 눈길로 말했다.
"슬퍼하실 분이 계시지 않나요?"
"오토메 누님 말인가요? 오토메 누님이 나를 키워 주었는데 그분은 참 굳센 여인이지요. 사람의 목숨은 일을 하기 위해 있다고 말했습니다. 또 죽음을 두려워해서는 큰일을 못한다, 능지처참을 당해 죽든, 십자가에 못 박혀 죽든, 또 방 안에서 편히 죽든, 그 죽음에 이르러서는 다를 것이 없다, 따라서 무사는 모름지기 위대한 일을 생각해야 한다고 말씀하셨소. 아녀자가 정말 굉장히 무시무시한 것을 동생에게 가르쳤습니다."

"그런데 료마 형, 자네는 가쓰 가이슈라는 간신의 이름을 들은 적이 있을 테지."

"가쓰……."

료마는 눈높이로 잔을 들고 그 하얀 유약(釉藥)의 표면을 바라보면서 작은 소리로 중얼거렸다.

"가쓰라고?"

소리가 더욱 낮다.

막부의 고관이다. 이 인물은 이른바 막부 직할 장수 팔만 기(八萬騎) 중에서는 기묘한 경력을 가지고 있었다. 기묘하다고 하면, 경력뿐만이 아니고 기능이나 식견도 퍽 독특하다.

료마는 그 나이에 이르기까지 같은 시대 사람으로 동경할 만한 인물은 없었으나, 가쓰 가이슈라는 이름에 대해서만은 각별한 관심을 가지고 있었다.

'그는 일본 제일의 사나이이다.'

료마가 첫 번째 에도 유학을 끝내고 고향에 들어가 있었던 만엔(萬延) 원년(1860년) 정월, 가쓰는 불과 백 톤(2백 50톤, 혹은 2백 92톤이라고도 한다) 백 마력의, 3개의 마스트를 가진 네덜란드제 목조 증기선 간린마루(咸臨丸)의 함장이 되어 태평양의 풍랑을 무릅쓰고 미국까지 갔다.

이 쾌거는 양이론이 왕성했던 때이므로 지사들이 애써 묵살하여 천하에 널리 알려지지는 않았으나, 오히려 외국 사람들이 놀랐다. 출발에 앞서 주일 미국 총영사 해리스가 함장 이하 모두 일본인이 조종한다는 말을 듣고 그 기술을 위태롭게 여겨 '불가능에 가깝다'고 외국선을 이용할 것을 막부에 권했다.

사실 이 항해의 목적은 막부의 미국 파견 사절단 기무라 셋쓰노카미(木村攝津守)를 보내기 위한 것이니만큼 배는 외국 배를 빌려도 무방했다.

그러나 막부는 그 신설 해군에게 원양 항해 경험을 익히게 하려고 일본 군함의 파견을 주장했다. 해리스는 할 수 없이 때마침 내항한 미국 측량선의 브루크 대위 이하의 승무원을 고문으로 승선시킬 것을 막부에 권했고, 막부도 이 안에 따랐다.

그러나 간린마루 사관 전원은 이를 불만스럽게 여겨 항해 중 모든 일을 거의 일본인 손으로 처리했다.

그 가쓰가 군함 감독관이라는 현직(顯職)에 앉아 있다. 주타로는 그 가쓰를 해치운다는 것이다.

"료마 형, 언제 할까?"

주타로는 성미가 급하다.

가쓰 가이슈

"흐음, 가쓰(勝)를 죽인다?"
료마는 턱을 어루만졌다.
"싫은가?"
"자아, 주타로 형, 한 잔."
료마는 술병을 들며
"대체 가쓰 가이슈(海舟)란 어떤 사나이인가?"
능청을 떨며 물었다.
"간물(奸物)이야."
주타로는 단순하다.
료마는 싱글싱글 웃고 말했다.
"그렇겠지. 적어도 돌아가신 슈사쿠 선생님의 조카님이신 지바 주타로가 천벌을 내려 주겠다고 하는 놈이니까, 천인공노할 간악한 자가 틀림없겠지. 상판도 도깨비 같을 테고."

"료마 형."

주타로는 싫은 표정을 지었다. 조롱을 받고 있는 줄 안 모양이다.

"가쓰의 얼굴을 알고 있나?"

"몰라."

주타로는 뿌루퉁했다.

사나코는 옆에서 킥킥 웃고 있다.

료마는 배를 좋아하기 때문에, 지난날의 막부 군함 간린마루의 함장이며 지금의 군함 감독관 대우인 가이슈가 어떤 사나이인가는 조금 알고 있다.

막신(幕臣)이라고는 해도 적은 녹봉의 하급 무사 출신으로 인재를 얻으려고 노력하는 시대가 아니었다면 도저히 햇빛을 볼 수 없었을 가계(家系)이다.

가쓰 가이슈, 통칭은 린타로(麟太郎).

분세이(文政) 6년 정월, 혼조(本所) 가메자와 거리(龜澤町)에서 태어났다. 양띠인 료마보다 열두 살 위이다.

어린 시절에는 몹시 가난했다.

어머니는 오노부.

아버지는 고키치(小吉).

고키치는 남의 일 보기를 좋아하는 거리의 호걸이었다고 하지만, 마음 내키는 대로 살며 살림을 돌보지 않았다.

가쓰는 자기 신혼 무렵의 형편을 '아버지는 은퇴했고 변변치 않았기 때문에 정말 어려웠다'고 술회하고 있다. 고키치는 고키치대로 '몽취독언(夢醉獨言)'이라고 속기록을 남기고 '지금은 팔자 좋은 늙은이다(린타로 덕으로). 그러나 린타로가 아니고 나와 같은 아들이 있었다면 이런 낙도 없었을 거다' 말하고 솔직하게 머리를 긁는 인품의 소유자였다.

고키치는 통칭 사에몬타로(左衛門太郎)라고 했으며 직할 무장인 오다니(男谷) 가문에서 가난뱅이 가쓰 가문에 양자로 들어갔다.

돈도 없는 주제에 멋은 알았고 천성적으로 남의 일을 잘 보았으며 게다가 싸움이라면 정신이 없었다. 직할 무사인데도 거리의 부랑자들과 사귀며

"선생님, 선생님."

추어주는 것을 좋아했다. 3백 년 에도의 도시 문화가 한데 굳어서 한 사람의 고키치를 낳아 놓은 것 같은 사나이다.

배운 바도 없고 경솔하고 욕심도 없으며 경망스럽기 짝이 없었으나 지혜가 깊은 점도 있어 인간통(人間通)이라고도 할 수 있는 인물이었다.

"아무튼 아버지는."

가이슈는 그 어록에서 말한다.

"힘들여 나에게 무사 수업을 시킬 양으로 나를 그 무렵 검술 사범이던 시마다 도라노스케(島田虎之助)라는 사람한테 데리고 갔다."

그때 열여섯 살이다. 그보다 앞서 아저씨인 오다니 세이치로(男谷精一郎)의 도장에서 얼마간 배운 모양인데, 아홉 살 때 뜻하지 않은 변을 당했다.

실은 린타로가 일곱 살 때 막부의 명으로 12대 장군인 이에요시(家慶)의 다섯째아들 하쓰노조(初之丞)의 소꿉동무로 내전에 살고 있었는데, 아홉 살 때 길가에서 사나운 개에게 고환(睾丸)을 물렸다.

달려온 외과 의사도 목숨이 위태롭다고 진단했으나 꿰맨 뒤 70일 만에 완치되었다. 그런 뒤로 열여섯 살까지 검술은 중단하고 있었던 모양이다.

이 무렵이 덴포(天保) 8년.

시마다 도라노스케라고 하면 에도의 오다니 세이치로, 야나가와(柳川)의 오이시 스스무(大石進)와 나란히 천하의 삼대 검객으로 꼽힌 사나이이다. 가쓰가 입문했을 무렵에는 고향인 부젠(豊前) 나카쓰(中津)에서 에도로 나와 아사쿠사 신보리(新堀)에 도장을 열고 있었다.

"이 사람은 여느 검객과는 달라서."

가쓰는 시마다의 말을 이렇게 전하고 있다.

―오늘날 흔히 하고 있는 검술은 형식뿐이다. 모처럼 시작한 것이니 그대는 참된 검술을 하라.

가쓰는 도장에서 기숙을 했다.

시마다는 가쓰에게 기대를 걸고 각별한 지도를 했다. 매일 일과로 도장 연습이 끝나면, 가쓰만을 저녁부터 연습복 차림으로 오지 신사(王子神社)까지 뛰어가게 하는 것이었다.

먼저 신전(神殿) 섬돌에 앉아 좌선(坐禪)을 시켜 담력을 기르게 한다. 그 다음 목검을 혼자 휘두르고 또 좌선을 한다. 이러기를 날이 밝을 때까지 대여섯 번 되풀이하는 것이다.

그리고 바로 도장으로 돌아와 아침 연습을 하고 또 저녁이 되면 오지 신사의 경내로 간다.

하루도 거르는 일이 없었다. 언제 잠을 자는가 하는 문제가 있으나 가이슈는 원래 기략 종횡(機略縱橫), 좌담의 명수였고 얼마간 허풍기가 있는 사나이였으므로 에누리를 하더라도 우선 꽤나 외고집스런 청년기(靑年期)였던 모양이다.

"이 시기에는 추운 겨울에도 버선을 신지 않았고 홑옷 하나로 지냈지. 더위니 추위 같은 건 전혀 무엇인지 몰랐다. 정말 몸이 무쇠처럼 단단했었다."

그 뒤 시마다 선생이 검술의 오의(奧義)를 터득하려면 먼저 선학(禪學)을 시작하라고 권한 바 있어 우시지마(牛島)의 고후쿠 사(弘福寺)에서 수도(修道)를 했다.

수도 4년—

"이 좌선과 검술이 내 주춧돌이 되어 뒷날 큰 도움이 되었다. 그 무렵(도쿠가와 막부의 와해 시절) 자객이니 뭐니 하여 퍽 시끄러웠지만 승리는 언제나 내게 있었다. 이러한 용기와 담력은 이 두 가지를 통해 길러진 것이다."

가쓰는 스무 살에 검술을 그만두고 난학(蘭學) 중에서도 특히 병학(兵學)을 배우려고 했다.

그 무렵 난학이라고 하면 의술(醫術)로 국한되어 있었다. 서양식 병법을 배우려고 한 점, 가쓰는 역시 세상보다 한 걸음 앞서 있었다.

막부에 천문관(天文舘)이라는 관청이 있다.

천체를 관측하여 역서(曆書)를 만드는 관청으로 이미 겐로쿠(元祿) 초부터 있었다.

서양식이 아니다. 일본에서는 이미 나라 조(奈良朝) 이전의 덴무 천황(天武天皇) 4년(676년) 야마토(大和)의 아스카(飛鳥)에 점성대(占星臺)를 만들었고, 그 뒤 음양료(陰陽寮)로 하여금 천문 측량을 하게 한 지 1천 년이나 되었다. 나중에 이 일을 막부의 천문관이 이어받았다.

처음에는 간다, 우시고메(牛込), 그리고 다시 아사쿠사로 옮겼다.

가쓰의 청년 시절, 이 천문관 안에 네덜란드어의 번역국이 신설되었다.

이 번역국에 미쓰쿠리 겐포(箕作阮甫)라는, 그 무렵 에도에서 난학의 권위자였던 인물이 있었다.

가쓰는 거기에 입문을 부탁하러 갔다.

"당신은 직할 무사로군."

미쓰쿠리 겐보라는 사람은 입을 악문 것 같은 입모습의 사나이로 눈이 무서울 만큼 크고 게다가 험상궂었다.

"꼭 입문을 허락해 주십시오."

"안 돼."

"제게 뭔가 마음에 들지 않는 점이 있다면 고치겠습니다."

"이렇게 말해선 뭣하지만 무사의 자제들은 대대로 에도에서 살았기 때문에 끈기가 없어. 나도 쓰야마 번에서 나와 막부의 일을 하고 있는 관계상 막부 직할 무사 중에서 뛰어난 인물을 키우고 싶다는 생각으로 무척 애도 써 보았으나 이상하게도 오래 견디어내는 사람이 없어. 난학이라는 것은 퍽 지루한 노력이 필요한 것인데 에도 물을 먹고 자란 자에게는 맞지 않는 모양이야. 이 길만은 시골 출신이 좋아."

가쓰는 화가 났다.

하지만 화를 낼 수도 없다.

직할 무사 자제들의 돼먹지 않은 점에 대해서는 가쓰 자신이 더 잘 알고 있다.

"난학은 노랫가락이나 샤미센을 배우듯 해서는 안 돼. 우리 학교 학생들의 공부하는 태도를 보면 장차 국가를 짊어질 자는 시골 출신이지, 직할 무사 8만 기(騎)의 자제는 아닌 것 같아."

미쓰쿠리는 이렇게도 말했다고 한다.

그때는 아직 흑선 소동 이전이었지만, 막부는 머지않아 붕괴될지도 모른다는 위기감을 가쓰가 가지게 된 것은 이 무렵부터였다는 말도 있다.

할 수 없이 가쓰는 미쓰쿠리 앞을 물러나와 아카사카다 거리에 있는 지쿠젠 구로다(黑田)의 번저에 살고 있던 나가이 스케키치(長井助吉)라는 난학자에게 사사(師事)하게 되었다. 그 때문에 가쓰는 아카사카다 거리로 이사를 했다.

지난해에 아내를 맞아 그해 장녀 유메코(夢子)를 낳았다. 가족은 여섯 사람, 집은 세 칸.

"그야말로 가난했어. 아내는 히카게 거리(日蔭町)에서 산 띠 하나로 3년을 매고 다녔고, 나는 추운 겨울에도 검도 연습복과 하카마뿐이었지."

가쓰의 궁핍과 불우한 시대는 길었으나, 가에이(嘉永) 6년, 페리의 내항이 그를 출세시켰다.

막부의 명령으로 나가사키의 네덜란드 사람에게서 해군에 대해 배우게 된 것이 서른세 살.

이어 서른일곱 살에 군함 조련소 교두(敎頭)가 되었고, 이해 7월 아카사카의 히카와 거리(米川町)로 거처를 옮겨 겨우 남 못지않은 집에 살 수 있게 되었다.

가쓰가 태어난 혼초 가메자와 거리의 집은 다 쓰러져 가는 집으로, 아버지 고키치가 막부의 견책을 받고 식구 전부가 동료의 집에 맡겨지게 되었을 때 고물상을 불러 집을 팔았다. 그때 고물상이 부른 값이 넉 냥 두 푼.

"그것도 무사님이시니까 이 값으로 사는 겁니다."

동거하게 된 동료의 집도 역시 형편없는 집으로 방이 두 칸밖에 없었다. 이 두 칸 방에 두 가족 열 명가량이 살았다고 하니 그 무렵 하급 무사의 생활이 어떠했던가를 짐작할 수 있으리라.

"그 뒤 출세해서 1천 섬이 되었을 때에는 좋았으나 그것이 얼마 뒤 면직이 되자 아내가 혼났지. 우리집에 낭인 식객들이 우글우글했으니까 말이다. 그런데 내가 출사했다 싶으면 이내 그만두곤 하니까 살림은 늘 밑빠진 시루에 물 붓기였지."

가쓰는 직언가(直言家)로서 상사의 무능을 증오하는 마음이 유달리 강했다. 뿐만 아니라 독설가라서 혀끝이 남보다 더 빨리 돌아갔기 때문에 윗사람은 늘 그를 싫어했다.

예를 들면 간린마루를 몰고 미국에서 돌아왔을 때의 일이다.

만엔 원년 5월 5일, 우라가(浦賀)로 귀항하여 이틀 뒤 기무라 셋쓰노카미와 함께 장군 이에모치(家茂)를 배알했다.

곁에서 집정관 한 사람이 말했다.

"가쓰, 그대는 특출한 안식(眼識)을 가진 인물이니까, 아마 외국에 건너가 특별히 느낀 점이 있으리라. 그것을 소상히 말씀 올려라."

"아뇨, 사람이 하는 일은 동서고금이 같은 것이며 미국이라고 해서 별로 이상한 것도 없습니다."

"아니야, 그렇진 않을 거야. 어전이니 진담기담(珍談奇譚) 등을 말씀드려라."

"그러지요."

가쓰는 찬웃음을 머금었다.

"약간 눈에 띈 것은 미국에서는 정부나 민간이나 무릇 사람 위에 서는 자는 그 지위에 알맞을 만큼 똑똑합니다. 이 점만은 우리나라와 전적으로 반대인 듯합니다."

문벌주의인 도쿠가와 체제로는 이미 국가를 유지할 수 없다는 뜻이 은연중에 깃들어 있다.
 그런데 집정관은 장군 앞에서 자기들을 우롱했다고 보았다.
 "닥쳐라!"
 집정관은 크게 소리 질렀다.
 가쓰는 도미(渡美)를 계기로 막부보다도 일본을 제일로 생각하게 되었다. 그 무렵의 막부 가신으로서는 위험 사상이라고 해도 과언이 아니다.

 "오랑캐, 오랑캐 냄새다."
 지바 주타로는 이맛살을 찌푸리면서 말했다.
 "가쓰는 창자에까지 오랑캐 냄새가 스며든 사나이야. 양이의 첫 걸음은 우선 가쓰를 죽이는 일에서부터다, 료마 형."
 슈사쿠는 취했다.
 "주타로 형, 얘기도 꽤 어려워졌군."
 료마는 잔을 들면서 씽긋 웃었다.
 주타로의 양이 사상은 그때 유행한 미도학(水戶學)에서 비롯된 것이다.
 이른바 신국 사상(神國思想)이라는 것이었다.
 한 민족의 거주지를 신의 성역으로 보고, 이민족이 발을 들여 놓으면 부정을 탄다는 토속 사상(土俗思想)은 일본에만 있는 것은 아니다.
 뉴기니아의 미개인에게도 있다. 고대 유럽에도 있었다.
 미도학은 이 토속 사상을 양념삼아 중국의 존왕천패사상(尊王賤霸思想 : 왕실을 절대적으로 알고 무력으로 세운 정권을 나쁘게 보는 사상)을 중심으로 한 것인데, 사상이라기보다는 종교의 색채를 띠고 있었다.
 이 종교적 양이 사상이 막부 말기의 일반적인 사조(思潮)였다.

이것을 정쟁(政爭) 도구로 전환시켜 막부 타도의 공격 도구로 완성시킨 것이 료마의 시대보다도 몇 년 뒤의 조슈 번과 사쓰마 번이다. 즉 정치적인 양이 사상이라고 할 수 있겠다.

사쓰마와 조슈는 종교적 양이 사상의 그릇됨을 깨닫고 비밀히 외국과 손을 잡아 군대를 서구화시켜 막부를 쓰러뜨렸다.

간단히 말하자면 그것이 메이지 유신이다.

그러나 료마의 이 시기는 다케치 한페이타도, 가쓰라 고고로도, 사이고 다카모리도, 기요카와 하치로도 모두 종교적인 양이론자였다.

하물며 동료에게서 영향을 받아 어느덧 '지사'가 되어 버린 지바 주타로 등은 특히 그러했다.

료마도 시대가 낳은 사나이다.

외적은 쳐서 쫓아내야 한다는 양이주의자였으나, 왜 그런지 다케치나 주타로 등의 '신국(神國)'이라는 것은 이해할 수 없었다.

서투른 학문을 하지 않은 만큼 사물을 바르게 볼 수 있었다.

'왜 신국이냐? 신이란 일본에서는 상고(上古)시대의 미개인을 두고 하는 말이다. 미개로 돌아가라는 것은 세상의 흐름에 반역하는 일이다. 그 따위 신에 미친 바보 놈들의 주장을 나는 이해할 수가 없다.'

그러나 원래가 영리한 사나이다. 그런 패들과 상종은 하지만 토론은 하지 않는다.

'종교 논쟁이 될 뿐이야. 세상에 다른 종교를 배격하는 종교론만큼 실없는 일은 없어.'

그러므로 늘 바보처럼 싱글벙글 웃고 있다.

"료마 형, 언제 가쓰를 해치우겠나?"

"오, 언제든지 좋네."

료마는 기세 좋게 말했다.

대찬성이라는 것이다. 이렇듯 종잡을 수 없는 인간의 마음은 어떤 것이었는지 억측해 보는 것은 헛수고이다.

"자아, 그럼 암살을 축하하며."

료마는 그날 밤 많이 마셨다.

군함 감독관격인 가쓰는 닷새에 한 번은 쓰키지의 군함 조련소로 간다.

"그 도중에 잠복했다가 베면 돼."

주타로가 말했다.

"어때, 료마 형, 묘안이지?"

"그렇군."

료마는 무슨 까닭인지 눈을 빛내기 시작했다. 다음날 아침, 잠에서 깨어나니 미닫이 밖에서 사나코의 목소리가 들렸다.

"저, 깨셨으면 오라버니 방으로 잠깐 오셨으면 하시는데요."

이 말에 벌떡 일어나 재빨리 옷을 입었다. 그런 다음 이불도 개지 않고 벽장에 마구 던져 넣고서 복도로 나갔다. 언제나 그렇다.

복도에 사나코가 아직도 앉아 있다.

"왜 그러십니까?"

"사카모토님을 감시하는 거예요."

료마의 얼굴을 가리켰다. 료마는 아침에 일어나도 얼굴을 씻거나 머리를 빗는 일이 없기 때문에 사나코는 그것을 늘 잔소리한다.

'정말 귀찮은 아가씨야.'

료마는 갑자기 축 늘어져 우물가로 걸어갔다. 거기서 얼굴에 두어 번 물 칠을 하고 손가락으로 슬쩍 머리를 쓸어 올린 다음, 주타로의 방으로 갔다.

"아, 료마 형, 가자."
이 오누이에게는 정말 당할 재간이 없다. 주타로는 어젯밤 그토록 마셨는데도 벌써 외출 준비를 하고 기다리고 있었다.
"가쓰를 죽이러 말인가?"
"그렇지."
"뭐 사람을 죽이는 데 서두를 게 있나소. 사나코님은 세수하는 일까지 귀찮게 간섭하고."
"사카모토님."
사나코는 그 뒤에 있었다.
'아, 거기 있었구나.'
료마는 머리를 긁적거렸다.
두 사람은 어깨를 나란히 하고 문을 나섰다.
료마는 어쩐지 허리께가 허전했다.
"사카모토님."
사나코가 또 등 뒤에서 불렀다.
"칼은 어떻게 하셨어요."
아 참, 료마는 깨달았다. 칼을 잊어버리고 있었다. 주타로도 기가 막혔는지 얼굴을 찌푸리며 말했다.
"료마 형, 정신 좀 차려."
옳은 말이야, 료마도 생각했다. 칼을 잊고 가는 자객이 어디 또 있겠는가.
"자넨 요즘 영 멍청해졌어."
"탈번 후유증인가."
지바네의 대문을 나섰다.
사나코는 그들을 전송하고 곧 안으로 들어가 자기도 부랴부랴 준비를 했다.

여자의 몸이지만 간물 가쓰에게 한 칼 안겨 주고 싶다. 두 사람이 그걸 말린다면 현장이나마 보아 두고 싶다고 생각했다.
가는 곳은 쓰키지의 군함 조련소다. 아키 다리를 건너서니 짐작이 갔다.
사나코는 거리의 가마를 잡아탔다.

쓰키지 혼간 사(本願寺)에서 다리 하나를 건너 동쪽으로 가면 미나미 오다와라 거리(南小田原町)이다.
벌써 바다 냄새가 풍긴다.
동쪽으로 더 가면 전에 아키 번(安藝藩)의 번저가 있던 곳, 또한 최근까지 막부의 강무소(講武所)가 있던 지역이고 앞쪽은 바다이다.
그곳에 안세이 4년부터 막부의 군함 조련소가 설치되어 있었다.
"이것이 군함 조련소인가?"
료마는 어린애와 같은 눈으로 그 강무소 시대부터의 담장을 바라보았다.
바다와 배가 좋은 것이다.
"료마 형, 이 모퉁이로 들어오자면 서쪽으로는 혼간 사 다리, 남쪽으로는 아키 다리, 북쪽은 가즈마 다리(數馬橋)와 비젠 다리(備前橋) 등이 있는데, 가쓰는 아카사카의 히카와의 집에서 나오는 관계로 아키 다리 아니면 혼간 사 다리를 건넌다."
"흠."
"그런데 아키 다리로 이르는 일대는 히도쓰바시(一橋) 집안과 아사노 집안의 저택이 있어 오가는 사람이 적다. 가쓰도 자객의 위협을 받고 있는 몸이라 일부러 그런 후미진 곳을 고를 리는 없겠지. 그렇다면 언제나 부근에 민가가 많은 혼간 사 다리를 건너고 있을 거다."

"잘 알고 있군."

"아니 이건 상상이야. 료마 형, 좀더 열심히 해 주지 않으면 곤란해. 그러니까 나는 날짜를 잡아 혼간 사 다리에서 매복하자는 거야."

"그것도 좋겠군."

그러면서 료마는 안벽(岸壁)에 머물러 있는 군함의 마스트 3개를 먼눈으로 바라보고 있다.

연습함인 간코마루(觀光丸)이다.

네덜란드제인 목조 스쿠너 선으로 외차륜(外車輪)을 갖춘 증기선이었다. 2백 50톤.

"주타로 형."

료마는 푸른 하늘을 배경으로 한 그 선체를 가리켰다.

"왜?"

"난 저런 배가 갖고 싶네."

"……."

주타로는 료마의 얼굴을 지그시 쏘아보았다.

"자네 지금 정신이 있나? 우린 군함 감독관 가쓰 린타로를 죽이러 와 있단 말이다."

"참, 그랬었지."

"정신 차려. 호쿠신 일도류의 솜씨가 울어."

"그러나 호쿠신 일도류 가지고선 저 군함을 움직이지 못해. 움직이지 못하면 나라를 지키지 못하고 막부도 쓰러뜨릴 수 없네."

"료마 형."

불쾌한 표정을 지었다.

주타로는 대부분의 무사가 그렇듯이 서양을 아주 싫어한다. 막부가 외국 비위를 맞추고 저런 양선(洋船)을 사들인 것도 용서할 수 없거니와 그 서양화의 원흉이 바로 가쓰라는 생각인 것이다.

"료마 형, 자넨 줏대가 없군."

"난 언제나 줏대가 없네."

료마는 주타로를 상대하지 않고 담장을 따라 안벽 쪽으로 천천히 걸었다.

이 군함 조련소가 유신 뒤에 해군 병학교(海軍兵學校)로 발전하는데, 그런 건 아무래도 좋다.

료마는 군함에 대해 배우고 싶다.

그런데 그것을 막고 있는 것이 있다.

막부이다.

이에야스 이래의 극단적인 문벌주의였다.

'난 어째서 여기 들어가지 못하나?'

료마는 가슴이 뻐근함을 느끼며 걸었다.

막부의 군함 조련소는 막신 자제에게만 문호를 개방하고 있다.

단, 영주의 부하라도 '그 영주가 특별히 인정한 자'는 허락된다.

하나 료마는 도사 번사이지만 향사이다. 상급 무사가 아니면 번에서는 추천을 해 주지 않았고, 설사 향사라도 괜찮다고 해도 탈번한 몸이다.

"주타로 형, 가쓰 따위를 죽이기보다는 사람들이 저마다 자기 뜻을 펼 수 있는 세상을 만들고 싶군."

료마는 뒤돌아보았다.

"흠?"

단순한 양이론자인 주타로는 이해하지 못한다. 멍하니 서 있다.

두 사람의 눈앞에 연습함 간코마루의 검은 선체가 산더미처럼 솟아 있다.

"주타로 형, 나는 고향에서 가와다 쇼류라는 꽤 유식한 화가에게서 들었는데, 미국에선 백정의 자식이라도 대통령이 될 수 있고 대통령의 자식이라도 본인이 좋아한다면 재단사가 돼도 누구 한 사람 이상하게 생각지 않는다 하네."

"그게 어쨌단 말인가?"

주타로는 화가 나 있다.

"특별한 뜻은 없어. 사농공상(士農工商)이 없는 세상으로 만들고 싶다고 문득 생각한 것뿐이네. 무사, 무사 하지만 구별이 백 가지는 되지. 그 차별 속에서 벗어날 수가 없네. 왜냐하면 일본에서는 장군 한 사람의 신분을 지키기 위해 2천만 인간의 신분을 묶어 놓고 있기 때문이지."

"료마 형, 목소리가 커."

조련소 구내를 순찰하고 있는 훈련생인 듯한 몇 사람이 저편에서 나타났다.

"주타로 형, 난 천황 밑에 만인이 평등한 세상을 만들어 보이겠어."

"료마 형."

"나에게 이 군함 세 척만 준다면 3백 년 동안 일본인을 꽁꽁 묶어 온 도쿠가와 가문을 부숴 놓겠어."

"료마 형, 무슨 소리야. 장군과 영주가 있기 때문에 일본이 있지 않은가."

"아하하하, 나에게 이 군함 세 척만 준다면 영주 같은 건 날아가 버리네."

"료마 형, 오늘은 돌아가자. 아무래도 자넨 오늘 좀 이상해."

"그런가?"

가쓰 가이슈

두 사람이 걷기 시작했을 때 순찰 중인 훈련생이 그들을 불러 세웠다.

"거기서 뭘 하고 계시오?"

"구경을 하오."

료마와 주타로는 한마디 내던지고 걸었다. 그 발걸음, 허리의 움직임, 누가 보아도 일류 검객임을 알 수 있다.

모두 겁을 먹고 그 이상 말을 걸지 않았다.

아키 다리를 건너기 시작하자 저편에서 가마가 한 채 나타나더니 두 사람 앞에 멎었다.

사나코였다.

재빨리 내리며 눈썹을 치켰다.

"어떻게 됐나요?"

눈썹을 추켜올렸다.

귀여운 입술을 갖고 있다.

그날 밤 주타로가 료마의 방으로 들어와 굳은 표정으로 미닫이를 닫았다.

"료마 형, 할 셈이냐 안할 셈이냐? 자네가 안한다면 반드시……."

"……반드시?"

료마는 팔베개를 하고 누운 채 미간을 찌푸렸다.

"나 혼자 한다."

아, 이 친구는 하겠지, 료마는 생각했다. 지금의 주타로의 표정은 전에 볼 수 없었던 것이다. 어두운 눈, 자기 말에 취한 것 같은, 말을 하지 않고서는 못 견딜 것 같은 묘한 흥분 속에 휩싸여 있었다.

'요시다 도요를 노리고 있을 무렵의 나스 신고나 오이시 단조, 야

스오카 요시스케 등도 이러한 울혈(鬱血)로 부어오른 듯한 얼굴을 하고 있었다.'
"똑똑히 의중을 듣자."
주타로는 말했다.
료마는 일어나 앉았다.
"어떤가, 주타로 형. 할 바에는 쓰키지 다리에서 매복하는 것은 그만두세. 그건 어쩐지."
"어쩐지?"
"너무 비참하네. 하긴 자객이란 것은 벌레와 같은 인간들이 하는 짓으로 난 생각하지만."
"료마 형."
"아니 잠깐, 할 거네, 나는. 한다면 사카모토 료마, 틀림없이 한다."
"그렇다면 안심이군."
"그런데 잠복 같은 건 하지 말고 대낮에 당당히 가쓰의 집에 찾아가 가쓰를 만나보고 그래도 용서할 수 없다면 그 자리에서 베어 버리자. 사나이란 모름지기 그래야 되는 거야."
"사실 그렇다."
주타로도 승낙했다.
이튿날 아침 마침 도베가 놀러 왔으므로 그에게 명령했다.
"아카사카 히카와에 가쓰 린타로라는 인물이 있는데, 매일 드나드는 사람들을 조사해 줘."
"어떤 목적인가요?"
"벨 참이야."
도베는 퍼렇게 질려서 돌아갔다.
이상한 일이다. 가쓰의 일이 매일 머리 한구석에 있어서인지 가쓰에 관한 화제가 곧잘 귀에 들어왔다.
주타로도 그런 모양이다.
"좋든 나쁘든 묘하게도 소문이 많은 사나이로군."
료마가 말하자
"그놈은 굉장한 사기한이래."
주타로의 귀에 들어오는 것은 모두 나쁘다. 역시 이쪽에서 호의를 가지고 있지 않으면 그렇게 되는 모양이다.
더욱더 호의를 갖지 않게 되었다.
"그 사나이의 난학이란 것도 실은 엉터리라는 거야. 겨우 읽고 쓰는 정도래. 아무튼 악평이 많아."
"허어!"
료마는 실눈을 뜨고 재미있어했다. 사실인즉 료마의 귀에 들어오는 가쓰의 평은 좋았다. 웬만큼 반하기 시작하고 있는 것이다.
"어떤 악평인가?"
료마는 물었다.

그 무렵 가쓰에 대한 악평의 하나는 이러한 것이었다.
스기 고지(杉亨二)라는 청년이 등장한다.
나가사키의 학자 스기 게이스케(杉敬輔)의 손자로 어려서 부모를 여의고 할아버지의 문인(門人)들 손에 자라났다.
대단한 수재로 환경의 영향을 받아 네덜란드말에 능했고 특히 난학서(蘭學書) 중에서 법률, 경제에 흥미를 갖고 있었다. 그 지식은 그때로서는 기적적인 수준이라고 해도 좋았다.
그러나 무명 청년이다.
이름을 떨치려고 에도로 나왔으나 의지할 사람이 없다. 혼조의 후유키 거리(冬木町)에 이층 방을 빌려 살고 있었다.

어느 날 가쓰의 이름을 들었다.

가에이 3년 섣달 무렵으로 가쓰의 나이 스물여덟. 가쓰가 궁핍했을 무렵이다.

그해 9월 아버지 고키치는 병사했으나 벌써 딸이 둘 태어나 있었고, 거기에 어머니와 네 누이동생을 거느리고 녹봉 42섬으로 살아가는 가쓰의 살림은 쉬운 것이 아니었다.

그래서 난학을 배우기 시작한 지 아직 5, 6년밖에 안 되지만 그 학문을 생활 밑천으로 삼으려고 했다.

자기집에서 서당을 열었다.

가쓰는 독창적인 재질의 사나이였다. 그런 만큼 어학에는 적합하지 않다. 힘들여 공부는 했으나 어학 교사가 될 만한 능력은 없었을 것이다.

그러고 있는데 스기 청년이 찾아왔다.

"형편을 보니 이 집은 밖에도 안에도 장대를 떠받쳐 놓고 정말 가난해 보였다."

스기는 뒷날 이렇게 말하고 있다. 가쓰의 아카사카다 거리에 살던 시절이다.

스기는 며칠이 지나 다시 찾아갔다.

"가쓰 선생님, 실은 인물도 확실하고 게다가 네덜란드어를 잘하는 자가 있습니다. 조수로 쓰시면 어떨까요?"

스기가 말하자 가쓰는 옆에 있던 붓을 들어 종이에 글을 썼다. 필담이다. 귀나 입도 별로 불편하지 않았지만 옆방에 있는 제자들이 듣는 게 싫었기 때문이었다.

"그 인물의 성명을 알고 싶다."

종이에 쓴 글이다.

스기는 곧 붓을 들었다.

"실은 저입니다."
"귀하라면 오늘부터 와 주지 않겠나?"
가쓰는 이렇게 쓰고 보수는 수입의 이 할을 스기에게 주기로 했다.
스기는 숙두(熟頭)가 되었다. 그는 사실상의 선생이었고 네덜란드어는 가쓰보다도 뛰어났다.
"그러한 장사꾼이야, 가쓰는."
주타로는 말했다.

"허어!"
료마는 오히려 감탄했다.
'가쓰란 훌륭한 놈이로구나.'
네덜란드어를 할 수 있을 뿐이라면 한낱 어학 교사이다. 어학 교사를 이팔제(二八制)로 고용해서 가쓰 일가족이 밥을 먹을 수 있었다는 것은 예사 재간으로는 어림도 없는 일이다.
그리고 가쓰는 스기라는 고용 교사에게 난서(蘭書)를 번역시켜 자신의 외국 지식을 넓혔을 것이다. 지식을 넓혔을 뿐 아니라 그만한 재간이라면 그것을 활용하여 국가를 어떻게 해야 하겠는가라는 문제와 직결시켰을 것이 틀림없다.
"또 한 가지 악평은."
주타로는 말했다.
"그놈은 군함 감독관 대우로 일본 해군의 창시자라고 큰소리를 치는데 그게 모두 거짓말뿐이라는 거야. 가쓰와 함께 나가사키의 해군 전습소(傳習所)에서 네덜란드인에게 배운 패들도, 가쓰는 땅에서는 대기염을 토하고 있지만 배만 타면 그만큼 약한 놈이 없다는 거야."

사실이다.

가쓰는 해군이면서도 배에 타기만 하면 배가 항구를 떠나기 전에 벌써 뱃멀미로 드러누워 버린다.

"그래서 가쓰는 육지 해군이라는 거야."

주타로는 들은 소문대로 욕설을 늘어놓았지만 료마는 그렇게 생각하지 않았다.

'그러니까 가쓰는 훌륭하단 말이야.'

한낱 뱃사람이 아닌 증거로 배를 타면 약하면서도 뭍에서 대기염을 토하고 있다. 그러한 가쓰 가이슈라는 사나이에게 료마는 흥미를 가졌다.

때마침 도베가 나타나서 말했다.

"가쓰님은 오늘 아침부터 댁에 계십니다. 지금 상태로선 오늘 하루는 외출하실 것 같지 않습니다."

"그것 참 잘됐군."

주타로는 벌써 일어서고 있다.

"료마 형, 적의 본거지로 들어가 싹 해치우는 거다. 준비해, 준비!"

그 말을 하자마자 방을 뛰쳐나가 버렸다.

"저, 젊은 선생님이 다 저렇게……."

도베는 감개무량하다는 얼굴이었다.

"시대의 조류란 참 무섭군요. 그렇게도 착한 젊은 선생님까지 덴추(天誅) 소동에 들떠 있으니 말입니다."

막부 최고 집정관 이이 나오스케(井伊直弼)가 암살당한 것은 재작년이었으나, 올해 정월에는 집정관 안도 노부마사(安藤信正)가 사카시다 문(坂下門) 밖에서 양이파 낭인에게 칼을 맞아 부상당했다.

에도는 그 정도였지만 교토에서는 거의 매일처럼 막부파 혹은 개국주의자가 암살당했다.

"나리, 웃으실지 모르지만 저같이 홀몸으로 세상의 뒷골목만 걸어온 놈으로선, 남들이 떠들어대니까 나도 떠든다는 것은 아무래도 성질에 맞지 않는군요."

"제법 쓸 만한 소리를 하는군."

"그런데 사람을 벤다고 해서 정치가 좋아지는 겁니까, 정말?"

"그런 경우도 있지."

만엔 원년 3월, 사쿠라다 문 밖에서 최고 집정관 이이가 사쓰마 낭인에게 살해당한 사건이 그러했다. 이이 가문이라고 하면 도쿠가와 가문의 대대로 내려온 직할 영주의 필두로, 그것도 나오스케는 최고 집정관이었다. 그리고 그날 아침 나오스케는 등성 도중이었고 무용으로 이름을 떨치는 가신들의 호위를 받고 있었다. 그랬는데도 몇 사람 안 되는 낭인이 습격하여 쓰러뜨렸다.

막부의 권위는 이날 아침부터 희미해졌다고 해도 좋으리라. 단순한 살인이 아니라 역사를 움직인 희유(稀有)의 살인이라고 할 수 있다.

'그러나 그 뒤 빈번하게 발생한 덴추니 하는 것은 모두 아이들의 속임수야. 사람만 죽이면 세상이 좋아지리라고 믿는 미치광이들의 짓이다.'

료마는 그렇게 생각하는 것이었다.

아련히 료마의 귀에 들려오는 소문에 의하면 교토의 덴추 소동의 배후 조종자는 아무래도 다케치 한페이타인 모양이라는 것이다.

예의 오카다 이조.

이 친구가 '사람 백정'이라는 별명을 들어가며 살인검(殺人劍)을 마구 휘두르고 있다는 이야기이다.

'모처럼 세상을 바로잡자는 사상으로 나타난 근왕 양이도 사람을 죽이는 짓으로 끝나는 거라면 위태로운 거야.'

내가 나서지 않으면 천하는 어떻게도 안 되겠지, 이렇듯 료마는 문득 지나친 몽상을 갖는 터이지만, 그렇다고 해도 료마로서는 아직 나갈 만한 무대가 없는 것 같았다. 끝내 나갈 무대가 없을지도 모른다.

'그때는 그대로 죽을 뿐이지. 명(命)은 하늘에 있다.'

"료마 형, 준비 다 했나? 가자."

"오!"

료마는 무쓰노카미 요시유키의 대도를 들어 띠에 꽂았다. 이 칼이 가쓰의 피를 맛볼 것인지 아닌지는 료마 자신도 모른다.

료마와 주타로는 서로 칼을 정성껏 손질한 다음, 아카사카 히카와 거리에 있는 가쓰의 저택을 향해 집을 나섰다.

주타로는 의기양양하다.

도베가 하인 차림으로 수행했다.

가쓰의 저택은 예의 막대기로 떠받쳤던 아카사카다 거리의 낡은 집이 아니다. 이 히카와의 집으로 옮겨온 지 벌써 3년이 된다. 건물은 낡았으나 대지는 1천 섬 녹봉의 직할 장수의 저택답게 퍽 넓다.

가쓰는 이 히카와 거리의 저택이 썩 마음에 들었다. 메이지 32년, 일흔일곱의 나이로 죽을 때까지 이곳을 거처로 삼았고 그 죽음을 애도하는 칙사가 찾아온 것도 이 저택이다.

"여기야."

주타로는 가쓰의 집 대문을 올려다보았다. 잠겨 있다.

문지기 노인이 얼굴을 내밀었다.

"가쓰 선생을 만나고 싶소."

주타로는 자기와 료마의 이름을 쓴 종이를 내밀었다.

문지기는 수상스럽다는 듯이 발길을 돌렸다. 료마는 문 앞에서 기다리고 있는 동안 주타로의 긴장한 얼굴을 보고 웃음을 터뜨렸다.

"험상궂은 얼굴이로군요. 그런 얼굴을 하고 있으니 어디 문지기가 안의 청지기한테 전해 주겠소."

"아니."

도베가 낮은 목소리로 말했다.

"이 댁에는 청지기가 없습니다."

"1천 섬의 직할 장수인데도?"

"정말 허술한 저택이죠. 가족들하고 하녀 말고는 저 영감뿐이지요. 개 한 마리 키우고 있지 않습니다."

"자네가 보면 침이 넘어갈 만한 집이군."

"그런데 훔치려고 해도 변변한 가재가 없어서요."

"도둑에게마저 외면당한 셈이로군."

료마는 감탄했다. 상상했던 대로 물욕이 없는 사람인 모양이다.

이윽고 문지기가 나왔다.

"들어오십시오."

의외로 순조롭게 일이 진행되었다.

료마는 무언가 기대에 어긋난 것 같은 느낌과 동시에 감탄도 했다. 지바 일문의 검객이 둘 찾아왔다고 했으니 어떤 속셈으로 왔는지는 현정세로 보아 가쓰에게 짐작이 갈 것이 아닌가.

"주타로 형, 조심해야겠어. 대문 안에 백 명이나 되는 사람이 칼을 뽑고 숨어 있는지도 모르니까."

"뭘."

주타로는 오른쪽 어깨를 으쓱대며 들어갔다.

'이젠 주타로도 제법 지사가 됐는걸.'

료마는 어슬렁어슬렁 들어갔다.

현관 옆에 팔손이나무가 우거져 있다. 운치라면 그런 정도였고 정원수는 거의 없다.

'살풍경한 집이구나.'

두 사람은 하녀의 안내로 복도를 걸었다. 걸을 때마다 마룻바닥이 휘어지는 낡은 집으로 이것은 좀 난처했다. 그리고 생각해 보니 이 집 주인은 두 방문객의 용건도 묻지 않았던 것이다.

'과연 간린마루로 미국에 건너갔을 정도의 사나이다. 그래도 막부에는 아직 굉장한 사나이가 있구나.'

"이쪽입니다."

하녀가 앉아서 미닫이를 열었다.

다다미 팔조 정도의 햇빛이 잘 들지 않는 작은 방으로 화·한·양(和漢洋) 서적이 산더미처럼 쌓여 있고, 중앙에 '가이슈 서옥(海舟書屋)'이라는, 매부인 사쿠마 쇼잔(佐久間象山)이 쓴 액자가 걸려 있다.

지하실 같은 방이다.

그 방 한구석에 작은 몸집의 사나이가 등을 돌리고 책을 읽고 있었다.

뒤돌아보지도 않는다.

이윽고 가쓰는 이쪽으로 휙 돌아앉았다.

료마와 주타로는 형식대로 인사를 하고 얼굴을 쳐들었다.

'묘한 얼굴이구나.'

료마는 먼저 그 점에 감탄했다.

굴곡이 깊은 얼굴이 요코하마의 서양 사람과 닮은 점이 있다. 다만 몸집이 작고 피부가 검으며 눈이 독특하다. 어른의 눈이 아니고 어린아이의 눈이다. 호기심에 가득한 골목대장처럼 반짝반짝 빛나고

가쓰 가이슈 185

있다.

가쓰가 입을 열었다.

가쓰는 이 무렵 아랫성 수비장수격으로 군함 총재 같은 지위에 있는 막부의 현관(顯官)이다. 그런 높은 벼슬의 사나이가 고상하지 않은 말을 썼다..

"뭐야, 당신네들."

"예?"

주타로가 되물었다.

"왜 칼을 그쪽으로 젖혀 두나. 더 무릎 쪽으로 당겨놓지 않으면 가쓰 린타로를 베지 못해."

"……"

"베러 왔을 테지. 하하하하, 당신들 얼굴에 씌어 있어. 나도 조금은 검술을 했지만 당신네들 미간을 보니 분명 살기가 어려 있어."

"그렇습니까?"

료마는 놀라서 얼굴을 쓸었다.

"쓸어도 지워지지 않네. 아무튼 당신들은 검객일 테지. 칼을 목숨보다도 중요시하는 패니까. 그걸 무릎 옆으로 당겨놔…… 그러나."

가쓰는 이름을 적은 쪽지를 또 한 번 훑어보고 말했다.

"당신은 지바 주타로. 그러고 보니 데이키치 선생의 자제로군."

다음에는 료마의 얼굴을 보았다.

'이 녀석은 물건이 되겠구나.'

그때에 가쓰는 이렇게 생각했다고 한다. 뒤에 이 독설가인 가쓰는 사이고와 료마를 가리켜 특별히 '영웅'이라는 명칭을 썼듯이, 첫 대면에서 벌써 그러한 직감을 가졌다. 료마를 '영웅'이라고 보아 준 최초의 사나이가 가쓰 가이슈였으리라.

가쓰는 책상다리로 앉았다.

이 사나이의 버릇인데 책상다리로 앉을 때는 양팔을 앞으로 늘어뜨려 두 발목을 잡는다. 발을 팔에 비끄러맨 것 같은 모양이다.

마흔 살이나 되었는데도 그것이 사뭇 개구쟁이 같은 모양이어서 료마는 우스웠다.

"아무튼 요즈음은 자객투성이라 우리집에도 매일 몇 사람씩 찾아와."

몇 사람씩이란 말은 가쓰식의 허풍이지만, 꽤 찾아오는 모양이다. 가쓰는 집에 있는 한 그 사람들을 만나 준다.

"그러나 이상하거든. 자객 같은 녀석들이라도 그들은 그들 나름대로 나라를 근심하고 있어. 머리가 나빠서 생각이 틀린 것뿐이야. 애국심에는 다름이 없어. 그러니까 이야기를 해 주면 돌아갈 때는 싱글벙글하며 나가지. 그렇긴 한데 당신들은 녀석들보다는 좀 돼먹었어. 이야기를 듣고 나서 살리든 죽이든 할 셈이라니까. 사카모토 군, 그렇지 않은가."

료마는 다다미 해진 데를 잡아 뜯고 있다.

"가쓰 선생."

주타로는 살기등등하다.

"선생은 지금 막부에 계시면서 개국론을 주장하고 오랑캐들과 국교를 가져야 한다는 주장이시라고 듣고 있습니다."

"아."

가쓰는 곰방대에 담배를 채웠다.

"그렇게들 말하고 있지."

"황공하옵게도 천자님은 오랑캐가 상륙하는 일조차 이 나라의 모독이라고 하십니다. 이것을 어떻게 생각하십니까?"

가쓰 가이슈 187

"지바군, 자네는 그것을 설마 천자님에게서 직접 들은 것은 아닐 테지. 남의 말을 믿고 또 불손하게도 천자님의 마음을 추측하여 자신의 말로 고쳐서 하는 것일 테지."

"그야."

말문이 막혔으나 감정은 그만큼 격앙하기 시작하고 있다.

"우리나라는 신들이 살고 계신 신성불가침의 나라로서 오랑캐들이 한 발이라도 들어설 나라가 아닙니다."

주타로는 논했다.

신국론을 논하고, 개국이 용납될 수 없음을 역설했다. 가쓰는 담배에 불을 붙였다.

"푸우."

뜰을 향해 연기를 뿜었다.

"당신들 눈이 있겠지."

가쓰는 재떨이를 당겼다. 담뱃대를 딱딱 두들겨 재를 떨고 말했다.

"저걸 보라구."

등 뒤에 놓인 지구의(地球儀)를 가리켰다.

"저 푸른 데가 바다야. 세계, 세계 하지만 사실은 조그마한 것으로 그 대부분이 망망대해야. 이 바다에서 금이 마구 쏟아져 나온다."

'이 녀석은 역시 사기한이로구나.'

주타로는 이맛살을 찌푸렸다.

"거짓말이라고 생각하거든 영국을 보게. 세계 제일 가는 대국이라고 하면서도 저렇게 조그만 섬이다. 저놈들은 영리해."

"……."

"저놈들은 저 새파랗게 칠한 지구상의 바다를 집으로 삼고 있단 말이다. 왜냐하면 해상을 육지처럼 달리는 대화선(大火船)을 몇천 척 가지고 활발하게 외국과 장사를 벌여 국가 이익을 올리고 있어. 그 덕분으로 대영제국이라는, 인간 역사가 시작된 이래 최대의 번영을 자랑하고 있어. 그런데 일본은 어떤가?"
가쓰는 담배에 불을 붙였다.
"빨간 오랑캐(러시아)라는 놈은 유럽에선 야만국이라지만 그래도 군함을 가지고 있어. 그 나라가 극동 침략을 생각하기 시작한 것은 얼마 안 되지만 연방 일본 주변에 군함을 끌고 다니기 시작했어. 그리고 치시마(千島), 가라후토(사할린)는 자기네 것이라고 하네. 도둑놈과 같은 거야. 다케우치 시모쓰케노카미(竹內下野守) 등이 러시아 도성에까지 갔지만 좀처럼 잘되지 않아. 형편없이 외교에서 지고 있다. 이건 저쪽에 군함이 있기 때문이야. 지금처럼 양이, 양이 하고 칼을 휘둘러대기만 하다가는 일본 땅이 그놈들의 손아귀에 들어가 버린다."
"그러나……."
"아니 들어 봐."
가쓰는 일본 지도를 펼쳤다. 료마도 처음 보는 정교한 것이라 눈에 광채를 띠며 들여다보았다.
"사카모토 군!"
가쓰는 다정하게 불렀다.
"내가 대일본국 백년대계를 위해 궁리한 번영안은 이렇다. 지금부터 말할 테니 자네에게 이견(異見)이 있거든 말해 보게나."
가쓰는 이 의견을 이해 5월에 이미 막부에 건의했었다.
일본 열도 방위를 위해서 바다를 동북해, 북해, 서북해, 서해, 서남해 여섯 구역으로 나누어 6개 함대를 바다에 띄운다.
이 안은 정밀한 것으로, 예를 들면 에도, 오사카 방위 함대를 제1

함대로 하고 프레가트형 군함 3척(승무원 1천 4백 명), 콜베트형 군함 9척(승무원 2천52명), 소형 군함 30척, 그리고 운송선 1척.

이 여섯 함대의 총계는 무려 2백여 척에 이르고 승무원은 6만 1천2백5명이다. 이 밖에 운송선, 측량선, 해방선(海防船)만 해도 75척.

"막부의 대관들은 기겁을 하고 놀라더군. 그만한 돈이 없다는 거야. 그러니까 난 지금 자네들에게 말했잖나. 돈은 바다에서 만들어내라고. 개국하여 활발히 무역을 하고 그 돈으로 이 함대를 만들면 된다고 말하는 거다."

료마도 주타로도 어안이 벙벙했다. 그러나 주타로의 자세는 더욱 험악하기만 하다.

'정말 놀라운 말만 하는구나.'
료마는 이 사나이가 더욱 좋아졌다.
일본이란 벼와 보리 그리고 무만 나는 농업국으로 근대 산업 따위는 아무것도 없는데, 거기에 느닷없이 증기 군함 2백70척이란 세계 유수의 대함대를 띄우겠다고 한다.

'허풍이라고 한다면 가쓰는 역사 이래 처음 보는 대허풍쟁이인걸.'
가쓰에게는 과연 그런 점이 있기도 하지만 한낱 허황된 허풍이 아니다. 한 척 한 척의 승무원 수효를 우수리까지 계산하고, 게다가 그 함대를 만들어내는 경비를 어디서 거두어들일 것인가까지 생각하고 있는 것이다.

그 돈을 만드는 방법이, 즉 이곳에 있는 주타로 등 양이 지사들이 제일 싫어하는 '개국(開國)'인 것이다. 항해 무역론이다.
그것뿐이 아니다.
가쓰는 군함부터 사들이지 말고 일본에서 건조(建造)하자는 것이다. 그러자면 제철소나 공작기계 등도 만들어야 한다. 그것보다도 우선 기술자를 양성해야 한다. 그것을 하겠다는 것이 가쓰의 일본 흥국론(興國論)이다.

이것에는 막부도 놀랐다.

'가쓰는 허풍쟁이다'로 각하되고 말았다. 이것이 만약 채택되었다면 막부가 어쩌면 1백 년은 더 계속되었을지도 모른다. 하기야 역사는 그렇게 간단하게 되는 것은 아니지만.

'이방인(異邦人)의 꿈이다.' 이렇게도 말했다.

막부가 이렇게 생각하는 것도 무리가 아닌 것이, 도쿠가와 정부란 쌀을 세금으로 거두어들임으로써 유지되고 있다. 농군에게 식량을 만들게 하고 그것을 무사에게 나누어 먹이는 것만으로 3백 년을 내려온 소박하고 단순한 농업 정부이다.

근대 국가란 막대한 돈이 필요한 것이며, 그런 국가에 낄 수 있는 자격은 막부에도 영주에게도 없는 것이다.

국내적으로도 이미 도쿠가와 중기부터 상인이라는, 자본을 밑천 삼는 자들이 커지기 시작하여 농군에게만 근거를 두고 있는 막부와 영주는 몹시 돈에 쪼들리게 되었다.

오사카의 거상(巨商) 고노이케(鴻池)는 천하의 제후에게 돈을 대부하여 영주들이 굽실거리게 만들고 있다. 영주 행렬이 오사카를 통과할 때 영주가 일부러 한낱 상인인 고노이케에게 문안 인사를 하러 간다는 이야기가 있을 정도이다.

그러한 시대인데 막부나 영주는 쌀 몇 섬이라는 쌀 중심의 경제 정책을 쓰고 있으니 곤란한 것은 당연했다.

도저히 가쓰의 안 따위를 실행할 만한 힘이 막부에는 없었던 것이다.

"그러나 하지 않으면 일본은 망한다."

가쓰는 연방 담뱃대로 재떨이를 두들겼다.
"그럼 막부를 쓰러뜨리지 않으면 안 되겠군요."
료마는 부르짖었다. 가쓰는 입을 딱 벌렸다.
"이봐, 난 막신(幕臣)이라고."
그러면서 가쓰는 웃고 있다. 숱한 막부 말기 지사와는 전혀 색다른 료마의 도막론은 이날 확립되었다고 해도 과언이 아닐 것이다.

과연 가쓰는 막부의 신하이다.
이미 대들보에 금이 간 막부의 재건을 생각하여 위와 같은 근대 국가 안을 입안했던 것이다.
"그러나 틀렸어."
가쓰는 말했다.
"아는 놈이 없어. 설령 있다 해도 그런 놈은 하급 태생이라 이를 실천할 수 있는 최고 집정관이나 집정관이 될 턱이 없고 말이야. 정치는 모두 문벌이 하고 있거든. 이것은 여러 영주들도 마찬가지다. 막부 고관이나 제후들의 중신도 머리의 구조가 바보스러워 차라리 소방인부 쪽이 훨씬 낫단 말이야. 이 반편들이 이 내우외환 시대에 일본을 움직이고 있다. 이쯤 됐으니 사카모토 군, 어떻게 생각하나?"
그러한 막부나 영주들을 쓰러뜨려라, 말하는 것만 같았다.
그러나 가쓰는 보기와 달리 막부에 대해 극히 순수한, 이를테면 홀딱 반한 여자에게 품는 심정 같은 것을 가지고 있다. 심정은 전혀 다르지만 반한 탓으로 그만 그런 가락이 나오게 된다.
그러나 역사에는 묘기(妙機)가 있다.
가쓰가 막부를 사랑한 나머지 내세운 개조론이 그것을 열심히 듣고 있는 료마의 머릿속에서 다른 것이 되어 버렸다.

'그렇다면 그것을 실행하지 못하는 막부를 쓰러뜨리고 교토를 중심으로 하는 정부를 만들어 그것으로 일본을 통일하고, 천민 속에서라도 인재가 있으면 최고 집정관, 집정관에 등용할 수 있는 국가를 만들면 되지 않겠는가.'

이거 재미있겠구나, 이런 생각으로 료마는 마음이 들떠 왔다.

정말 너무나 단순한 실리적 도막론이라 할 수 있는 것으로, 이와 같은 생각을 가진 도막주의자는 끝내 료마 외에는 막부 말기에 출현하지 않았다.

거의가 다케치같이 근왕 사상만을 내세우는 복고적(復古的)인 도막론자이고, 가쓰라 고고로나 사이고 다카모리 같은 이해심 있는 자들조차 이 경향이 강했다. 특히 이 세 사람은 조슈, 사쓰마, 도사 같은 각 번을 배경으로 하여 자기 번의 이익과 입장을 지나치게 생각했다.

그와 비교한다면 료마는 탈번한 몸이라 아무런 거리낌도 없었다.

'쓰러뜨려야겠다.'

막신 가쓰가 주장하면 주장할수록 료마는 그것만을 생각하고 있었다.

가쓰는 자꾸 외국 이야기를 했다.

그런데 료마와 전혀 다른 반응을 보이고 있는 것이 료마 옆에 있는 근왕 양이주의자인 주타로이다.

'역시 오랑캐 미치광이다. 이놈을 단칼에 두 동강 내지 않으면 일본은 망한다.'

"가쓰 선생!"

주타로는 무릎을 앞으로 내밀었다. 그 살기는 당장 소도로 치려는 자세이다.

순간, 그것을 알고 료마는 가쓰를 향해 커다란 몸을 꺾어 납작 엎

드렸다.

"가쓰 선생님, 저를 제자로 삼아 주십시오."

기선(機先)을 제압당하고 주타로는 기세가 딱 꺾였다. 아니, 가쓰 자신이 입을 벌리고 있다. 가쓰는 료마가 재치로 자기를 구해 주었다는 것을 알기까지 꽤 시간이 걸렸다.

"료마 형, 너무 하잖나."
이것은 지바 도장 주타로의 방에서 한 말이다. 사나코도 있었다. 마당 가득히 늦가을의 햇살이 비치고 있다.
"……."
"자넨 내가 그 간물을 베려고 하자 느닷없이 가로막고 나서 제자가 되어 버리지 않았는가."
"용서해 주게."
료마는 꾸벅 머리를 숙이고 얼굴을 들며,
"그러나 가쓰 린타로는 일본 역사 최대의 대호걸이야."
능청스럽게 말했다.
"주타로 형, 양약(良藥)일수록 독성(毒性)이 있네. 영웅이란 국가가 아무런 병 없이 평안할 때는 소용없는 독물이지만 천하가 위급할 때는 없어선 안 될 묘약이지. 인간의 독성만 좀스럽게 캐는 것은 소인배가 하는 짓이고 군자는 모름지기 상대의 쓸 만한 점을 알아보아야 하네."
"그러고 보니 료마 형도 독물이구나."
"독물과 독물의 대면이었네."
"기가 막혀서."
주타로는 이미 자객의 살기는 가시고 시정(市井)의 사람 좋은 아저씨로 돌아가 있다.

"정말 질렸어, 료마 형의 표변에는. 애당초 나는 쓰키지의 군함 조련소를 보러 갔을 때부터 거동이 수상하다고 생각했지. 가쓰의 집에 나를 따라간 건 나를 말리려는 계획이었지?"
"아니, 경우에 따라선 베려고 했네. 그러나."
"거짓말, 거짓말. 하지만 이제 괜찮아. 난 료마 형이 좋으니까 이제 이 일은 잊겠어. 그 대신, 청이 있다."
주타로는 앉음새를 고쳤다.
"나를 제자로 삼아 주지 않겠나?"
"제자?"
료마는 웃기 시작했다.
"당신은 이 지바 가문의 상속인이네. 당신이야말로 스승뻘이 아닌가."
"그건 검술에서이지. 인간으로서, 또 나랏일을 하는 데 있어 자네 제자가 되고 싶다."
료마는 황급히 그 대화를 중단하려고 사나코에게 말을 걸었다.
"사나코님, 언제 시집가요?"
"네?"
사나코는 갑작스러운 말에 당황했으나 곧 마음을 가다듬었다.
"저는 시집 같은 거 안 가요."
"허어, 당신도 여자의 독물이요."
"네?"
사나코는 발끈했으나, 료마는 웃으며 말했다.
"여자가 검술이라는 재간이 있는 데다가 너무나 영리하오. 독도 약도 아닌 평범한 여자로 태어났더라면 평온무사하게 살 수 있을 텐데. 그렇게는 안 되는 모양이오."
오빠인 주타로는 독도 약도 안 된다. 그러니까 섣부른 지사 흉내는 내지 말고 사람 좋은 시정인으로 살라고 넌지시 주타로에게 말하고 싶었던 것이다.

조마사(調馬師)

이튿날 아침 지바 도장 별관에서 놀라운 사건이 일어났다.
작달막한 중년 무사가 불쑥 들어와 물었다.
"검술장이 사카모토씨 있소?"
응대하러 나간 제자는 태도가 건방지다고 생각하면서 말했다.
"손님께서는?"
"나는 가쓰야."
대나무 채찍으로 탁탁 자기 목덜미를 치면서 말했다. 어깨라도 결리는 모양이다.
"어디의 가쓰님입니까?"
도대체가 천하의 대지바 도장에 대한 방문법이 돼먹지 않았다.
"히카와 거리의 가쓰야."

"예?"

"군함 감독관."

"아!"

제자는 새파랗게 질려 버렸다. 막부의 고관이 아닌가?

'사람을 놀려도 분수가 있지.'

안으로 뛰어들어가면서 식은땀을 흘려가며 제자는 다른 의미에서 화가 치밀었다. 지체 높은 막부 관리가 시중 도장에 사전 연락도 없이 찾아온 게 잘못이 아닌가. 사람을 잘못 보고 실수하는 것도 당연하지.

'게다가 부하도 거느리지 않았다. 그자가 진짜 가쓰 아와노카미일까?'

그것뿐만이 아니다.

막부의 군함 감독관 신분을 가진 자가 한낱 낭인에 지나지 않는 사카모토 료마를 몸소 찾아오다니 어떻게 된 노릇일까?

'사카모토 선생은 그렇게도 훌륭한 사람일까. 늦잠 자는 것만은 명수지만.'

제자는 료마의 방 앞 복도에 앉아 말했다.

"사카모토 선생님, 일어나셨습니까?"

그러자 잠이 덜깬 목소리가 돌아나왔다.

"아, 밥이 다 됐나?"

"아닙니다. 밥이 아닙니다. 지금 현관에 군함 감독관 가쓰 아와노카미님이 와 계십니다."

"드시도록 해라."

놀라지도 않고 태평스럽게 말했다. 물론 내심으로는 료마도 놀랐다. 가쓰의 신분이 장군 직할이라는 점에서는 도사 영주와 동격인 것이다. 얼마나 소탈한 사나이인가.

'어제 죽을 뻔했던 인사를 온 것일까? 그렇다면 너무나 예절바르고.'

그 무렵 현관에서는, 가쓰 '대감님'이 마치 소방 인부와 같은 점잖지 못한 말로 꾸짖고 있었다.

"들어오라다니, 이봐, 어차피 더러운 방이겠지. 옷이 더러워진다. 그보다도 문 앞에 말 두 필을 준비했으니 밖으로 나오라고 그래."

료마가 나왔다.

"아, 사카모토 군. 자네는 묘하게 마음에 걸리는 사나이야. 어젯밤 자네 일이 자꾸 생각나서 잠을 잘 자지 못했어. 자, 좋은 데로 데려다 줄 테니 저 말을 타게."

과연 문 앞에 말이 두 필. 한 마리는 마부가 끌고 있다.

가쓰는 그 밤색 말에 올라타고 나서

"료마여."

입을 열었다.

"말 탈 줄 아나?"

료마는 승마를 특정한 선생에게서 배운 것이 아니고 오토메 누님에게서 배웠다. 오토메의 승마술은 고치에서도 유명하여 갖가지 일화가 있으나 번거로워 여기서는 생략하기로 한다.

훌쩍 안장에 올라앉자 도사 특유의 오쓰보류(大坪流)의 솜씨로 의젓하게 몰기 시작했다.

"료마, 잘 타는군."

가쓰가 감탄한 것도 무리가 아니다. 이 시대의 직할 무사란 자들은 말도 못 타는 자가 많았던 것이다.

"과연 전국시대부터 무용으로 천하에 이름을 떨쳤던 도사 향사답군."

"아닙니다. 누님에게서 배웠습니다."

"누님?"

가쓰는 그 누님도 만나보고 싶을 만큼 이 료마에게 흥미를 갖고 있었다.

"료마, 달릴까?"

"어디까지요?"

"쓰키지 미나미오다와라 거리에 있는 군함 조련소다."

아, 거기 데리고 가는구나, 생각하며 료마는 말 위에서 눈을 빛냈다.

두 필의 말은 질풍처럼 달렸다.

그 무렵의 에도 시중은 도로가 좁기 때문에 말 두 필이 나란히 달릴 수 없었다. 드디어 료마는 '실례' 하면서 선두로 나섰다. 가쓰보다도 훨씬 뛰어난 솜씨였던 것이다.

되도록 사람 왕래가 적은 무사 저택 지역을 골라 서쪽으로 동쪽으로 길을 바꾸어 가면서 드디어 쓰키지의 아키 다리를 건너 조련소 구내로 들어갔다.

두 사람은 말에서 뛰어내리자 마구간에 말을 매고 천천히 구내를 가로지르기 시작했다.

"넓지?"

가쓰는 이따금 어린애처럼 자랑하는 버릇이 있는 사나이이다.

"나는 막부의 해군 총책임자이지만, 이 조련소의 두목은 나가이 겐바노카미(永井玄蕃頭)야."

료마도 이름은 들었다. 가쓰와 나란히 막부 고관 중에서도 수재라는 말을 듣고 있는 인물이다.

"나와는 달리 온화한 군자야. 그런데도 일하는 솜씨는 대단하지. 서양에는 선데이(일요일)라는 것이 있어서 이레에 한 번씩 놀지만, 나가이는, 그러면 일본이 따라가지 못한다고 해서 여기는 휴일이 없어."

수업은 아침 10시부터 시작하여 오후 3시에 끝난다. 기숙사 제도가 아니고 통학제이기 때문에 끝나는 시간이 비교적 이른 것이다.

배우는 학과와 실습은 측량과 산술, 조선술, 증기기관학, 선원운용, 범선조련, 해상포술, 대소포(大小砲) 공격 훈련 따위이고, 교수(教授)라는 이름의 선생이 여덟 명.

그 밑에 조수격이 역시 여덟 명 있다.

가쓰는 막부의 이른바 비공개 시설인 조련소를 료마에게 보인 뒤에 그를 교수실로 데리고 갔다.

때마침 교수와 조수격인 교관 대부분이 방에 있었다.

방은 강무소 시절의 검술가나 창술가들이 쓰고 있었던 것으로 넓이가 다다미 50장가량은 될 것 같다.

그곳에 교관들이 한 사람씩 일본식 책상에 마주앉아 서류를 뒤적이든가, 양서를 읽든가, 담배를 피우든가 하고 있었다.

가쓰는 그 한 사람 한 사람에게 소개를 했다.

"이 사람은 도사의 사카모토 료마라는 사람이오. 탈번 낭인이지만, 재미있을 듯한 사나이니 나나 마찬가지로 대해 주시오."

나나 마찬가지로—하는 소개 방법은 그 무렵 가쓰의 신분을 생각할 때 얼마나 파격적인 대우인지 알 수 있을 것이다.

교수들은 눈이 휘둥그레지면서 정중하게 답례를 했다.

"허어 저희들이야말로."

가쓰 가이슈라는 인물은 은혜를 베풀어 자기 부하로 삼는 일은 전혀 없었지만, 남을 끌어올리는 솜씨는 능숙했다.

마지막으로 가쓰는 한 인물 옆으로 료마를 데리고 갔다.

묘한 차림을 하고 있다.

다른 교관들은 하오리, 하카마에 정장을 하고 있는데 이 교수만은 머리를 서양인처럼 짧게 깎아 뒤로 넘기고, 깃이 밭은 양복을 입고 있다.

살결이 검고 미간이 좁았으며 모난 턱이 자못 강인한 의지를 나타내고 있었다.

"사카모토 군, 이분은 누구라고 생각하나?"

가쓰는 말했다.

"글쎄요."

료마는 사나이의 얼굴을 바라보았다.

"자네와 동향인이야. 유명한 나카하마 만지로(中濱萬次郞)씨다."

"아!"

료마는 생각이 났다.

그 무렵 일본에서 가장 파란 많은 경력의 소유자였다. 태생은 도사 하타 군(幡多郡) 시미즈 마을(淸水村)의 어촌 나카노하마(中濱)이다.

어부였다.

열다섯 살 때 동료들과 어울려 조그마한 어선을 타고 가까운 바다에서 고기를 잡고 있었는데, 갑자기 폭풍을 만나 아득한 하치조 섬(八丈島) 부근까지 떠밀려 무인도에 표류하여 고기와 조개를 먹고 간신히 목숨을 부지하고 있었다.

표류한 지 6개월 만인 텐포(天保) 12년 6월 4일, 때마침 지나가던 미국 포경선(捕鯨船) 존 하우랜드 호에 구출되어 하와이로 갔다.

그 뒤 매사추세츠 주의 페어벤에서 초등학교 교육을 받았고, 그 재주가 인정되어 미국 어선의 사무원으로 일했다.

그 뒤 미국 여러 지방과 태평양의 여러 섬을 전전하다가 오키나와 본도(沖繩本島)로 돌아와 사쓰마 번 관리에게 인계된 것이 가에이 4년, 표류한 지 10년 뒤였다.

처음에는 밀출국 용의자로 취급되었으나, 2년 뒤에 페리가 오자 갑자기 만지로의 영어와 해외 지식이 필요하게 되어, 막부에 불려 파격적으로 직할 무사가 되었으며 지금은 군함 조련소의 교수가 되어 있다.

만지로는 열다섯 살에 표류하여 미국에 갔기 때문에 아직도 일본 말은 도사 하다 군 어부의 말밖에 할 줄 모른다. 그런데도 직할 무사인 것이다.

그러므로 별로 말도 없고 매우 무뚝뚝한 얼굴을 하고 있었다.

다만 미국 체류 무렵에 곧잘 미국인을 놀라게 했을 정도의 예민한 두뇌를 가지고 있었다.

사물을 보는 눈도 놀라울 만큼 뛰어났다.

그러한 인물이 쇄국시대에 '표류'라는 우연한 기회로 북미 대륙의 문명을 보고, 그것도 페리 내항 소동 직전에 돌아왔다는 것은 일본의 행운이라고 할 수 있겠다.

도사 번은 처음에 무사격으로 대우했고 이어 막부는 막신으로 기용했다.

에도 봉건사회로서는 기적이라 할 만큼의 발탁이다. 그러나 그런 만큼 만지로에 대한 시기도 있어서 만지로는 그 실력만큼의 활동을 못하고 말았다.

료마는 고치 하스이케(蓮池) 거리의 화가 가와다 쇼료의 하숙에 다니던 무렵, 가와다로부터 만지로에 대해서 들은 바가 많았다.

그런데 뜻밖에도 만지로가 웃으며 아는 체를 하지 않는가.

"자네가 사카모토 군인가?"

가와다가 에도의 만지로에게 료마의 일을 편지로 써 보내고 있었던 모양이다.

어쨌든 가와다는 만지로가 도사에 돌아왔을 때, 자기집에 재워 주며 해외 사정을 자세히 듣고 《표손기략(漂巽記略)》이라는 책을 저술했던 것이다.

《도사 위인전》이라는 책의 가와다 쇼료 항목을 보면 이 책에 대해서, '……진귀한 책으로 저 해남의 준걸 사카모토 료마가 뒷날 항해에 뜻을 두고 일본 해군의 창설을 주장한 것은 실로 이 서적의 감화에 기인한 것이라고 한다' 씌어 있을 정도다.

이 진서(珍書) 《표손기략》의 기사를 제공한 것이 지금 눈앞에 있는 만지로이다.

"자네에 대해선 가와다의 편지를 통해 잘 알고 있었지. 언제 찾아오나, 은근히 기다리고 있었는데 이제야 왔군."

빠른 말투로 말했다.

말이 빠른 도사 사투리라 에도 토박이인 가쓰는 알아들을 수가 없다.

"료마, 지금 그 말 무슨 말이야?"

"아."

료마는 통역을 했다.

가쓰는 웃으며 말했다.

"료마, 너는 엉큼한 녀석이로구나. 전부터 그렇게 개국에 흥미가 있었으면서, 양이 지사로서 나를 죽이러 왔었단 말인가."

"하하……."

료마도 자기가 우스워 웃음을 터뜨렸다. 양이도 유행이니까 세상 살아 나가는 방편의 하나라고, 이 속을 알 수 없는 사나이는 생각하고 있는 모양인가.

"아무튼 나카하마 씨, 이 료마는 그런 사람이오. 군함을 가르치면 자칫 해적이 될는지도 모르지만, 그건 또 그런 대로 재미가 있지. 잘 지도해 주시오."

가쓰는 료마를 위해서 머리를 숙였다.

이 무렵—

료마는 인생에 대한 기초가 확립되었다. 가쓰를 만난 것은 료마로 하여금 자기 나름의 생애 계단을 한 걸음 올라서게 했다.

'사람의 일생에는 명제(命題)가 있어야 하는 것이다. 나는 아무래도 내 명제 속으로 한 발 들여놓는 모양이다.'

이해 스물여덟.

그야말로 늦되다. 이미 뒷날 료마와 더불어 유신을 위해 활약하는 조슈의 구사카 겐즈이, 다카스기 신사쿠, 가쓰라 고고로, 사쓰마의 사이고 다카모리, 오쿠보 도시미치 등은 저마다 번의 입장에서 '국사'에 동분서주하고 있는데, 료마는

"한 걸음."

올라 선 것뿐이다. 그것도 막부 타도의 지사이어야 할 료마가 막부 고관인 가쓰 가이슈에 의해 발견되었다는 묘한 운명의 '한 걸음'을.

사람들아
말하고 싶은 대로 말하려무나
이 내가 할 일은
나만이 알고 있으니

조마사 205

이것은 아버지 핫페이마저 '끝내 버린 자식이 되고 말 것인가' 한탄케 한 료마가 10대에 지은 노래이다. 성 안에서 저능아라고 불리던 료마의 슬픔이 노래에 깃들어 있다.

'세상이 한결같이 양이를 외치고 근왕을 부르짖지만 모두 공론(空論)에 불과하다. 내가 그런 무리 속에 끼어들어 같은 춤을 추고 같은 노래를 부른다 해도 아무 보탬도 되지 않는다. 지금은 먼 길을 돌아가는 것 같지만, 두고 보라, 일본을 내가 뒤엎어 놓을 테니.'

겨우 자신의, 자신만의 인생이 열려 온 것 같은 느낌이 든다.

군함 조련소 문 앞에서 가쓰와 헤어진 날 밤, 료마는 보기 드물게 잠을 이루지 못했다.

흥분하고 있었다.

잠을 못 이룬 채 잠자리에서 기어 나와 고향에 있는 오토메 누님에게 편지를 썼다.

편지 쓰기를 끝마쳤을 때 써늘한 복도 쪽에서 소리가 났다. 사나코였다.

"밤중이지만 급히 드릴 말씀이 있습니다. 객실로 나오시지 않겠어요?"

사나코가 객실에서 료마를 기다리는 동안 문득 안마당을 내다보니 비가 오고 있다.

'어머, 비가……'

뜰 한구석에 호쿠신 묘켄노미야(北辰妙見宮)의 작은 사당이 있다. 그 등롱의 불빛이 화사하다.

매일 밤 등롱에 불을 켜는 것은 사나코가 어릴 때부터 맡아 온 일이다.

호쿠신 묘켄노미야는 지바 가문 대대의 터주신으로 슈사쿠가 일도류에서 나와 한 유파를 펴내고 '호쿠신(北辰)'이라는 이름을 붙인 연유도 여기에 있다. 그 무렵 터주신은 웬만한 집이라면 대개 있었던 것으로 료마의 사카모토 집안의 경우, 산 하나를 사서 사이타니산(才谷山)이라는 이름을 붙인 다음, 그 산 위에 와레이묘진(和靈明神)을 우와지마 신사에 청을 넣어 옮겨 모시고 있다.

'와레이님은 묘한 신이야.'

사나코는 이렇게 생각하고 있었다.

먼 도사 땅의 사카모토 댁 터주신을 사나코는 전부터 알고 있다.

료마가 탈번할 때 이 사이타니 산에 올라가 와레이님에게 빌었다는 이야기도, 료마가 주타로에게 이야기를 해서 주타로를 통해 사나코는 들었다.

'와레이님.'

이것은 료마를 두고 하는 말이다.

'왜 그렇게 고양이 눈처럼 뜻을 바꾸시는 것일까? 양이를 위해 가쓰를 벤다고 이 집 문을 나갔으면서 돌아오실 때는 가쓰의 제자가 되어 버렸으니.'

사나코는 여자이지만 격렬한 양이주의자이다. 만일 외국인을 몰아내라는 막부의 명령이 내려진다면 단연 남장을 하고 싸움에 참가할 작정이었다. 그 증거로 페리가 왔을 때 료마의 도사 번 진지에 오빠 주타로와 함께 갔을 정도이다.

'그 와레이님이 눈이 핑핑 돌게 달라진다. 완전히 개국론자가 돼 버렸다.'

료마가 들어왔다.

"무슨 일입니까?"

"여쭈어 볼 일이 있어요. 사카모토님은 대체······."

말문을 열었다.

그러나 사나코는 여자인 것이다.

사상이나 주의보다도 왜 료마는 이렇게 변하는 것일까, 하는 마음으로 그 사람이 더 걱정이 된다.

'어떤 사람일까?'

그 정체를 알 수 없게 되고 말았다. 여자로서 이와 같은 남자를 사모한대야 끝내 헛일이 아닐까. 그런 생각이 가슴을 송곳으로 쿡쿡 찌르는 듯한 아픔이 되어 왔던 것이다.

"대체 사카모토님은 어떤 분인가요?"

"사카모토는 사카모토지요."

"양이론자입니까, 개국론자입니까?"

개쇄(開鎖)란 말이 이 무렵 유행하던 큰 문제였다. 개국이 옳으냐, 쇄국이 옳으냐 하는 논의였다. 본시 쇄국을 국시(國是)로 삼고 있던 막부가 외국의 압력에 굴복하여 반개국 외교를 취하는 반면, 이른바 지사들의 구 할 구 푼까지가 쇄국 양이주의였다. 이점 참으로 까다롭다.

사나코는 준엄하게 료마의 변절을 따졌다.

료마는 대꾸도 못하고 듣고 있다.

"어떻게 된 거예요? 잠자코만 계시니."

"아니, 그저……."

료마는 머리를 감싸 안았다.

"차차 쿠차지요."

사나코는 잔뜩 화가 났다.

료마는 자기 입장이 불리하면 잘 알아들을 수 없는 도사 사투리를 쓰는 버릇이 있다.

"사나코님은 굉장한 땅벌입니다."

"무슨 뜻이죠, 그 말이?"

따지기 좋아하는 사람이란 뜻인데, 료마는 가르쳐 주지 않고 싱글싱글 웃고만 있다.

"난 머리가 나쁜 바보라서 아무리 그래도 해석을 못 해드려요."

"아이구, 능청."

그 말투가 능청스럽다는 것이다. 사나코는 마치 외국인과 이야기하고 있는 것 같았다.

"사카모토님은 대체 막부파예요, 아니면 근왕양이를 위해 목숨을 내던지려는 분이에요?"

"헤헤."

료마는 바보처럼 웃고 있다.

"일본 사람이지요."

"일본 사람?"

사나코는 이상한 표정을 지었다. 그런 것은 실재하지 않는 것이다.

아니, 막부 말기에 일본인은 존재치 않았다.

지사라고 이름 붙는 자는 막부파든가, 신비적인 근왕주의자든가, 혹은 이것과 다른 분류로 말하면 사쓰마인, 조슈인, 도사인, 막부 가신, 각 번의 번사, 공경, 이런 식으로 저마다 소속 단체의 입장이나 주의에 속하여 그것을 통해서만 생각하고 그것에 의해 행동했다. 사쓰마의 오쿠보 도시미치, 사이고 다카모리, 조슈의 다카스기 신사쿠, 가쓰라 고고로 같은 자들도 끝내 그 소속 번의 입장을 뛰어넘지 못했다. 즉 사쓰마인, 조슈인이었다.

막부 말기의 일본인은 사카모토 료마뿐이었다고 일컬어진다.

그 무렵으로서는 기상천외한 입장이다.

그러나 사나코에게 힐난당했을 때에는 아직도 료마는 풍운 속에 등장하지 않고 있다. 그 '일본인'으로서의 기묘한 행동은 이 이야기 훨씬 뒤의 일이 될 것이다.

가쓰 가이슈—

그는 막부 사람이다. 그러나 그러한 입장을 지녔으면서도 그때로서는 가장 일본인에 가까운 의식의 소유자였다.

그러므로 가쓰의 존재에 료마는 불가사의한 매력을 느꼈다.

그런데 그 뒤의 료마 거동이 수상쩍었다. 날마다 저물녘이 되면 황급히 외출 준비를 하고

'사나코님, 잠깐' 이라든가 '주타로 형, 나갔다 오겠네' 말하고 집을 나간다. 돌아오는 것은 언제나 새벽이 가까워서이다.

'무슨 일일까?'

사나코는 걱정이 되어 견딜 수 없었다. 료마의 거동을 짐작 못한다는 것은 사나코로서는 안절부절못할 일이었다.

"오라버니, 요즈음 사카모토님은 어떻게 된 노릇일까요?"

"쉬, 큰 소리를 내지 말아."

옆방이 아버지 데이키치의 방이다.

"난 이렇게 생각해."

목소리를 죽이고 새끼손가락을 하나 세웠다.

"새끼손가락?"

"어이구, 바보. 여자야. 어딘가 술집에 여자라도 생긴 모양이다. 난 그렇게 짐작해."

"어머!"

놀라는 표정을 지어 보였으나 사나코는 그렇겐 생각하지 않는다. 주타로와는 달리 영리한 아가씨이다.

"질투하지 마."
"무슨 말씀을 하세요?"
사나코는 오빠의 그런 경박성이 싫었다.
"오라버니, 그런 말은 무사의 입에 담을 말이 아니에요."
"하지만."
주타로는 그래도 검객이다.
"그 녀석, 집을 나갈 때는 혼자인데, 이내 근처에서 둘이 되어 걸어가."
그의 관찰은 정확하다.
"누구하고요?"
"흥분하지 마라. 바로 그 도둑놈 말이야. 왜, 도베라고 하던가……."
"아, 그 도둑."
"그렇지…… 그렇다면."
주타로는 고개를 기웃했다.
해질 무렵에 나갔다가 날 새기 전에 돌아온다. 더욱이 동행은 도둑—이쯤 되면 이야기는 아무래도 심상치 않다.
"설마 료마가."
주타로는 상상을 지워 버리기라도 하듯이 고개를 저었다. 사나코는 그만 웃음을 터뜨리고 말했다.
"그야 물론이죠. 오라버니!"
설마 한들 도둑질을 하러 가기야 할라구.
그런데 아카사카 히가와에 있는 가쓰의 집에서도 비슷한 대화가 오가고 있었다.
"아버님!"
부른 것은 올해 열다섯 살 난 둘째딸 다카코(孝子)였다.

조마사 211

뒷날 직할 무사인 히키다(疋田) 집안에 시집간 딸로 퍽 영리한 처녀였다.
"뒷문 옆에 매일 밤 낭인이 앉아 있는 것을 알고 계세요?"
"어떤 사내인데?"
"아주 큰 사람이에요. 칼을 안고 꾸벅꾸벅 졸고 있어요. 그리고 그 하인인 듯한 사람이 집둘레를 빙빙 돌고 있어요."
"그건 틀림없이 료마다."

"료마라면 지난번에 아버지를 죽이겠다고 찾아왔던 몸집이 큰 낭인이로군요."
"그래그래. 사카모토 료마야."
다카코는 뒷날 시집인 히키다 집안에서 늙은 뒤에도 이때 일을 가끔 생각해 내고 말했었다.
"참 이상한 분이셨어, 사카모토 료마란 분은. 사카모토님은 아버님의 지우(知遇)에 보답하기 위해 그 무렵 자객이 많았기 때문에 그나마 야경이라도 하려고 생각하셨던 모양이에요."
료마는 사실 그럴 셈이었다.
가쓰의 저택 뒷문에는 처마가 달려 있다. 그 밑에 칼을 안고 벌렁 드러누워 도베를 시켜 야경을 돌게 했다.
"가쓰 선생의 제자가 되었다곤 하지만 이제 새삼스럽게 난학을 배울 생각은 없다. 그러나 선생에게 보답할 길도 없다. 하다못해 야경이나 하자."
수상한 놈만 발견하면 뛰어나갈 작정이다.
료마는 얼른 보기에 성품이 분방, 불손. 그런 사나이가 야경을 하겠다고 했으니 여간한 정성이 아니다.
또 료마는 함부로 반하지 못하는 성미이다. 여자에게도 남자에게도.

그러나 반했다고 하면 야경이라도 선다는 성질이 있다.

"귀여운 데가 있는 놈이로군."

가쓰는 웃으며 내버려 두었다.

그런데 어느 날 밤, 그 료마 옆으로 살금살금 다가선 세 그림자가 있었다.

모두 무사이다.

'드디어 자객인가.'

료마는 실눈을 뜬 채 몸을 꼼짝 않고 자는 체했다.

'자객'은 등불을 들고 있다.

아니, 하필이면 도사(土佐) 집안의 가문(家紋)이 찍힌 초롱이다. 그 참나무 세 잎 무늬의 기마용 초롱을 바싹 들이대면서 말했다.

"료마, 꼼짝 마라, 어명이다!"

이렇게 나오는 데는 난감했다. 자객은커녕, 탈번자 료마를 잡으러 온 가지바시 도사 번저에 근무하는 감찰보조 오카모토 겐사부로(岡本健三郎) 외 세 명이었다.

'……흠?'

료마는 일어났다.

"뭐야, 무슨 일이야?"

머리 위에 겨울 달이 떠 있다. 남쪽 태생인 료마에게는 에도의 추위가 견디기 어려웠다.

"가지바시 번저까지 동행해야겠소."

오카모토가 말했다.

"료마, 탈번의 송사는 어명이니 행여 난폭한 짓을 하면 안 된다."

"안 하지."

료마는 도베를 손짓으로 불러 말했다.

"사정은 거기서 들었겠지. 뒤는 너 혼자 지키고 있어."
"춥구나, 오카모토."
료마는 왼손을 허리춤에 찌르고 사뭇 추운 듯한 모습으로 걷기 시작했으나
"사카모토 형!"
오카모토가 혼자 곁으로 다가오며 동료들에게 들리지 않게 작은 소리로 말했다. 호칭도 '료마'로부터 사카모토 형으로 바뀌어졌다.
"자네 정말 잡힐 셈인가."
오카모토 겐사부로는 감찰보조라는 천직을 맡고 있었지만 근왕정신이 있었다. 그렇다고 해서 특별히 학문이 있어서가 아니다.
'뭔가 세상에 피를 끓일 만한 일은 없을까.'
이런 생각을 할 정도의 '지사'이다. 하기는 같은 번이면서도 말로만 듣던 료마를 본 것은 이것이 처음이었지만.
"어쩔 작정이야?"
주저주저 속셈을 살피고 있다.
"아니, 아직 정하지 않았어. 다만 한밤중에 가쓰님 댁 주변을 시끄럽게 하는 것은 가쓰님 댁이나 이웃집에 폐가 될 것 같기에 지금부터 해자로 가려는 거야."
"해자 가로 가서 어떻게 하겠어?"
"너희들을 처넣을 셈이야."
이 말에 오카모토 겐사부로는 질려 버렸다.
"료마, 난폭한 짓은 하지 마."
급히 짚신을 벗어 바닥을 꼭 붙여 허리춤에 찔렀다. 오카모토는 맨발이 되었다.
"오카모토, 해 볼 작정인가?"
"아냐, 도망갈 작정이야."

오카모토는 멋적게 웃었다.

"자네한텐 아무래도 승산이 없어. 그리고 본국에서나 교토 번저에서나 상급 무사들은 완고하기 짝이 없는 막부파이지만, 하급 무사들은 다케치 선생 중심으로 모여서 기세가 대단하다는군. 사카모토 형, 다케치 선생하고 절친한 친구였다면서?"

"글쎄, 친구라고 할 수 있겠지."

생각은 달라져 버렸다. 소문으로는 다케치는 여전히 열광적인 양이론자로서 천황이나 공경이 고마워서 어쩔 줄 모르는 종교 운동가 같은 것이다.

"다케치 선생도 지금 에도에 와 계셔."

"들었어."

료마가 별 관심이 없다는 것처럼 대답했을 때, 등 뒤에 작은 몸집의 사람 그림자가 와 섰다.

가쓰였다.

가이슈도 꽤나 호기심이 많은 사나이이다.

뒷문 너머로 가만히 바깥 형편을 살피고 있다가 겨우 사정을 알게 된 모양이었다.

잠옷 바람으로 노상에 나와 불렀던 것이다.

"잠깐!"

오카모토는 움찔 뒤로 물러나며 도사 강도(剛刀) 손잡이에 손을 가져갔다.

"누구야!"

"이 댁 대감님이야."

가쓰는 스스로 말했다.

"이야기는 다 들었네. 나는 처음 뒷문 근처가 소란스러워서 이건 분명 나를 죽이러 왔구나 싶어 나와 보았더니, 내 제자인 료마를 잡으러 온 모양 아닌가."

오카모토와 그 동료들은 달빛 아래 길바닥에 그림자를 떨어뜨린 채 움직이지 않았다.

"자네들 이름이 뭔가?"

가쓰는 말이 많은 사나이이다. 요설은 이 사람의 평생의 결점으로 이 때문에 공연한 적을 꽤 만들었다. 오히려 적을 만드는 것이 취미인 듯한 점이 가쓰에게는 있다.

"자네들, 그 긴 칼은 뭐하는 거야? 도사품이라고 뽐내며 에도 거리를 돌아다니고 있는 모양인데, 한 치나 두 치쯤 칼이 길면 그만큼 자기가 높아진 것 같은가? 그렇다면 네기(예禰宜 : 神官)의 수염이나 마찬가지야. 격이 낮은 신사의 네기일수록 긴 수염을 기르고 있지. 네기를 보아 긴 수염을 가졌으면 이건 어지간히 작은 신사의 네기로구나, 생각하면 틀림없지. 그와 마찬가지로 칼이 긴 놈치고 알찬 놈은 없다."

우박으로 마구 얻어맞는 꼴인데, 어쩐지 이렇게 호된 욕을 얻어먹으면서도 오카모토와 그 동료들은 이상하리만큼 화가 나지 않는다.

"이렇게 추운 밤이니."

가쓰는 달을 우러러보았다.

"수고를 위로하는 뜻에서 기미에(君江 : 가이슈 부인)에게 일러 단술이라도 만들어 줄 테니 모두 들어와."

가쓰는 뒷문으로 들어가 버렸다.

"사카모토, 어떻게 하겠나?"

오카모토도 난처한 모양이다. 그 밖에도 미나미 우마타로(南馬太郞), 도이 구마조(土居態熊), 이바라기 도게(茨木兎手).

"모두들 들어가자, 들어가."

료마는 세 사나이를 가쓰 댁에 밀어 넣고 그 김에 도베도 넣어 주었다.

한밤중에 가쓰 댁 부엌은 단술 잔치로 한바탕 부산을 떨었다.

가쓰 부인 기미에가 큰딸 유메코(夢子), 둘째딸 다카코, 그리고 하녀를 지휘하여 단술을 만들었다.

"어머님, 도사 분들은 목소리가 커서 개가 짖는 것 같아요."

다카코가 킥킥 웃었다.

"모두 도사 번에서도 신분이 낮은 분들뿐이겠죠."

"글쎄."

가쓰 부인은 상대해 주지 않는다.

"자, 날라."

딸들에게 분부했다.

정말 이 한 가지만 보더라도 가쓰 댁은 다르다. 지금 서재에 와 있는 패들은 도사 번에서도 신분이 낮은 자들로 상급 무사들로부터는 티끌처럼 취급되고 있는 축들이다. 그런 하급 무사들에 대해 직할 무장인 가쓰 집안의 마나님 자신이 부엌에 나서고 사람들이 '공주님'으로 떠받드는 두 딸을 시켜 단술을 나르게 하고 있는 것이다.

서재에서는 가쓰가 여전히 대기염을 토하고 있었다. 세계정세 속에 놓인 일본의 상황을 자세히 설명하고 있었다.

"자네들이 멀뚱멀뚱하고 있으면 나라가 망해."

가이슈의 좌담은 이미 예술이라고 할 만큼 능숙했다. 그리고 상대방을 보아 교묘하게 예를 드는 것이다.

"당신들은 도사 패들이지. 도사의 하급 무사라면 야마노우치 집안이 입국하기 전의 영주인 조소카베(長曾我部) 집안 유신들의 후예라고들 하지. 조소카베라면 대단한 해군 가문이었어. 히데요시 공의 오다와라 정벌(小田原征伐) 때도 조소카베 집안에서 열여덟 폭짜리라는 엄청난 거선을 만들어 우라도 만을 출발하여 바닷길로 오다와라 공격에 참가했다는 가문이야. 그 다이고쿠마루에 탔던 사람의 자손인 당신네들이 전국시대의 무기만으로 외국의 큰 군함과 싸우겠다는 생각 자체가 너무 옹졸하지 않은가.”
그런 식이었다.
오카모토 등은 처음 듣는 이야기뿐이어서 완전히 흥분하고 말았다.
그 적당한 때를 틈타 료마는 재빨리 말했다.
“가쓰 선생님, 이 녀석들도 제자로 삼아 주십시오.”
오카모토 등 감찰보조들은 아연했다. 탈번한 죄인 료마를 체포하는 것이 오늘 밤의 임무가 아니었던가.
“아, 좋고말고.”
가쓰가 간단히 고개를 끄덕였기 때문에 오카모토 등은 기쁘기도 하고 난처하기도 하여 복잡한 얼굴이 되었다.
“그러나 료마, 난 이래봬도 막부의 군함 감독관이야. 너희들을 돌봐 줄 틈이 없어. 그러니까 너를 가쓰 학숙의 숙두(塾頭)로 삼아, 너에게 여러 가지를 가르쳐 줄 테니 네가 이 패들에게 가르쳐 줘라. 세 사람들, 알겠나? 오늘 밤부터 사카모토 료마를 선생님으로 모시는 거다.”
감찰보조들로서는 정말 묘한 결과가 되어 버렸다. 숙두 선생을 포박할 수는 없지 않은가.
“사카모토 선생님, 잘 부탁합니다.”
세 사람의 감찰보조들은 머리를 숙였다. 거기에 유메코, 다카코의 손으로 단술이 운반되었다.

그 뒤 료마가 지바 도장에 있다는 사실은 가지바시 도사 번저에서는 공공연한 비밀이 됐다.

"내버려 둬."

이런 식이 되었던 것이다.

첫째, 번의 지배층에 근왕 동정파들이 나타나기 시작했기 때문이다.

다케치 한페이타의 노력에 의한 것이다.

분큐 2년 4월 '도사의 이이 나오스케'라고 불리던 참정 요시다 도요를 오비야 거리에서 암살한 뒤로 다케치의 쿠데타는 얼마간 성공했다.

물론 문벌, 보수, 그리고 근왕파 등의 복잡한 연립내각이었으나, 어쨌든 도사 번은 '삿조도'라고 세 번으로 나란히 불리는 근왕 번으로 풍운 속에 뛰어들고 있었다.

이른바 근왕 결사(勤王決死) 지사의 수효는 도사 번이 가장 많았지만 번은 막부 편이었다. 지사는 한결같이 향사나 하급 무사 출신이라 번정을 움직일 수는 없었다.

그것을 다케치는 조금이나마 움직였다. 큰 바위를 맨손으로 움직이는 데는 곤란과 무리가 뒤따랐다. 그 무리의 하나가 도요의 암살이었던 것이다.

다케치는 그 배후 조종자이다.

그러나 본국의 정권을 잡아 버린 이상 죽은 도요파의 전직 관료들이 마음속으로 '다케치가 시켜서 죽였다'고 알고 있어도 어떻게 할 수가 없다.

첫째로 본국의 경찰권을 쥐고 있는 대감찰이 고나미 고로에몬과 히라이 젠노조로서 상급 무사 중에서도 보기 드문 근왕파였고, 다케치가 밀어 그 자리에 앉은 자들이다.

감찰보조나 포졸들이 그 직책으로 범인 수사를 해도 상부에서 그것을 깔아뭉개 버린다.

그동안 다케치는 교토 공경들과의 공작을 추진하여 마침내 8월, 사쓰마 및 조슈 번과 더불어 '교토 수호!'라는 내칙(內勅)을 얻게 되었다. 모두가 다케치의 연출이었다.

그 무렵의 법률적인 사고방식으로 본다면 영주는 막부의 명령으로 움직인다. 조정이라는 곳은 일본 국가의 신주(神主)와 같은 것으로 정권, 군사권이 없으며 물론 내칙 따위로 '교토 수호'를 명령할 수는 없는 것이다.

'이것 이상하군.'

도사 번의 젊은 영주 도요노리는 열일곱 살이었으나, 그래도 짐작이 갔던 모양이다.

"에도의 노공(老公)과 의논해야 한다."

말했지만, 다케치 등이 백방으로 설득하여 마침내 4백의 군사를 이끌고 교토로 올라갔다.

다케치는 번에서는 아직도 한낱 '시라후다 향사 반장'이라는 낮은 신분에 지나지 않았으나, 교토에서의 대조정 공작에 크게 힘쓰고 그것이 착착 성공하여 조정에서 막부에 대해 '양이 독촉'의 칙사를 보내도록 했다. 이해 가을에 정사(正使) 산조 사네토미, 부사 아네코지 긴토모(姉小路公知)가 에도로 내려가게 되자 도사 번주 스스로가 이를 경호하고, 책사 다케치 한페이타도 표면상 공경 시종무사 야나가와 사몬(柳川左門)이라는 이름으로 수행했다.

일개 향사의 몸으로 도사 번을 여기까지 움직이고, 더욱이 도사 근왕화의 대사를 반이나 성취시켰다.

어느 날 그 다케치가 느닷없이 지바 도장으로 료마를 찾아왔던 것이다.

"료마, 반갑구나."

다케치가 칼을 놓고 앉았다.

"……."

료마는 미소를 지었다.

그러나 내심, 다케치의 변한 모습에 놀랐다.

'고생했구나.'

일찍이 지난날에는 흰 얼굴에 당당한 체격을 가진 문자 그대로 미남자요 대장부였던 다케치 한페이타가 지금은 그럴 나이도 아닌데 벌써 옆머리에 흰 털이 보였고 얼굴에는 농사꾼처럼 볕에 그을은 주름살이 잡혀 있었다.

본국에서, 교토에서, 에도에서 동분서주하며 지금 도사 번을 이끌고 천하의 여론을 휘젓고 있는 한페이타는 변변히 쉴 틈도 없을 것이 틀림없다.

상투 모양도 달랐다.

지난날 상투를 높이 틀어 올리고 앞이마를 좁게 도사풍으로 매만 졌던 그의 모습은 사나이라도 반할 만큼 어울렸는데, 지금은 공경풍 머리 모습이다.

"한페이타, 상투가 변했군."

"이것 말인가."

야나가와 사몬.

그것이 다케치의 가명이다. 이번 칙사의 정·부사 중 부사인 아네코지의 가신이라는 명목인 것이다. 그래서 공경의 가신다운 상투로 바꾼 것이다.

물론 다케치는 어디까지나 도사 가신이지만 한낱 방계 영주의 하급 무사로서는 막부 고관들에 대한 공작을 할 수가 없는 것이다. 그리고 두 칙사가 지껄일 각본은 다케치가 마련해 주어야만 한다.

그러므로 번청의 허가를 얻어 임시로 공경의 가신이 된 것이었다.

다케치는 에도 성에도 그런 '격식'으로 출입했다. 게다가 궁내에서는 사품(四品) 이상의 영주급이 아니면 입을 수 없는 관복(官服)을 입었다.

'이놈은 도사의 하급 무사로군.'

막부 측에서도 이미 간파했으나 칙사의 가신이므로 어쩔 도리가 없었다.

난세이다.

"한페이타도 큰일이군."

료마는 말했다.

다케치에게는 다케치 나름의 웅대한 야심이 있다. 도사 번을 장군 휘하에서 벗어나게 하여 천황 직속으로 만들겠다는 야망이다. 그러나 장군이 있어야만 영주도 있다는 도쿠가와 법칙 아래서 그런 마술 같은 일이 잘될지 어떨지?

첫째 에도 번저에서 눈을 부라리고 있는 영주의 아버지 요도가 용납하지 않을 것이다. 요도는 근왕가라고는 하나 어디까지나 정신적인 것이지 정치적으로는 철저한 막부주의자다. 그리고 천하의 법률 질서를 끝끝내 지킨다는 강렬한 보수주의자였다.

'언제까지 에도의 노공이 이 다케치의 연극을 눈감아 줄 것인가.'

료마는 위태롭기 짝이 없다고 생각한 것이었다.

그러나 다케치는 다케치의 생각으로 볼 때 료마의 행동이 오히려 이상하기만 했다. 하필 막부 가신이며 개국론자인 가쓰 가이슈의 문하가 되었다고 하지 않는가.

"어떻게 된 거야, 그건?"

다케치는 찌르는 듯한 눈으로 료마를 쏘아보았다.

"한페이타, 긴 안목으로 보라구."

"뭘 보란 말이야."

"나를 말이야."

료마는 토론을 하지 않는다. 토론 같은 것은 웬만큼 중요한 때가 아니면 해선 안 된다고 스스로 타이르고 있다.

설사 토론에 이겼다고 하자.

상대방의 명예를 뺏을 뿐이다. 인간이란 토론에 지더라도 자기의 주장이나 생활 방식을 바꾸지 않는 동물이며, 진 다음에 가지는 것은 진 사실에 대한 원한뿐인 것이다.

한데 다케치는 토론을 좋아한다. 상대방의 폐부를 찌르는 듯한 말을 쓰며 숨통을 끊어 놓기까지 그만두지 않는다. 료마가 보는 바로는 다케치는 멋있는 사나이지만 혀끝이 너무 날카롭다. 그러나 이날은 신기하게도 도중에서 설봉(舌鋒)을 거두고 머리를 숙였다.

"료마, 부탁한다."

"탈번에 대해선 내가 어떻게든 수습하겠다. 번으로 돌아와 나와 함께 일해 다오. 자네는 기책가(奇策家)야. 지금 자네와 같은 인물이 필요해."

"나는 기책가가 아니야."

료마의 본심이다.

"난 기책가가 아니야. 나는 착실하게 일을 한 가지씩 쌓아 올린다. 현실에 맞지 않는 일은 하지 않는다. 그것뿐이다. 그런데 왜 사람들이 나를 기책가로 보는지 모르겠군."

"료마, 이건 비밀인데."

다케치는 실로 조정에 열일곱 살의 도사 영주 야마우치 도요노리의 이름으로 건의서를 제출해 놓고 있다.

우선 오미(近江), 셋쓰(攝津), 야마시로(山城), 야마토(大和) 등 네 번을 막부의 손에서 뺏어 (불가능하지만) 조정의 영지로 할 것.

그 영지의 경제력으로 여러 번의 낭인들을 모아 천황의 직할 무사로 삼을 것. 그리고 사쓰마, 조슈, 도사 세 번을 비롯해서 인슈(因州), 비젠, 아와, 규슈 등 근왕 번으로 하여금 교토를 수비케 할 것. 정권을 막부로부터 회수할 것 등, 막부에서 들으면 기절할는지도 모를 내용의 것이다.

아니, 기절할 것은 번의 실권을 잡고 있는 에도의 노공 요도일 것이다.

그리고 사실 다케치가 조종하고 있는 근왕파 중신 고나미 고로에몬조차도 이것에는 깜짝 놀랐다. 왜냐하면 다케치가 '조정에 번으로서의 건백서(建白書)를 내자'고 고나미에게 의논했을 때, 고나미는 무심코 말했던 것이다.

"그럼, 초안을 만드시오."

다케치는 썼다. 그 초안을 고나미에게도 보이지 않고, 젊은 영주에게도 보이지 않고, 물론 에도에 있는 요도에게도 보이지 않은 채, 쇼렌인노미야(靑蓮院宮)에게 보였던 것이다. 미야는 고메이(孝明) 천황의 정치 고문이었으므로 이를 주저 않고 천황에게 보였다.

"도사 영주의 건백서입니다."

이로 인해 어엿한 공문서가 되고 말았던 것이다.

동지인 고나미조차 화를 냈다.

결국 다케치가 하는 일은 마술이고 나중에 곧 들통이 나는 '기책(奇策)'인 것이다. 참된 기책이란 좀더 현실적인 것이어야 한다.

그러나 료마는 잠자코 있었다.

다케치는 요령부득인 채 돌아갈 준비를 했다.

"미안하다."

료마는 진심으로 말했다. 다케치가 일부러 그 말을 하기 위해 찾아온 두 가지 충고를 둘 다 한 귀로 흘려버린 격이 되고 말았던 것이다.
"아니, 괜찮아."
다케치도 별 내색이 없었다. 료마가 없더라도 나는 내 힘만으로 번을 움직일 수가 있다고 스스로 믿고 있는 사나이다.
"료마, 어수선한 시절이니 몸조심해."
"한페이타, 자네야말로."
현관까지 전송했다.
다케치는 현관 마루에서 문득 발을 멈추고 말했다.
"료마, 사나이란 정말 어려운 존재야. 자네와 나라면 가슴을 털어놓고 이야기하면 의견이 맞을 것 같았는데 그렇지 않군. 료마, 자네는 혼자 갈 놈이야."
료마는 대답이 없다.
"안 그런가."
"아니, 장차 천하의 동지를 규합하겠다. 그러나 지금은 그럴 시기가 못돼. 막부의 대들보는 아직도 끄떡없어. 번 하나나 둘의 힘으로는 어림도 없다. 때가 있는 것이다."
"때가 올 때까지 료마는 낮잠이나 자며 기다릴 셈인가?"
"기다리지 않는다."
"어떻게 한단 말인가?"
"해군을 만들겠다."
"허어."
"함대를 만들어 그 힘으로 근왕 번을 서로 손잡게 하고, 충분히 준비를 갖춘 다음, 교토를 중심으로 한 국가 통일을 완수하고, 그 뒤에 나는 물러날 거다. 대사란 하루아침에 이루어지지 않는다. 이것에 5, 6년의 세월이 필요하겠지. 한페이타, 근왕 결사 지사만의 모임으로는 천하의 대사는 이루어지지 않는다."
'허풍선이 같으니라구. 말이 너무나 커.'
다케치는 그렇게 생각했으나 그 말은 하지 않았다.
"그 해군은 언제 만들 셈인가?"
"모르지. 나 자신이 지금 군함이란 것을 조금씩 배우는 중이니까."
"막부 가신인 가쓰에게서?"
"편견을 갖지 말아. 상대가 막부 가신이든 거지든 배워야 할 사람이면 나는 배우겠어."
"료마!"
다케치는 또다시 먼저 하던 말로 돌아갔다.
"도사 24만 섬을 근왕으로 만들고, 그것으로 막부에 부딪쳐 가는 것이 실질적이라고 생각되지 않나?"
번으로 돌아오라는 말이다.
"아냐, 그런 일은 자네에게 맡긴다."

료마는 말했지만, 도사 번 야마노우치 집안은 방계이나마 세키가하라의 싸움 이후 도쿠가와의 은고를 가장 많이 입은 번으로, 그 은고는 누구보다도 은퇴한 요도공이 가장 절실히 느끼고 있다. 도저히 근왕 일색으로 만들기란 어려운 것이라고 생각했다. 료마는 자기 번을 포기하고 있는 것이다.

"한페이타, 나는 내 방식으로 나가 보겠다."
"료마 함대를 만들겠다는 방식 말인가?"
다케치는 어이없다는 얼굴을 하고 돌아갔다.

폭풍전야

어느 날, 료마는 아카사카 히카와의 가쓰 저택에서 물러나왔으나 아직 해가 높았다.

'사쿠라다의 조슈 저택에 놀러나 갈까?'

가쓰라 고고로를 만나고 싶었던 것이다. 고고로는 눈만 반짝이는 음울한 사내였지만, 그러나 보통 사내가 아니라는 것은 료마가 옛날 이즈 산중에서 만났을 때부터 알고 있다.

'그놈은 양이론자이긴 하지만 다케치처럼 신들린 놈은 아냐.'

번저에 들어가니 저택 안 유비관(有備館)에서 고고로는 외출 준비를 하고 나오려던 참이었다.

"오, 사카모토 형."

저택 안에는 큰 느티나무가 있다. 그 나무 아래에서 섣달 찬 바람이 낙엽을 날리고 있었다. 고고로는 그 낙엽을 밟으면서 한 걸음 한 걸음 침착하게 다가왔다.

두 사람이 느티나무 아래서 마주했다.

"번에서 탈퇴했다지?"

고고로는 료마를 보았다. 료마의 하카마 자락이 닳아 있었다.

"기댈 곳 없는 외로운 신세가 되었지."

료마는 웃었다.

고고로의 옷차림새는 좋았다. 원래 생김생김이 훌륭한 사내지만 요즘 지위도 높아졌다. 대검사(大檢使)에서 부서기관(副書記官)이 되었고, 유비관 관장을 겸한 데다가 최근에 와서는 '국사 주선 담당'이라는 외교를 담당하는 자리에 있었다.

고고로는 뭐니뭐니해도 조슈 번에서는 상급 무사 출신이다. 조슈와 사쓰마 번에는 직접 영주를 배알할 수 있는 상급 무사 출신의 근왕파가 많았고, 도사 번은 그 반대였다. 다케치 한페이타조차 번의 관리가 못되는 신분이다.

'가쓰라에 비하면 다케치는 가엾구나. 태어난 번이 나빴어.'

그래서 료마는 번을 버리지 않았던가.

가쓰라는 이때 나이 서른.

교토에서 일을 한바탕 치르고 에도에 갓 돌아온 참이었다.

얼굴이 볕에 그을었다.

"사카모토 형, 오케 거리의 지바 도장에 거처를 정했다면서?"

"응, 신세를 지고 있지."

"그리고 가쓰 댁에 자주 다니는 것도."

"잘 알고 계시군."

"하하하, 도사 번 패들에게서 들었지. 모두 당신 때문에 골치 아픈 모양이야."

"그럴 테지."

료마는 유쾌한 듯이 머리를 끄덕였다.

고고로도 어쩔 수 없이 웃으며 말했다.

"여전히 태평하시군."

료마는 번의 보수파로부터 요시다 도요를 살해했다는 의심을 받고 있으며, 다케치 등에게는 '양이파에서 탈락한 자'로 백안시당하고 있다.

"사카모토 형, 난 오늘 밤 사쓰마 번 패들과 술자리를 함께하게 돼 있어. 내일 내가 찾아갈 테니 속셈을 보여 주시게."

"지금으로선 털어놓을 것도 없는데."

"자, 그럼 내일 봅시다." 고고로와 료마는 헤어졌다.

이튿날 약속대로 가쓰라가 찾아왔다.

무심결에 한마디 흘린 말로는 어젯밤의 사쓰마와 조슈의 연회는 대단히 험악했던 모양이다. 그 무렵 이 두 번만큼 사이가 나쁜 번도 없었다.

왜 사쓰마와 조슈, 두 번이 사이가 나쁜가?

이유를 쓰자면 한이 없다.

원래 도쿠가와 시대의 번이란 다른 번에 대해 항상 의심이 많고 경쟁심이 강했으며, 늘 자기 번 중심주의로 '같은 일본인'이라는 사상은 전혀 없다고 해도 과언이 아니다.

사이가 나빴던 것은 사쓰마와 조슈뿐만이 아니었다.

단지 사쓰마와 조슈는 같은 미토학(水戶學)에 의한 근왕과 막부 타도 사상을 가졌고, 게다가 양쪽 모두 도쿠가와 가문에 원한이 있을지언정 은혜는 없다. 자연히 3백여 개 번 중에서 가장 행동적이고, 영주 이하 모두 국가 개조의 선수라는 의식이 강하다. 마치 같은 굴에 사는 오소리와 같다.

그런 만큼 경쟁심이 강해서 근왕 활동도 조슈 측이 열을 올린다.
"사쓰마에 지지 말라."
사쓰마 측도
"조슈는 무슨 짓을 저지를지 모를 번이야. 근왕을 외치지만 사실은 천황을 옹립하고, 교토에 정권을 세워 모리가 장군이 되려는 음모를 꾸밀 낌새가 있다."
이렇게 넘겨짚는다.
벌써 경쟁심을 넘어 적개심이다. 이 감정은 핑계가 아니다. 전국이래의 무사 풍조이다. 더욱이 이 경향은 조슈의 가쓰라 고고로, 사쓰마의 사이고 다카모리 같은 지도자에게조차(아니, 지도자일수록) 농후했다.
그래서 "한 번 만나 이야기를 나눠 보자." 이런 말이 나오게 되었다.
료마가 사쿠라다의 조슈 번저로 가쓰라 고고로를 찾아갔을 때, 가쓰라가 외출 준비를 하고 있었던 것은 이 모임에 나가기 위해서였다.
모임은 두 번 있었다.
첫 번은 조슈 번 측이 사쓰마 번 측을 고비키 거리(木挽町)에 있는 '미즈쓰키(水月)'라는 요정에 초대했다. 다음 차례가 어제였다. 어제는 사쓰마가 답례로 조슈를 초청한 셈이고 장소는 사쓰마의 에도 근무 관리들이 곧잘 이용하는 야나기 다리(柳橋)의 '가와나가(川長)'라는 요정이었다.
기녀를 불러 마음껏 놀았다. 그러나 취기가 거나해짐에 따라 쌍방의 사이가 좋아지기는커녕, 주고받는 말 한마디 한마디가 귀에 거슬리기 시작하여 술자리가 험악해졌다.
참석자는 조슈 번 중신 중 가장 과격한 성격을 지닌 스후 마사노스케(周布政之助 : 뒤에 정국을 개탄하고 자결)를 필두로 전국 시대 호걸의 풍모를 지닌 기시마 마타베에(來島又兵衞 : 뒤에 하마구리 궁문 싸움에서 전사), 그리고 가쓰라 고고로였다. 사쓰마 측은 사이고 다카모리, 오쿠보 도시미치, 호리 지로 등이었다.

"그래서?"

료마는 고고로에게 물었다.

"사쓰마와 잘 타협이 되었나?"

"아니."

고고로는 씁쓰레한 얼굴이다.

"자넨 도사 사람이니까 말하겠는데, 사쓰마 놈들은 근성이 간악해."

"하하하."

료마는 묘한 소리로 웃었다.

"저편에서도 조슈를 그렇게 생각할 테지."

"아무튼 나는 이 나이가 되도록 그렇듯 무례하고 엉망인 술자리는 처음이었어."

가쓰라의 말에 의하면, 요정 '가와나가'에 모인 양쪽 일행들은 인사를 나눈 뒤 함께 술을 마셨다고 한다.

취기가 돌자, 술버릇이 좋지 않기로 소문난 조슈 번의 스후 마사노스케가 한 말씀 올리고 싶다며 말석에 앉았다.

"사쓰마 번과 조슈 번은 사이가 나쁘지만, 오늘을 계기로 서로간에 친분을 쌓고 협심하여 국가의 난제를 극복해야 한다고 생각합니다. 그러나 만일……."

여기까지는 전혀 문제될 것이 없었다.

"우리 조슈의 잘못으로 두 번의 관계가 나빠지는 일이 생긴다면,

나 스후 마사노스케가 할복으로 사죄할 것을 약속하오."

그 말이 떨어지기 무섭게 칼을 거머쥐며 끼어든 것은, 역시 술에 취한 사쓰마 측의 호리 지로였다.

"그렇다면 옆에서 목을 치는 역할은 기꺼이 제가 맡도록 하겠소."

"그게 무슨 소리들인가?"

옆에 있던 사쓰마의 오쿠보 이치조가 호리 지로의 소매를 잡아 끌며 말렸지만, 이미 불에 기름을 부은 것이나 다름없었다.

스후의 눈에 살기가 돌았다. 벌떡 일어나 칼을 뽑아 들었다.

"내가 칼을 뽑아 든 건 다름이 아니라, 검무로 흥을 돋울까 하고."

스후는 '횡' 소리를 내며 칼날을 돌리기도 하고, 호리 지로를 위협하듯 코끝에 칼날을 수차례 들이댔다. 그곳에 있던 기생들과 종업원들의 얼굴이 파랗게 질려 있었다.

그때, 보다 못한 가쓰라가 벌떡 일어서서 뒤에서 스후를 끌어안으며 말했다.

"검무 따윈 어울리지 않아."

"어울리지 않는다고? 고고로, 사쓰마 출신의 무사는 탄환이나 창검을 안주 삼아 술을 마신다 했던 라이 산요(賴山陽)의 시도 모르는가? 나는 사쓰마 사람에게 안주를 대접하기 위해 검무를 춘 것뿐이야."

"지금은 그만 하는 게 좋겠어."

"고고로, 그게 무슨 소리야? 여기서 그만 두라니."

조슈 번의 두 사람이 말다툼을 벌이는 사이, 사쓰마 번의 오쿠보 이치조는 젊은 혈기를 억누르지 못하고 격분하여 말했다.

"답례로 사쓰마의 다다미 춤을 보여드리죠."

오쿠보는 다다미 한 장을 바닥에서 뜯어 내어 한 손으로 접시 돌리듯 빙글빙글 돌리기 시작했다. 다다미는 먼지를 날리며 마치 바람개비처럼 빠른 속도로 돌았다. 객실을 순회하듯 다다미를 돌리던 오쿠보는 조슈 사람들이 앉아 있는 곳으로 이동했고, 누구의 머리 위에 떨어질지 모르는 상황이 벌어졌다.

성질 급한 조슈 번의 무사 기지마 마타베에 등 몇 명은 손을 칼에 대고 있었다. 간이 졸아붙은 기생과 종원업들은 맨발로 안뜰로 달아났다.

그때, 사이고가 천천히 일어섰다.

"여러분, 모두 잘 보십시오. 저도 여흥을 돋우기 위해 장기를 한 가지 보여드리겠습니다."

그러고는, 가랑이까지 옷을 느릿느릿 걷어 올려 다리 사이의 물건을 꺼내, 촛불로 음모를 지글지글 태우기 시작했다. 장기라 할 수도 없는 사이고의 엉뚱한 행동이 일촉즉발의 분위기를 잠재운 것이다.

료마는 날마다 가쓰 저택을 찾아가거나 미나미 오다와라 거리에 있는 '군함 조련소'에 다니든가 하며 꽤 바쁘게 뛰어다녔다.

군함 조련소의 총독(교장)은 막부의 각료인 나가이 나오무네(永井尚志)였다.

이른바 영웅형은 아니지만 매우 유능한 관리로, 막부 말기 역사상 그냥 지나칠 수 없는 인물이다. 뒷날 몬도노쇼라고도 불렸다.

그야말로 명문 출신답게 용모는 여자 같고 큰소리 한 번 내지 않았지만 뱃심은 있었다. 아무튼 끝까지 관군에 대항하여 하코다테(箱館) 전쟁에도 참가했을 정도의 인물이다. 그냥 유능한 관리라고만 할 인물은 아니었다.

그 나가이가 부하 교관인 이와타 헤이사쿠(岩田平作)에게 물었다.

"요즘 실습이나 학과에 낯선 낭인이 한 사람 끼어 있는데 어찌된 일입니까?"

"총독께선 모르고 계셨습니까?"

"모르오."

"저희들은 가쓰 선생님이 총독께 말씀드린 줄 알고 묵인하고 있었습니다."

"어떠한 사람이오?"

"도사 낭인, 사카모토 료마라는 인물입니다."

"허어, 도사 사람이라."

그때 도사 사람이라 하면 극단적인 양이론자로 인정받고 있었다.

"도사 사람이라면 양이론자겠군. 난폭한 행동은 하지 않나요?"

"예, 다만 군함을 좋아하는 것뿐인 모양입니다."

"그건."

곤란하다는 표정을 나가이 총독이 지었다. 말하자면 가짜 학생이다. 조련소는 막부의 공공 기관이기 때문에 그런 자의 출입은 곤란하다.

"내가 직접 말하겠소."

나가이 총독은 큰 칼을 허리띠에 차고 검은 비단의 문복 차림으로 교정으로 나갔다.

구내 한구석에 함포가 놓여 있다. 이것을 한 떼의 학생들이 둘러싸고 교관에게서 조작법을 배우고 있었다.

그 학생들의 뒷전에서 검은 무명의 도라지 무늬 문복에 주름진 하카마를 입은 낭인이 허리춤에 손을 찌른 채 들여다보고 있었다. 골똘한 얼굴이다.

나가이 총독이 그 옆으로 다가가서 물었다.

"당신은 누구요?"

그런데 낭인은 돌아보기는커녕 대포에서 눈길도 떼지 않고 귀찮은 듯이 대답했다.
"사카모토 료마."

함포는 작은 포차(砲車)에 실려 있었다.
교관은 예의 나카하마 만지로이다. 도사의 어부 말씨로 대포의 조작법이며 화약 취급법을 설명하고 있는데 때때로 말이 막힌다.
'일본어를 잊은 경우'도 있으나, 개중에는 일본어로 번역돼 있지 않은 부속이나 술어도 많아 그런 경우에 만지로는 혀 꼬부라진 미국말로 대충 설명해 버린다.
모두 못 알아듣는다. 료마도 모른다.
그러나 만지로는 말의 부자유를 보충하기 위해 열심히 자기 손으로 대포를 조작해 보여 준다.
"다들 알겠나?"
한 동작씩 다짐을 하면서 다음 동작으로 옮겨 간다.
화약 장전법에 이르러서는 여간 복잡한 것이 아니었다. 만지로는 거의 영어로 말해 버리고 마지막 말만은 일본말로 했다.
"다들 알겠나?"
그것만은 모두 알아들었으나 중요한 대목은 전혀 모른다. 아무튼 열다섯 살에 미국으로 건너간 사람이다. 학생 중에 네덜란드말을 조금 알고 있는 자는 있어도 영어는 모른다.
"모르겠습니다."
이렇게 말한 것은 뒷전에 있던 료마. 학생들을 헤치고 들어가 이건 어떻게 하는 것인가, 저건 어떻게 하는 것인가 하고 일일이 질문을 한다.
학생들은 모두 언짢은 얼굴이었다. 요컨대 엉터리 학생이다.

'늘 저러는 모양이구나.'

나가이 총독은 짐작했다.

학생들도 이 정체 모를 낭인이 두려워 아무 말도 하지 않는다. 그러나 불쾌한 감정은 어느 학생의 얼굴에나 나타나 있다.

"나카하마 씨."

총독 나가이는 교관 앞으로 다가갔다.

"이 사람은 누굽니까?"

"옛?"

대포 옆에 웅크리고 있던 만지로는 땀에 젖은 얼굴을 쳐들었다.

"아, 이 사람은 사카모토 료마라고 하는 저의 하인입니다."

만지로는 뜻밖의 기지를 보였다. 히기야 쇄국 시대에 미국 천지를 돌아다닌 사나이였던 만큼 뱃심도 있었고 기지도 풍부한 모양이다.

"그래요?"

나가이는 잔뜩 찌푸린 얼굴로 말했다.

"사카모토 군, 나중에 내 방으로 오시오."

료마는 오후 3시, 실습이 끝나자마자 나가이의 방으로 갔다.

나가이는 하인에게 다과를 내놓게 했다. 찹쌀떡이 3개.

료마는 차를 마시고 떡을 먹었다.

점심 식사만은 학생들과 함께 먹지 않기 때문에, 료마는 배가 몹시 고픈 김에 정신없이 먹었다. 다 먹은 다음 얼굴을 들었다.

나가이는 자신도 모르게 웃어 버렸다. 여기서 웃어 버렸으니 벌써 나가이가 진 셈이다.

"자넨 참 뱃심이 좋아."

이렇게 해서 료마의 군함 조련소 불법 침입 사건은 흐지부지되고 말았다.

학생 쪽에서도 '호쿠신잇토류의 검객'이라는 사실이 알려져 어쩐지 무시무시하기도 한 까닭에 불쾌해하면서도 잠자코 있었다.

료마는 측량, 산술, 기관학 강의도 들었다. 언제나처럼 많은 질문을 했다. 질문이 엉뚱하여 학생들의 실소를 자아내기도 했으나 본인은 태연했다.

화약 조제법 강의 시간에 교관이 외국인에게서 들은 어떤 이야기를 옮겼다.

그 무렵 화약은 흑색이다. 초석(硝石 : 질산칼륨), 목탄, 유황을 배합하여 만드는 것으로 일본에서는 전국 초기, 총포가 전래된 뒤로 전해져 오고 있다.

주성분은 초석이다. 이것은 묘한 광물로 어떤 토양에도 약간은 포함되어 있지만, 물에 녹기 쉬워 건조한 땅에서 채취된다. 그러므로 예부터 오래된 집 마루 밑의 흙이나, 진흙으로 지은 감옥 같은 데서 채취했다.

료마가 아직 십대의 나이였을 때 이미 죽은 농정학자 사토 노부히로는 그의 저서에서 말했다.

"만일, 나라에 초석(硝石)이 부족하면, 힘 키우는 일은 불가능하다. 따라서 정치가들은 반드시 초석 관리자를 두어 방방곡곡을 다니며 초석 확보에 힘써야 할 것이다. 초석이란 하늘이 내려주는 선물로, 어느 지역에나 존재하는 것이다. 오래된 집의 마루 밑이나 마구간, 흙벽 안 등, 흙이 있는 곳이라며 자연히 초석이 넘쳐나고, 해마다 채집하여도 고갈되는 일 없이 또 생겨나는 것이다. 단, 수해를 입은 토지에서는 발생하지 않는다."

실제로, 준비성이 뛰어난 번에서는 전국 시대 이후로 줄곧 초석을 채집해 왔다. 예를 들어 가가 번 1백만 석의 마에다 가문에서는 일부 지역에 명하여 양잠 등으로 발생한 폐기물을 각 집의 마루 밑에 쌓도록 하여 겨우내 초석을 채집하고, 조세 대신 헌납도록 했다.

대체로 세계 여러 나라에서도 그러한 방법으로 초석을 채집하고 있었는데, 17세기에 영국이 인도를 정복한 다음, 이곳에 풍부한 천연산 초석이 있다는 것을 알았다.

교관은 이렇게 말했다.

"영국은 인도의 천연 초석을 그대로 본국에 보내어 정제했다. 정제법은 간단하다. 물을 펄펄 끓인 데다 광석을 넣고 이것을 식히면 불순물은 바닥에 가라앉고 위에 떠오르는 결정이 초석이다. 영국은 이 인도 초석을 독점했기 때문에 세계적 강국이 되었다고 할 수 있다."

"허어."

료마는 큰 소리로 감탄했다.

'세계사의 구조, 세계 역사의 발전이라는 것은 재미있는 것이로구나' 생각했다. 그는 초석의 화학 기술적인 면보다도 초석을 둘러싼 그러한 이야기에 감탄한 것이다.

새해가 되었다.

분큐 3년(1863).

료마는 스물아홉 살이다.

설날이 되어 노스승 데이키치를 찾아가 세배하고, 이어 가쓰 댁에 신년 인사를 하러 갔다가 도장으로 돌아오니, 바로 이웃인 가지바시의 도사 번지 사람들이 료마에게 세배하러 와 있었다.

"자네들은 번에서 탈퇴한 사람에게 인사하러 오다니 좋지 않은 걸."

료마는 씁쓸한 얼굴로 말했다. 이곳에 모인 자들은 료마의 '문하생'들과 그를 경모하는 젊은이들이었다.

료마는 어릴 때 골목대장이 된 적이 없었다.
울보,
오줌싸개
따위로 통한 료마였으니, 그 부하가 되겠다는 조무래기가 있을 리 없었다.
어른이 되고 나서도 료마는 혼자였다.
남을 부하로 삼겠다고 생각한 적은 한 번도 없었고, 남의 부하가 되려고도 생각한 적이 없다. 원래가 마을의 부유한 향사 둘째아들로 태어나 자연히 권력욕이라는 것이 희박했다. 남 위에 서고 싶다는 마음이 거의 없었다고 해도 좋다.
그런데 가지바시의 도사 번저에 있는 젊은 하급 무사들이 바로 엎어지면 코 닿을 지바 도장에 식객으로 있는, 번에서 탈퇴한 낭인 료마를 이상하리만치 존경하기 시작했던 것이다.
'모르겠다.'
그 이유를 료마는 알 수 없다. 료마뿐만 아니라 필자로서도 알 수 없다. 아니, 굳이 이유를 든다면 료마의 인간적 매력이라는 자질구레한 분석이 되는지 모르겠지만 그것만으로는 '인기'라는 인간 사회의 불가사의, 아니 기괴하다고 할 수 있는 현상을 풀어 낼 수는 없을 것이다.
한 가지 열쇠는 있다.
감찰 보조인 오카모토이다. 번의 포리로 료마를 잡으려고까지 했는데 료마에 의해 가쓰 가이슈의 문하생이 되었고 료마는 오카모토의 선생이 되었다.
이 눈 깜짝할 사이에 바뀐 인간 관계에 오카모토도 처음에는 멍하니 있었으나, 이윽고 료마를 강아지처럼 따르기 시작했다.

그야말로 료마에 미쳐 버린 사람처럼 번져에서도 료마를 선전하며 '도사에서 제일가는 인물이다' 퍼뜨리고 다녔다. 자기 동료인 다른 포리나 다른 하급 무사들에게도 료마를 열렬히 선전하여 '료마당'이라고 해도 좋을 조직을 만들기 시작하고 있었다.

그 무렵, 사쓰마 번의 하급 무사 사이에서 '사이고 당'이라는 것이 생겨나고 있었던 것과 같다. 사이고 다카모리가 두령이 되기 위해서 만든 것은 아니다. 사이고에게 목숨을 내던질 각오로 사숙하는 가난뱅이 향사 출신의 난폭자 나카무라 한지로(中村半次郎) 등이 사이고도 모르게 만들어 놓은 모양이다.

오카모토의 심취는 대단해서 료마의 소지품까지 흉내내었다. 얼마 뒤의 이야기지만 오카모토는 료마의 흉내를 내어 '칼에 의존할 것이 믿을 것이 못 된다'고 자기의 장검을 버리고 료마와 같은 짧은 칼 한 쌍을 찼다.

이 일로 료마에게 칭찬을 들으려고 이야기했던 바, 료마는 품속에서 책 한 권을 꺼내며 말했다.

"난 이것에 의존한다네."

그것은 《만국공법(萬國公法 : 국제법)》이라는 일본에서는 보기 드문 법률서이다.

'칼에 의존하지 않고 법률과 상식에 의존할 수 있는 일본으로 만들고 싶다'는 것이 료마의 진의였던 것이다. 오카모토는 그 뒤 읽지도 못하는 《만국공법》을 품속에 넣고 다녔다. 그런데 이러한 일화는 아카모도만이 아니라 히가키 세이지(檜垣淸治)에게서도 볼 수 있었다.

그래서 지바 도장에는 도사 무사들이 흔히 찾아온다.

료마가 목표다.

"료마 형, 우리 도장도 행랑채 빌려 주었다가 안채를 빼앗긴 격인 걸."

주타로는 기쁜 듯이 말했다. 료마의 인기가 올라가는 것이 사람 좋은 젊은 주인으로서는 기뻐서 못 견딜 지경인 모양이다.

그런 배경이 있고 나서의 새해 인사를 나누는 자리에서 있은 일이다.

"조슈 사람들이 괘씸합니다."

젊은 도사 패들이 료마에게 호소했다.

료마는 어찌된 셈일까, 생각했다. 세상에서 차츰 근왕의 3대번이라는 소문이 나돌고 있는 사쓰마, 조슈, 도사 중에서 사이가 나쁜 것은 사쓰마와 조슈뿐인 줄 알았는데, 도사와 조슈도 사이가 나빠지는 모양이다.

"왜 무슨 일이 있었나?"

료마는 드러누운 채 신년 인사를 받고 있었다. 예의라곤 전혀 없다.

"있고말고요."

저마다 앞다퉈 사건의 내용을 늘어놓기 시작했다.

사건이란 료마가 번에서 탈퇴하고 있었기 때문에 몰랐지만 꽤 오래된 이야기였다.

한 달쯤 전의 일이다. 분큐 2년 11월 12일.

에도 사쿠라다의 조슈 저택에 있는 과격파 지사의 두목격인 다카스기 신사쿠가

"사쓰마 번이 나마무기 마을에서 외국인을 베고 천하의 양이 선봉 노릇을 했다. 조슈 번도 이에 지고 있을 수 없다."

동지들을 설득했다. 다카스기의 말에 의하면 사쓰마 번을 이기려면 좀더 큼직한 일을 저질러야만 한다. 그런데 어느 외국 공사가 이

번 일요일에 가나자와(金澤 : 지금의 요코하마)까지 산책을 온다는 것이다.

"그놈을 벤다!"

다카스기는 말했다. 다카스기의 이론에 따르면, '고식적인 막부로 하여금 양이로 뜻을 굳히게 하기 위해서는 칼부림 사건을 일으킬 수밖에 달리 방법이 없다'는 것이다. 막부 타도를 외치는 다카스기로서는 이것은 하나의 묘책이었을 것이다.

"그것 참 재미있다."

손뼉을 치며 찬성한 것은 다카스기와 더불어 요시다 쇼인(吉田松陰) 문하의 두 보배라고 일컬어진 구사카 겐즈이, 그리고 시나가와 야지로(品川彌二郞), 야마오 요조(山尾庸三), 데라시마 주사부로(寺島忠三郞), 아리요시 구마지로(有吉態次郞), 야마토 야하치로(大和彌八郞), 시라이 고스케(白井小助), 아카네 다케토(赤根武人), 나가미네 구라타(長嶺內藏太), 이노우에 몬타(井上聞多) 등이었다.

그리고 그 12일 밤, 일동은 가나가와(神奈川)의 시모다야(下田屋)에 집결했다. 내일 새벽에 출발하여 가나자와로 간다는 것이었다.

그 비밀을 탐지한 것은 도사의 다케치 한페이타이다. 다케치는 그들과 동지이기는 했으나, 언제나 정론주의(正論主義)의 사나이로 그러한 서툰 속임수 같은 방식의 양이는 좋아하지 않았다.

'이는 차라리 진정한 양이를 그르친다'고 생각하고 도사의 요도공에게 밀고했다. 요도를 통해 조슈 번의 후계자 모리 사다히로(毛利定廣)에게 연락하여 다카스기 등의 폭거를 중지시키려고 했던 것이다.

조슈의 후계는 놀라 몸소 오모리(大森)의 우메(梅) 별장까지 가서 어찌 되었든 그들을 설득하고 제지시켰다.

―그러나

사건은 뜻밖의 사건으로 발전했다.
"아무튼 큰일이 일어나지 않아 다행이다."
다카스기 등의 폭거를 막아 낸 조슈 번의 젊은 주군 사다히로는 안도의 숨을 내쉬고 다카스기 등 일동에게 술을 내렸다.
'사다히로 님이 직접 나섰으니 도리 없다.'
다카스기 등은 씁쓰레한 얼굴로 술을 마시고 있었다.
장소는 오모리의 우메 별장이다. 그 무렵 에도 근교의 매화나무 숲에는 이러한 다관(茶館)이 많았다. 특히 가메도(龜戶)와 이 가마다 마을(蒲田村) 오모리의 우메 별장이 가장 유명했다.
매화나무 숲이 그대로 정원이었다. 그러나 아직 꽃이 피기에는 일렀다.
거기에 스후 마사노스케가 나타났다.
그는 번의 고관이면서도 다카스기 등 과격파의 두목이고 후원자였다. 머리도 좋고 담력도 있는 사나이지만, 남의 말을 잘 듣고 성급하고 경망한 점 등, 명문 자제다운 결점은 모조리 갖추고 있다.
그리고 술버릇이 나쁘다.
스후는 에도 별장에서 말을 달려 우메 별장으로 오느라 술자리에 늦게 참석했다. 이미 술기운이 있는데 또 마셨다.
"다카스기, 실패했구나."
료마는 껄껄 웃더니 세자 사다히로를 향해 말했다.
"세자님 앞이기는 합니다만 다카스기 등의 장한 일이 실패한 것은 두고두고 아쉬운 일이 아닐 수 없습니다. 서양 오랑캐를 하나 둘쯤은 베어 막부를 떨게 했어야 하는 것입니다. 가나자와, 요코하마의 서양 오랑캐들도 청나라에서 하던 버릇대로 일본인을 벌레로밖에 생각하지 않습니다. 조슈 무사의 칼 맛을 보았더라면 조금은 정신을 차릴 것이었는데."

은근히 다카스기 등 과격파 일당의 편을 들고 있었다.

조슈의 경우, 중신 중에 스후와 같은 사내가 있었기 때문에 다카스기 등은 더욱더 과격 난폭해지고, 마침내 막부 말기에 번은 폭주(暴走)에 폭주를 거듭하게 되는 것이다. 젊은 주군도 이 스후의 난폭한 말에 눈살을 찌푸리며 말했다.

"스후, 이야기는 뒷날에 다시 하지."

우메 별장 문 앞에는 도사 번사가 네 명이 있었다.

폭거를 중지시키도록 조슈 영주에게 충고한 것은 도사의 요도이다. 그래서 도의상 조슈의 세자를 돕는다는 뜻으로 요도는 이 네 사람의 도사 번사를 우메 별장에 파견해 두었던 것이다.

술버릇이 나쁜 스후가 추위를 막기 위해 두건을 눌러쓰고 말발굽 소리도 요란하게 문을 나서자, 무사 복장을 갖춘 도사 번사들이 보였다.

"오, 도사 분들이로군."

스후는 무례하게도 말을 탄 채 말했다. 사실은 일을 망쳐놓은 요도에게 화가 나 있는 참이다.

"당신들 주인 요도 공은 천하의 현후(賢侯)라 일컫고, 스스로도 근왕 양이를 부르짖고 계시다. 그러나 실제 행동에는 수상쩍은 점이 없지 않다. 아마 근왕 양이를 장난삼아 하시는 모양이야."

그 말이 미처 끝나기도 전에 도사 번사 야마지 주시치(山地忠七)가 칼을 뽑아들고 외쳤다.

"스후님, 귀에 거슬리는 말이 있소. 말에서 내리시오."

이 젊은이는 애꾸눈이다.

요도공의 호위 무사로 이때 나이 스물둘. 천성적으로 담차고 애꾸

눈이 한결 날카롭다.

고치 성읍 고다카사(小高坂) 에치젠 거리에 저택을 하사받고 있는 150석의 상급 무사 가문에 태어났다.

열세 살 때 이웃집 아이와 놀다가 실수로 대꼬챙이에 눈이 찔렸다. 눈알이 터져 온 얼굴을 피로 물들인 채 울부짖으며 집에 돌아오자, 어머니가 오히려 꾸짖었다.

"무사의 자식으로 태어나 고작 눈 하나를 잃었다고 울어서야 되겠느냐?"

그러자 그도 더는 울지 않았다고 한다.

야마지 주시치가 말했다.

"주군의 욕을 들은 이상 귀하를 베지 않고서는 이 자리를 떠날 수 없다."

다른 세 사람의 도사 번사들도 모두 칼을 뽑았다. 오가사와라 다다하치(小笠原唯八), 하야시 가메키치(林龜吉), 스와 스케사에몬(須訪助左衛門).

이에는 조슈 번의 첫째가는 난폭자 다카스기 신사쿠도 놀랐다. 여기서 분쟁을 일으켜서는 조슈와 도사 사이의 모처럼의 우호 관계가 송두리째 깨어지고 만다.

다카스기는 기지가 있는 사내이다. 그것도 순간에 작용한다. 게다가 언제나 기략(奇略)을 발휘한다.

그는 야마지 등 도사 번사들을 향해 말했다.

"옳은 말이오. 우리 번의 중신이라고 하지만, 스후 마사노스케의 행동은 나도 용서할 수가 없소. 그대들의 손을 빌기 전에 내 한칼로 없애 버리겠소."

그러자마자 긴 칼을 뽑아 스후를 후려쳤다.

하지만 기략이었다. 정말로 벨 속셈은 아니었으므로 칼끝이 말 방둥이에 약간의 상처를 입혔을 뿐이다.

놀란 것은 말이다. 말은 울부짖으며 앞발을 쳐들더니 스후를 태운 채 쏜살같이 달려가 버렸다.

"달아나다니!"

야마지가 쫓아가려는 것을, 도사 측의 연장자인 오가사와라가 끌어안고 말했다.

"우리는 주군의 명을 받은 중대한 사자로 여기에 왔다. 돌아가서 복명한 뒤에 스후를 치자."

이리하여 그들은 에도 가지바시의 번저로 돌아왔다.

요도는 팔걸이에 기대앉아 있었다. 그 무렵 이만큼 현명한 영주는 없다고까지 칭찬을 들은 사람이었으나, 이 영주의 결점은 자신의 영리함과 뱃심에 완전히 도취돼 있다는 점이었다.

"바보 같은 놈들! 주군이 욕을 당하면 신하가 죽는다는 의(義)를 모르는가. 어찌하여 스후 마사노스케를 그 자리에서 죽이지 않았는가."

영주는 소리를 질렀다.

네 사람은 즉시 사쿠라다의 조슈 번저를 향해 스후를 치러 달려갔다.

야마지 주시치 등 네 도사 번사가 칼을 뽑아들고 가지바시 번저를 나섰을 때 "나도 가겠다" 말하며 다시 다섯 명의 젊은 무사들이 뛰어들었다. 그 주된 사람이 교신묘치류(鏡心明智流) 검법의 명수 모토야마 다타이치로(本山只一郎)였다.

"나도 가겠다."

이 일행보다 조금 늦게 또 한 사람의 젊은 무사가 문을 튀어나갔다.

이누이 다이스케였다.

아무튼 영주의 측근인 다이스케까지 사쿠라다를 향해 달려갔다. 이대로 가면 때 아닌 조슈와 도사 싸움이 에도에서 벌어지고 말 것이다.

요도는 번저에서 기다렸다.

남의 번의 중신을 베러 보냈으니 그 역시 불안했다.

'지금쯤 어디까지 갔을까?' 말술을 마실 정도로 술을 좋아하는 인물이라 이렇게 생각하면서도 술잔을 기울이고 있다.

요도는 조슈의 과격파 지사가 제일 못마땅하다. 남의 번이지만 이 기회에 도사 무사의 무용으로 혼을 내주자는 배짱이다. 하기는 조슈 번과는 얼마 전 혼담이 (조슈 번 영주의 양딸 기쿠히메 공주가 도사의 젊은 영주 도요노리에게 출가하기로 되어 있다) 성립된 참인데 기고만장한 요도는 태연하다.

아니 일시적 감정만이 아니다. 요도 자신이 조슈 번의 중신 스후를 미워하고 있었다.

도사의 노공 요도.

확실히 걸출한 인물이지만 이 사람은 유신 시대에 있어서는 시국에 브레이크를 거는 역할밖에 하지 못했다.

요도는 학식이 있고 근왕 사상가이다. 동시에 열렬한 막부파이기도 했다. 이러한 정치적 입장을 그때의 유행어로 '공무합체파(公武合體派)'라고 한다. 공이란 조정, 무는 막부를 가리킨다. 양자가 사이좋게 나라를 운영해 나가자는 상식론이다.

언젠가 조슈의 모리 가문과 도사의 야마우치 가문 사이에 혼담이 이루어졌으므로, 그 축하의 뜻으로 요도는 조슈 번저에 초대를 받았다.

술상이 나왔다.

조슈 측 참석자는 젊은 세자 모리 사다히로를 비롯하여 중신 스후

마사노스케, 그리고 과격파인 구사카 겐즈이, 야마가타 한조(山縣半藏) 등이었다.

요도는 자기 두뇌와 뱃심을 자랑하는 사내였기 때문에 이렇게 말했다.

"제후가 3백 있지만 인물로서는 먼저 히토쓰바시 요시노부(一橋慶喜 : 뒷날의 장군), 에치젠 영주 마쓰다이라 요시나가(松平慶永 : 후에 막부의 정사 총재), 그리고 나 정도일까."

그는 취해 있었다.

사람들이 어리석게만 보여서 견딜 수가 없다는 표정이다. 그리고 요도는 최근의 조슈 번의 동향을 좋아하지 않았다. 다카스기, 구사카, 가쓰라 따위의 중급 무사가 중신들을 턱으로 부려먹고 번의 대사를 움직이고 있다. 말하자면 하극상이다.

일찍이 요도는 호리병박을 거꾸로 들어 보이고, 조슈는 '바로 이거요' 말한 적이 있다. 아래가 위로 올라가 있다는 뜻이다.

요도가 이런 감정이 있고, 스후는 스후대로 달랐다.

'근왕을 간판으로 건 공무 합체주의야말로 가장 악질이다.'

관념이 있었다. 자리가 무르익어 감에 따라 요도는 구사카 겐즈이를 가리키며 말했다.

"그대는 시음(詩吟)을 잘한다지, 한번 들려줄 수 없을까?"

태도가 거만하기 짝이 없다.

구사카는 울컥했지만 옆의 젊은 주군도 권했다.

"경사스런 자리이니 말씀대로 하라."

구사카는 할 수 없이 스오(周防)의 근왕승(勤王僧) 겟쇼(月性)의 우국시(憂國詩)를 읊기 시작했다.

마디마디 불을 뿜는 듯한 근왕 양이의 시로, 비분 강개파인 구사카가 읊으니 방 안에는 번개가 치고 비바람이 일 듯 처절하게 들린다.

"내가 속세를 떠났어도 이를 가는데, 묘당의 제로(諸老 : 정계의 실력자)들은 못 본듯이 하는가."

마침내 다 읊고 났을 때, 구사카가 별안간 일어나 요도를 손가락질하고 자리를 박차고 나가면서 말했다.

"공 역시 묘당의 제후 중의 한 사람이오."

다른 가문의 어엿한 영주에 대해서 이렇게까지 무례한 짓을 한 예는 3백 년 동안 한 번도 없었을 것이다.

요도는 안색이 변했다.

그러나 점잖지 못하다고 생각하고 곧 화제를 바꾸어 담소했지만, 스후나 구사카 등 조슈의 과격파를 미워하는 마음은 더욱 심해졌다.

"스후를 베라!"

이 말에는 그러한 감정도 있었다.

조슈 번 별장에서는 대소동이 벌어졌다.

"역시 왔구나."

그런 표정들이다. 자기 쪽의 스후가 잘못했으므로 할 말이 없다.

"정중하게 모셔라."

조슈 근왕파에서도 연장자의 한 사람인 기시마 마타베가 안내를 맡은 무사에게 지시했다.

기시마의 나이는 마흔일곱.

영리한 자가 많은 소위 조슈형 인물 중에서는 드물게 호탕하고 담대한 사내로, 전국 시대의 무인 그림에서 빠져나온 듯한 골격이다.

"제가 기시마올시다."

그 호걸 기시마가 야마지 주시치 등 젊은 도사 번사들을 향해 머리를 숙이고 사과했다.

"스후는 주사가 심합니다. 도사 노공에 대한 실례, 만 번 죽어 마땅하나 아무튼 인간이 그 꼴이라……."
"아니."
야마지가 말을 막았다.
"스후님이 어떤 인품이건 우리로서는 관여할 바 아니오. 또 스후님을 책하러 온 것도 아니오. 다만 우리 눈앞에서 주군이 욕을 당했다는 그 사실 하나뿐이오. 주군이 욕을 당하면 신하는 죽어야 하는 것이 의라 알고 있소. 우리는 스후님을 벤 다음 할복할 것이오."
"지당하신 말씀!"
기시마는 머리를 숙일 수밖에 없다.
"자, 스후님을 이곳으로 보내 주시오. 안 계신 것은 아니겠지요?"
"번에 있습니다."
기시마는 정직하게 대답하였다.
"그러나 이번 불상사는 사사로운 싸움이 아니라, 우리 번과 귀 번의 대사에 관한 일이므로 제 생각 하나만으로는 결정지을 수가 없습니다. 세자와도 의논을 하여……."
이렇게 하여 도사 측을 일단 돌아가게 했다.
세자인 사다히로는 크게 놀라 요도와 사이가 좋은 에치젠의 후쿠이(福井) 영주 마쓰다이라 요시나가에게 중재를 부탁하기도 했으나, 결국 세자 자신이 도사 번저로 나가 요도를 만나 머리 숙여 성의를 나타내 보이며 말했다.
"이렇게 된 이상 스후 마사노스케를 내 손으로 처벌하겠습니다."
"아니, 이 요도는 별것 아니라고 생각합니다. 다만 우리 가신들에게는 무사의 법도가 있어 그렇게 했을 뿐이지요."
이로써 일단은 끝이 났다.

사쓰마, 조슈, 도사 세 번은 아직도 전국 시대의 풍조가 남아 있어 무사들의 기상이 거칠다. 게다가 그들을 다스리는 영주나 중신들까지도 개구쟁이 골목대장처럼 고집불통이었다. 다음 이야기는 그 일례이다.

"아, 자네가 야마지 주시치로군."
료마는 신년 인사차 온 무리들 중에서 애꾸눈을 발견하고 말했다.
"그렇습니다."
야마지는 공손히 머리를 숙였다. 문벌로는 야마지 가문의 격이 높다. 료마가 낭인의 신분이기 때문에 차라리 큰소리를 할 수 있는 것이다.
"도사와 조슈의 싸움 이야기는 재미있었네. 부지런히 싸워야 해."
"예?"
"사쓰마와 조슈도 견원지간(犬猿之間)이라고 한다. 모두 하찮은 고집을 내세워 으르렁거리고 있지."
"말씀 도중이지만."
야마지는 애꾸눈을 부라렸다.
"하찮은 고집이 아닙니다. 눈앞에서 주군이 욕을 당하고……."
"알았네."
"그, 그러나 사카모토 선생님."
"됐다니까. 난 사쓰마나 조슈나 도사나 모두가 연기처럼 사라져 버린 일본을 생각하고 있네."
"연기처럼?"
"막부도 말이지."
"옛?"
모두들 기가 질린다. 막부 타도라는 의식은 아직 도사 번의 번사들에게는 없는 거나 다름없었다.

"3백 제후도 사라진다."

료마는 홱 연기가 사라지는 시늉을 했다.

"도, 도사 번이 사라지다니?"

믿을 수 없는 일이다. 믿을 수 없을 뿐만 아니라 24만 석 도사 번만이 세계가 아닌가. 이런 생각은 3백 제후의 가신들도 마찬가지다.

인간의 의식(意識)이란 그 환경에서 쉽사리, 아니 절대라고 할 만큼 비약한다는 일이 불가능하다.

"난 말이야. 일본이라는 나라를 만들 생각이다. 요리토모(賴朝)나 히데요시나 이에야스는 천하의 영웅호걸을 굴복시키고 나라 비슷한 것을 만들었다. 그러나 나라 비슷한 것일 뿐 나라는 아니었어. 미나모토 가문, 도요토미 가문, 도쿠가와 가문을 만들었을 뿐이야. 일본에는 아직껏 나라가 없어."

"선생님, 그건 역사를 잘못 읽으신 겁니다."

야마지가 말했다. 이 사내는 완력만이 아니라 학문도 있다.

"아니, 료마식의 역사관으로선 일본에 나라가 없었어. 일본뿐만 아니라 이탈리아나 프러시아도 극히 최근까지 나라가 없었던 거야. 제군들은 이탈리아를 알고 있나?"

가쓰에게 얻어들은 풍월이다.

"모를 테지."

료마는 자랑스럽게 이탈리아사(史)를 강의하기 시작했다. 이탈리아도 여러 작은 나라로 갈라지고 서로 이해관계를 놓고 오랫동안 싸우느라고 오스트리아나 프랑스의 침략을 받아 왔다. 지금 가리발디, 마치니, 카보우르 등의 지사가 일어나 이탈리아 통일 운동을 일으키고 있다.

"일본도 마찬가지다."

료마는 말했다.
"그러나 가리발디도, 또 미국을 일으킨 워싱턴도 이에야스와는 다르다는 말이네. 국가를 자기 집 사유물로 삼겠다는 생각은 없었단 말이야. 사카모토 료마는 일본의 워싱턴이 되겠네. 자네들도 그렇게 되게. 모두가 그렇게 되지 않으면 일본은 곧 망하고 말걸세."

바다로

어느 날 료마가 가쓰의 저택으로 가자 가쓰가 불쑥 말했다.
"이봐, 군함으로 오사카까지 데려다 주지."
아닌 밤중에 홍두깨라더니, 바로 내일 승선한다고 했다.
'이거야말로 고마운데.'
료마는 좋아서 어쩔 줄 몰랐다.
"자네도 꽤 감격파로구먼."
가쓰도 감탄하면서 말했다.
"나까지 기뻐지는군."
가쓰가 보는 료마라는 사람은 참으로 특이한 인간이어서, 평소에는 더할 나위 없이 무뚝뚝한 얼굴이지만, 일단 좋아하게 되면 상대방 마음속에까지 스며들 것 같은 기쁨을 표시한다.

"자신에게 득이야. 그렇게 좋아하니까 그만 이쪽에서도 '더 기쁘게 해 주어야지' 하는 마음이 들거든. 그건 그렇다 치고 군함 이름은 준도 호(順動號)야. 지금 시나가와 앞바다에 있는데, 오늘 저녁에 조련소 앞으로 들어온다니까 내일 새벽에 조련소 앞으로 나오게나."

"그렇게 하겠습니다."

료마는 지바 도장으로 한걸음에 돌아갔다.

군함 준도 호에 대해서는 료마도 잘 알고 있다.

왜냐하면 불과 몇 달 전인 9월에 막부가 영국에서 15만 달러에 사들인 신형 군함으로 가쓰가 막부 대표로 요코하마 앞바다에서 시운전에 입회했기 때문이다.

선체는 450톤이므로 간린호(咸臨號)보다 더 크고 350마력이나 되며 힘도 강하다. 무엇보다도 신기한 것은 철갑선이라는 점이다.

군함이라고 했지만 엄밀하게 말하면 군함이 아니고 용도는 수송선이다. 그러나 기선으로서는 세계적 수준인 것만은 분명했다.

료마가 지바 도장에 돌아오자 마침 도베가 와 있었다.

"도베, 잠시 기다리고 있게."

급히 도장으로 가서 문하생들을 훈련시키고 있는 주타로의 어깨를 두드리고 도장을 나오면서 말했다.

"잠깐, 내 방으로 와 주게."

입구에 사나코가 있었다.

"무얼 그렇게 서두르고 계셔요?"

"방에서 의논할 일이 있소."

"제가 가도 괜찮아요?"

"좋고말고."

이때 가지바시의 도사 번저에서 곤도 조지로가 놀러 왔다.

조지로는 성읍의 상가(商家) 출신으로 대단한 수재였으며, 가와다 쇼료에게 난학을 배웠다.

이 뒤로 쭉 료마를 따라다니게 되지만 '백가지 재주는 있으나 지성(至誠)이 모자란다'(료마의 평)는 점도 있었다.

"오, 조지로도 마침 잘 왔네."

료마는 이들을 자기 방에 모아 놓고 말했다.

"자네들을 내일 군함에 태워 줄 테니 그런 줄 알고 준비하도록 하게."

가쓰도 놀라겠지. 료마 한 사람만을 편승시킬 셈이었기 때문이다.

"료마 형은 나를 뱃사람으로 만들 셈인가?"

주타로는 입을 뾰족하게 내밀었으나 그래도 영국제 철갑선을 탄다는 호기심은 버릴 수 없었던 모양이다.

"아무튼 타 주기로 하지."

그는 선심을 쓰듯이 말했다.

도베는 그만 황송해서 어쩔 줄 모른다. 도둑놈 주제에 막부의 군함 감독관과 동승하게 됐으니 이런 놀라운 일이 세상에 또 있을까.

곤도 조지로도 물론 크게 기뻐했다. 다만 사나코가 급히 일어나 나갔기 때문에 오빠인 주타로가 불러 세웠다.

"어딜 가느냐?"

"머리를 고치겠어요. 남장을 할 거예요."

"아니 이런."

주타로는 기겁을 한 모양이다.

"너도 탈 셈이냐?"

"료마님이 타라고 하셨어요. 사나코도 한번 타고 싶어요."

"그만둬."

오빠는 무서운 표정을 지었다.
"바다에 풍랑이 일면 질려 버릴 게야."
"그렇게 생각해요?"
사나코의 눈이 반짝반짝 빛나고 있다. 여자라고는 하지만 호쿠신 잇토류의 면허를 가진 아가씨이므로 군함쯤은 별로 두려워하지 않는다.
"료마 형, 어떻게 하겠나?"
"글쎄."
료마는 능청스럽다. 대답을 흐리며 히죽히죽 웃고 있다.
결국 사나코는 남겨 놓고 가게 되었다. 데이키치 선생이 나와서
"아니, 계집아이가 어딜……" 하고 일갈했기 때문이다.

다음 날, 아직도 날이 새기까지는 두 시간이나 있어야 될 무렵, 군함 감독관 가쓰 린타로는 아카사카 히카와 거리의 집을 나섰다.
말을 탔다.
마부와 젊은 무사 한 사람이 동그라미에 마름모꼴 꽃무늬의 문장을 찍은 초롱을 앞세우고 가볍게 달려간다.
이번 항해는 막부 말기의 역사상 중대한 의미를 지녔다.
집정관 오가사와라 나가미치(小笠原長行)가 동행한다.
목적은 막부 각료에 의한 오사카 만 일대의 방비에 대한 시찰이라는 것이었다.
아니 이것은 시찰단의 선발대이고, 다음에는 장군 후견자인 히토쓰바시 요시노부, 막부의 수상직이라고도 할 정사 총재(政事總裁) 마쓰다이라 하루가쿠 등이 가고, 마지막으로 장군 이에모치(家茂)가 상경하기로 되어 있다.
조정의 '양이에 대한 독촉'에 밀려 마침내 에도의 권력 중추가 전

원 교토로 모이게 되는 것이다. 당시 교토 조정은 극단적인 양이주의였고, 한편 여러 외국의 승인을 받은 정부인 막부는 각국의 강요로 각종 조약을 맺고 점진적인 개국주의를 취하고 있었다.

어쨌든 양이를 할 만한 힘이 있는지 없는지 그 군사상의 조사가 집정관 오가사와라 나가미치와 군함 감독관 가쓰 가이슈의 이번 임무인 것이다.

그 준도 호에 료마가 탄다.

선창은 캄캄했다.
철석거리는 파도 소리를 들으면서 료마는 주타로와 조지로, 그리고 도베와 함께 가쓰의 도착을 기다리고 있는데, 이윽고
"앗!"
도베가 멀리 들려오는 말발굽 소리를 알아냈다. 과연 직업이 직업이라 귀가 밝다.
"오시는 모양입니다."
"그래."
료마는 팔짱을 끼고 있었다.
이윽고 저만큼 어둠 속에 초롱불이 떠올랐다. 료마는 근시라 그것이 보이지 않았다.
"료마 형, 오신 모양이야."
"그럼 등불을 흔들게."
"알았네."
주타로는 어둠 속에서 지바 댁의 유명한 일월 문장이 박힌 기마용 초롱을 높이 쳐들었다.
"오!"
가쓰가 말에서 내렸다.

"사람이 많군."

가쓰는 놀랐으나 일행을 둘러보고 더욱 기가 막혔다.

"자네는 날 죽이러 왔던 양이파 검객이 아닌가?"

가쓰는 주타로와 도베를 보더니 놀란듯이 료마에게 말했다.

"도둑놈까지 군함에 태울 생각인가?"

가쓰는 좀 속상한 얼굴이었으나 이것도 재미있겠군, 하고 이번에는 조지로를 보았다.

"자네만은 참한 얼굴이군. 료마의 부하치고는 너무 과분한 얼굴이야."

"학자입니다."

료마가 소개를 하자 가쓰는 한바탕 웃음을 터뜨리며 말했다.

"료마가 학자라고 하는 걸 보니 대단한 학자도 아니겠군."

그렇게 웃고 있는데 기정(汽艇)이 마중을 와서 일동은 준도 호에 승선했다.

얼마 뒤 집정관 오가사와라 나가미치가 승선했다. 나가미치는 6만 석의 가라쓰(唐津) 영주 세자인데, 막부의 집정관이 되었다. 오가사와라라고 하면 막부의 직속 영주 중에서도 손꼽는 명문으로, 그 조상은 신라 사부로(新羅三郎) 미나모토 요시미쓰(源義光)에서 나왔고, 같은 미나모토 성(姓)을 칭하고 있는 도쿠가와 가문에 비교하면 그 계통은 훨씬 순수하다.

나가미치는 이때 나이 마흔한 살.

그 나이인데도 아직 '서방님'이었다. 세상에서는 아호를 따 메이잔 공자(明山公子)라고 불렀고, 일찍부터 재능을 인정받았으며, 료마의 나이 4살 때인 덴포 9년(1838)에 에도로 옮겨 학자, 논객, 문인들과 널리 사귀었다.

또한 뒤에 발탁되어 집정관이 되었으니 세자의 신분으로 막부 각료가 된 것은 그가 유일하다.

나가미치는 가신, 막부의 총감찰관, 외국 행정관, 통역관 등을 거느리고 배에 올랐다. 막부의 일부가 그대로 배에 탄 것과 같았다.

그밖에 군함 조련소, 고부쇼 사람들이 150명이나 탔다.

료마 등, 네 사람만 막부 사람이 아니었다. 그런 그들이 유유히 갑판을 돌아다니기 시작했을 때, 아득한 보소 반도(房總半島)의 산들이 보랏빛으로 물들고 이윽고 찬란한 태양이 솟아오르기 시작했다.

'훌륭한 배로구나.'

료마는 갑판을 돌아다니면서 몇 번이나 혼잣말을 했다.

생각컨대—

료마는 감상에 잠기지 않을 수 없다.

가에이 6년(1853), 열아홉 살에 처음 에도에 왔을 때 미국 해군 페리 제독이 동양 함대를 이끌고 우라가에 왔었다. 관민 모두 크게 놀라고 당황하여 천하의 지사들은 벌 떼처럼 일어나 양이론을 부르짖었다.

막부 말기의 풍운은 이 가에이 6년 9월, 페리의 흑선 함대의 내항에서 비롯되는 것이다.

료마는 우연히, 아니 참으로 운명적인 일이었지만, 열아홉 살 때 에도로 나오던 해에 이 흑선의 내항을 그의 두 눈으로 똑똑히 보았다.

열아홉 살이라면 지금으로 따져 대학에 입학할 나이다. 촌에서 올라온 젊은이가 처음으로 와세다(早稻田) 대학이나 도쿄 대학에 들어갔다고 생각하면 된다.

어떻든 자신과 자신의 주변을 비로소 깨닫는 그런 나이였다.

흑선의 인상은 강렬했다.
그 흑선에 지금 료마는 타고 있다. 갑판을 걷고 있다. 눈물이 나와 두 뺨에 줄줄이 흘러내려 난처했다.
'타고 싶었다.'
―이 흑선에.
'그렇지만'
료마는 이렇게 생각하는 것이었다.
'이것이 내 배였으면……'
하지만 막부의 배이다.
속이 상했다.
자신의 함대를 갖는다는 것이 료마의 무한한 꿈이었다. 이 점만은 집념이 대단했다. 사랑과 흡사하다는 정도의 것이 아니다. 사나이의 뜻은 간명하고 직선적이어야 한다고 료마는 믿고 있다.
배.
이것만이 평생의 염원이다. 배를 갖고 군함을 갖고 함대를 편성하고, 그리고 그 위력을 배경으로 막부를 쓰러뜨리고 일본에 통일 국가를 만들자는 것이다.
독창적인 막부 타도 방식이었다.
사쓰마의 사이고도, 조슈의 가쓰라도, 도사의 다케치도 이런 것은 생각도 못하고 있으리라.
"무릇 인간이란 원하는 길을 따라 세계를 개척해 나간다."
료마는 그런 말을 남기고 있다.
배―
배에 건 료마의 꿈은 크다.

가쓰는 료마를 위해 사관실을 얻어 주었는데 이것이 조그만 사건을 일으켰다.
"가쓰 님, 그건 안 됩니다."
그렇게 말한 것은 총감찰관의 한 사람이었다고 한다.
그의 말은 당연한 것이었다.
배에는 막부의 집정관을 비롯해서 막부 고관들이 많이 타고 있다. 고관이 아니더라도 직접 장군과 접견할 수 있는 직속 무사들이 많았다. 접견 이상이라면 무관으로서는 고등관이었다. 사관실이나 상등 선실이 적어 이들의 반도 수용할 수 없는 것이다.
"신분을 알 수 없는 낭인놈을 사관실에 넣을 수가 있소?"
그 총감찰관은 은근히 그런 뜻을 내 비쳤다.
"그래요?"
가쓰는 사뭇 상대를 깔보는 것 같은 밉살스러운 표정을 지었다. 이런 면이 막료 사이에서 가쓰가 미움을 받아 온 점이다. 현군이란 말을 들은 15대 장군 요시노부조차 가쓰가 큰 재목임을 인정하면서도 끝내 그를 싫어했다. 가쓰라는 사나이는 평생 사심으로 공적인 행동을 한 적이 한 번도 없었지만, 오직
'상대가 바보같이 보여서 도무지……'
이런 이유로 사람을 얕보는 점이 있었다.
가쓰의 심중은 이렇다.
'직속 무사라고는 하지만 토란과 다름없는 머리에 상투를 틀어 올린 것뿐 아닌가. 그것보다는 관직도 없고 녹도 없지만 천록(天祿)이 있는 료마를 대우해 주어야 한다. 대우해 주면 해 줄수록 저런 사나이는 커지는 법이다.'
가쓰는 인물이라고 인정하면 편애하는 버릇이 있었다. 그것도 가쓰의 비평안이 너무나 엄격했기 때문에 그가 '인물'이라고 인정한 자는, 메이지 32년(1899) 그가 77살로 세상을 뜰 때까지 몇 사람에 지

나지 않았다. 그 밖의 인물들은 모두 토란대가리의 '바보'들이었다.
"그렇다면 마음대로 하시오."
가쓰는 퉁명스럽게 말했다.
료마 일행은 갑판에 있었기 때문에 그 경위를 모른다. 다만 배 밑바닥에 있는 큰 방이 선실로 주어졌다. 당연한 일이다. 큰 방에는 하급 직속 무사, 또는 집정관의 가신 등이 포장을 치고 몇 개로 나눈 칸에 기거하게 돼 있는 것이다.
"아뇨, 갑판이 꼭 좋습니다."
방을 배당하는 관리를 물리쳤다. 료마는 대범한 것 같아도 자존심이 강한 인간이다.
신분은 틀림없는 낭인.
태생은 도사의 향사이다. 계급은 낮다.
낮기 때문에 계급별로 할당된 각급 선실에 계급을 따라 수용당하는 일이 못마땅했다.
"주타로 형, 갑판 보트 안에서 잡시다."
주타로는 좋다고 말했다. 주타로는 검술의 명문인 지바 가문의 후계자이며 돗토리 번에 초빙되어 상급 무사 대우를 받고 있다. 그러나 료마의 곁이라면 어디라도 좋다는, 사람 좋은 도련님이었다.
준도 호는 파도를 헤치기 시작했다.

료마는 날마다 배 안의 여러 곳을 돌아다니면서 귀찮게 물었다.
"당신은 뭘 하고 있소?"
"잠깐, 그걸 빌릴 수 없소?"
그런 말을 하면서 조타실(操舵室)에서 직접 배를 조종하기도 했다.
막부 사관들은 불청객인 료마를 깔보았으나, 실제로 배를 움직이고 있는 수부나 화부들은 묘하게도 료마에게 친절했다.

그들의 태반은 간린 호 이래의 바다의 베테랑들이었다. 간린 호가 미국에 갈 때, 막부는 주로 세토 내해의 시아쿠 군도(鹽飽群島) 어부들을 징발해서 하급 선원으로 썼다.

그중 조타수로 있는 다이스케(大助)는 징발 수병 중의 명물 사나이로 료마에게 대단한 호의를 갖고 있어 여간 친절하지 않았다.

"뭐든지 가르쳐 드리죠."

이 다이스케도 간린 호로 미국까지 갔던 사내로, 동료들 사이에서는 '악당 다이스케'로 불릴 정도로 성질이 거칠었으나, 메이지 10년, 시나가와에서 죽을 때까지 '나는 사카모토 료마를 가르쳤다"는 것이 큰 자랑이었다.

이윽고 준도 호는 오사카의 덴포 산(天保山) 앞바다에 닻을 내리고 료마 일행은 상륙했다.

료마는 그 길로 풍운이 감도는 교토로 올라갈 작정이었다.

료마는 주타로와 오사카에서 헤어졌다.

"난 무엇 때문에 왔는지 모르겠군."

주타로는 얼빠진 것 같았다. 료마에게 이끌려 배를 타고 오사카까지 오기는 했으나 에도에는 도장의 일이 있다. 돗토리 번에도 저택에도 출근해야 한다.

"료마 형, 이제부터 어떻게 하겠어?"

"교토에 가 볼 거야. 아무래도 교토는 '천벌' 소동으로 피비린내가 진동하고 있는 모양이야."

"난 에도로 돌아가겠네."

다행히 가쓰도 준도 호로 바로 에도에 돌아가게 되어 주타로도 다시 그 배를 타고 돌아가기로 했다.

"그러지 말고, 며칠 동안 나니와(浪華 : 오사카의 옛 이름) 구경이라도 하고 있게나. 주타로 형은 오사카가 처음일 테지?"
"처음이야."
"다만 일러 둘 것은."
료마는 엄숙한 표정을 지었다.
"어떤 일이 있어도 가쓰 선생 곁에서 떠나지 말아 주게. 가쓰 선생이 변소에 가시면 자네도 함께 가서 변소 문 앞에 서 있어."
"왜?"
"교토와 오사카에는 천하의 양이 지사가 모여 있어. 개국론의 가쓰가 왔다 하면 죽이러 오는 바보들이 없다곤 할 수가 없네. 반드시 있어. 조슈, 미토, 그리고 우리 번인 도사 등은 그 소굴이야. 다케치 한페이타는 그러한 암살단의 두목인 모양이야."
"이봐, 료마 형."
"왜 그래?"
"나를 굳이 오사카에 데리고 온 것은 가쓰의 경호 노릇을 시키기 위해서였나?"
"나쁘게 생각지 말게."
"불쾌해."
주타로는 화가 난 모양이다.
뭐니뭐니해도 호쿠신잇토류의 분가인 지바 데이키치의 장남이 일개 경호병 노릇을 한다면 일본 제일의 경호원이 되는 셈인 것이다.
"싫은데."
"왜?"
료마는 이상하다는 듯이 주타로의 얼굴을 들여다보았다. 주타로는 더욱더 화가 난 듯이 말했다.
"그야 당연하지 않나. 나는 처음 가쓰를 베러 갔던 사람이야. 그러던 내가 경호를 하다니 너무나 경망하지 않은가?"

"좌우간 부탁해."

"료마 형, 난 아직도 양이론을 버린 게 아니야. 가쓰 개국론은 역시 싫어."

"어쨌든 부탁하네."

"정말 할 수 없군. 료마 형하고 어울려 다니면 어쩐지 내가 나 자신을 알 수 없게 돼 버리니."

"부탁하네."

료마는 교토를 향해 떠났다.

한편 가쓰는 얼마 뒤 덴포 산 앞바다에서 닻을 올리고 에도를 향해 귀항하기 시작했다.

도중, 풍랑이 심했기 때문에 이즈의 시모다 항(下田港)으로 들어갔다.

때마침 반대로 오사카로 향해 오던 지쿠젠 구로다 번(黑田藩)의 기선 다이호 호(大鵬丸)가 들어왔다.

이 다이호 호는 도사 번이 임시 빌려쓰고 있는 것으로, 도사 24만 석의 노공 요도 공이 타고 있었다.

가쓰 가이슈라는 인물은 인정만 하면 철저하게 친절해진다. 무슨 일이 있어도 료마를 출세시켜야 하겠다는 생각이었다.

'이 사내야말로.'

가쓰는 준도 호의 갑판 사관에게 분부하여 보트를 내리게 하고 나섰다.

"잠깐 저 배에 다녀오겠다."

기선 다이호 호에 타고 있는 요도 공을 만나러 가기 위해서이다. 다이호 호 마스트에는 야마우치 가문의 깃발인 '세 떡갈나무 잎'이 드높게 펄럭이고 있다.

'요도에게 부탁하여 료마가 번에서 탈퇴한 죄를 용서받게 해 주자.'

가쓰는 보트를 저어 갔다. 가쓰가 탄 보트에는 도쿠가와 가문의 '접시꽃' 문장이 꽁무니에 펄럭이고 있다.

'료마의 활동 무대를 넓혀 주려는 거다.'

가쓰는 그런 생각이었다. 번에서 탈퇴한 몸으로는 세상을 조심해야 하고 행동 범위도 좁아진다. 이를테면 에도, 교토, 오사카의 번저를 쓸 수도 없다.

'그러나 까다로운 요도가 그것을 들어 줄지 어떨지.'

요도는 만일 도사 영주의 집에 태어나지 않았더라도 이름을 떨칠 사나이가 되었을 것이다.

그는 일찍이 지요다(千田代)의 전각에서 그렇게 큰 소리를 친 사나이다.

"히도쓰바시(요시노부)의 총명, 가쿠(마쓰다이라 요시나가의 호)의 성실, 그리고 나의 결단력, 이 세 가지로 천하를 움직일 수 있으리라."

또한 요도는 영주이면서도 이아이(居合 : 검도의 일파, 허리의 칼을 뽑자마자 적을 쓰러뜨리는 기술)와 승마술에 있어서는 명인의 이름을 들었고, 시에 있어서는 아마도 막부 말기의 대시인의 한 사람일 것이다. 그리고 영주 중 제일의 주호(酒豪)다.

도사 번이 지쿠젠 구로다 번에서 빌려 쓰고 있는 다이호 호는 목조 스쿠너 선으로 별로 큰 배는 아니다.

가쓰는 보트를 뱃전에 대도록 했다. 보트에 휘날리고 있는 접시꽃 문장의 깃발의 위력 또한 대단한 것이었다.

다이호 호에서 줄사다리가 내려졌다.

"오, 수고한다."

가쓰는 날렵하게 갑판으로 올라갔다.

"군함 감독관 가쓰 린타로요. 요도 공을 뵙고 싶소."
가쓰는 영주와 막부 직속 무사에게만 허락된 금박을 한 전립(戰笠)을 쓰고 검은 문복(紋服)에 쥐색 빛깔 손잡이의 대소도를 차고 있었다.
당당한 차림이다. 다만 얼굴이 장난꾸러기 같았으므로 이 의젓한 모습이 좀 어울리지 않는다.
"옛."
대답하자마자 뛰기 시작한 요도의 비서관은 이누이 다이스케였다. 비서관이라고 해도 요도의 성격상 어릿광대 형은 쓰지 않고 모두 성품이 괄괄한 사나이들뿐이었다. 이누이 다이스케, 야마지 주시치, 오가사와라 다다하치, 그리고 그들의 상관 '근위 무사 중신'인 후카오 단바(深尾丹波) 외에 총감찰관 데라무라 사젠(寺村左膳), 고나미 고로에몬(小南五郎右衞門) 등이다.
"뭐, 가쓰 선생이?"
곧 일어나 몸소 갑판으로 나왔다. 이 소탈함도 이제까지의 영주와는 다르다.
그뿐만이 아니다.
"마침 잘됐소. 술친구가 있었으면, 하던 참이지요."
가신들에게 준비를 시키고 가쓰와 함께 보트를 타고 뭍으로 향했다.
두 사람은 바닷가 요정에서 마셨다.
"그런데."
가쓰가 말을 꺼낼 무렵에 요도는 완전히 취해 있었다.
"가신 중에 사카모토 료마라는 자를 알고 계십니까?"
"료마?"
희미하나마 기억이 있다. 일찍이 에도 가지바시 번저에서 있었던 대시합에서 끝까지 이긴 호쿠신잇토류의 고수가 아닌가?

그러나 요도는 호탕한 사내이다. 아니, 사실 그 재능과 그릇에 있어 호탕한 사내이지만, 단 한 가지 이 사내의 결점은 자기의 호기(豪氣)를 과시하려는 경향이 있다는 점이었다.

"모르겠는데요."

거슴츠레한 눈으로 가쓰를 보았다. 24만 석의 번주다. 말단 가신들까지 알 리가 있는가 하는 표정이다.

"아와노카미(가쓰)님, 이게 어떨까?"

요도는 팔베개 시늉을 했다. 취했으니까 드러누워 이야기하자는 것이다.

가쓰는 술을 별로 즐기지 않는다. 하나 천성적인 술이 뱃속에 있고 성격상 술을 마시지 않아도 취했으며 뱃심이 있는 사나이였기 때문에 느닷없이 벌렁 드러누웠다.

"실례."

주인 요도도 드러누웠다.

어처구니없는, 실로 대단한 군함 감독관이고, 도사 24만 석의 번주였다.

"그래서?"

요도가 무슨 일이냐는 얼굴로 묻는다.

"예, 료마는 해남에서 으뜸가는 사나이일 겁니다."

"흐음."

"장차 반드시 천하의 일꾼이 됩니다. 한데 지금은 참정 요시다 도요의 살해 혐의를 받고 있으며 또한 번에서 탈퇴한 죄를 지고 있습니다. 가엾으니 용서해 주시지 않겠습니까? 제가 머리를 숙여 부탁드리겠습니다."

"음."

요도는 잔을 쭉 들이켰다.

"그런 인물인 줄은 몰랐는데, 그런데 학문의 스승은?"

요도는 학문을 좋아하기 때문에 학문이 없는 인물은 별로 좋아하지 않는다.

"글쎄요."

가쓰는 고개를 기웃하면서 말한다.

"그 사나이의 스승은 하늘이겠지요."

"하늘?"

"아무튼 어릴 때 서당 선생이 이런 바보는 못 가르치겠다고 사절했을 정도니까 학문 쪽은 뻔하지요."

"그토록 무식한 사내를 가쓰 선생 정도의 분이 인물이라고 추천하시다니 기묘한 일이로군요."

요도는 어디까지나 학자를 내세운다.

"하늘이 스승이라고 하는 것은."

가쓰는 약간 야유조로 말했다.

"료마는 학자는 아니지만 학문이 전국 시대의 오다 노부나가 정도는 되겠지요. 노부나가는 학자는 아니지만 천하포무(天下布武)의 대업을 완수했습니다. 도요토미 히데요시는 비천한 출신으로 학문이라고 할 만한 것은 없었지만 하늘의 이치(理致), 시대의 움직임, 인심을 읽고 끝내는 천하를 장악했습니다. 숱한 인간들 중에는 하늘의 가르침을 받을 만한 자질을 지닌 자가 있지요."

"한나라의 고조(高祖)처럼."

"그렇지요. 한나라의 고조도 그런 사람이지요."

"그렇다면 가이슈 선생, 우리 가신 사카모토 료마도 영웅이란 말이오?"

요도는 불만스러운 눈치다. 천하의 영웅은 자기라고 은근히 생각하고 있는 영주님이다.

"알 수 없는 일이지요. 영웅이란 하늘이 그 인물을 필요하다고 생각하면 그 인물에게 운과 때를 주는 법이지요. 료마가 그런 사주를 타고 났는지 어떤지는 장래가 아니면 알 수 없습니다만, 적어도 하늘의 은총을 받을 자격은 있는 모양입니다."

"글쎄, 가이슈 선생의 말씀이니까."

요도는 일어나 앉았다.

가쓰에게 승낙 여부의 대답을 하기 위해서였다.

"그럼 그."

요도는 이름이 떠오르지 않는 모양이었다.

"무어라고 하셨지? 사카모토……"

"료마."

가쓰는 대답했다. 과연 24만 석의 대영주는 만사 태평스럽다. 한낱 향사의 이름 따위는 몇 번을 들어도 기억할 수가 없는 모양이다. 하기는 요오도의 성격에도 따르지만.

"가이슈 선생의 얼굴을 보아 탈번죄를 용서하고 번으로 복귀를 허락하지요."

"아, 복귀."

가쓰는 문득 생각이 난듯 덧붙여 말한다.

"복귀라고 해도 본국에 돌아가는 것이 아니라, 행동을 자유롭게 해 주셨으면 합니다."

"아, 그것도 좋으실 대로."

마음대로 하라는 투다. 자기를 배알할 수 있는 신분의 사내도 아니고 어디를 어떻게 쏘다니든 아무래도 상관없는 일이다.

"그러나."

가쓰는 꼼꼼한 사나이다.

"취중의 말씀이시라 혹시 나중에 착오가 있을 지도 모르니까 증거품을 하나 얻었으면 합니다."
"증거?"
요도는 흥이 깨진 듯한 표정을 지었으나 가쓰는 물고 늘어진다.
"한 글자만이라도 좋습니다."
가쓰는 팔짱을 끼었다.
요도는 할 수 없이 손뼉을 쳐서 붓과 벼루를 가져오게 한 다음 흰 부채를 쫙 펴들었다.
"이거면 되겠지요?"
무언가를 쓰고 가쓰의 무릎 앞에 부채를 던졌다.

세취(歲醉) 360회
경해취후(鯨海醉侯)

세치 360회라고 하는 것은 일 년 내내 취해 있다는 뜻이고, 경해취후란 자신을 가리키고 있다.
경해(鯨海)란 고래가 잡히는 바다, 즉 도사의 바다를 가리킨 것이다. 취후는 술 취한 영주.
"좋습니다."
가쓰는 먹물 자국이 마르기를 기다려 부채를 접어 품 속에 넣었다.
이 일에 대해서는 또 다른 이야기가 있다.

막부의 정사 총재(政事總裁), 마쓰다이라 요시나가가 얼마후 오사카에 들어왔다.
이 군주는 요도처럼 고집스럽지는 않지만, 막부 말기에 손꼽히는 명군이다. 학문이 있을 뿐만 아니라 정치 감각이 예민하고 높은 지체를 뽐내는 일도 없이, 인재라고 생각되는 사람이면 스스로 초가삼간이라도 찾아가서 세상 이야기를 한다는 사람이었다.

요도와도 친구였지만 요시나가는 가쓰하고도 사이가 좋았다. 가쓰는 료마를 이끌어 주기 위해 소개장을 써서 요시나가를 만나 보게 했다.

료마가 요시나가를 만나러 간 것은 마침 가쓰가 요도와 시모다 항에서 만났을 무렵일 것이다.

요시나가는 영주 중에서 황족과 공경을 제외한 최고의 격이 높은 영주이며 더구나 막부의 정사 총재직에 있는 사람이다.

그런 사람이 일개 낭인인 료마를 간단히 만나 주었다.

만나자 료마를 매우 총애하게 되고 뒷날까지 료마의 후원자가 되었는데 이때의 이야기는 이러하다.

요시나가는 이른바 귀공자 풍 얼굴로 유년 시대부터 미모의 사람이었다.

이때 서른여섯 살.

이마가 넓고 작은 눈 아래로 뺨이 길게 늘어져 내려오다가 턱에서 강동하게 맺혀 있다. 지금으로 말하자면 학자라든가 기술자 가운데 흔히 있는 얼굴로 정치가에는 이런 얼굴이 없다. 행동가라기보다는 차라리 사색에 적합한 얼굴이다.

이와같은 인물이 막부의 '수상(首相)'으로 뽑힌 데는 막부 말기의 복잡한 정치 사정이 있었다. 막부가 조정의 발언이나 지사들의 여론을 무시할 수 없게 되자, 결국 도쿠가와 일문의 명가(名家)로 조정에도 인기 있는 후쿠이의 영주를 기용하지 않을 수 없게 되었다. 강권을 휘두르는 이이 나오스케식으로는 시대 조류를 처리할 수 없게 되었던 것이다.

일찍부터

가쿠(요시나가)는 일찍부터 '천하의 네 현후(賢侯)'라고 일컬었다. 네 명의 현명한 영주 중 사쓰마 영주 시마쓰 나라아키라(島津齊彬)가 뭐니뭐니해도 인물과 식견이 아울러 뛰어났지만, 그는 안세이 5년(1858) 뜻을 절반도 이루지 못하고 죽었다.

남은 것은 세 현후다. 료마의 도사 영주 야마노우치 요도, 이요(伊豫)의 우와지마 영주 다테 무네나리(伊達宗城), 그리고 이 요시나가이다.

세 사람은 모두 친구로, 언젠가 산조 내대신(三條內大臣)의 가신인 도미타 오리베(富田織部)가 교토에서 내려와 에도 도사 번저에서 세 영주를 만났을 때, 재미있는 세 사람의 촌평을 남기고 있다.

"도사 영주는 장년이므로 영기(英氣)가 강하다."
"우와지마 공은 침착하고 말이었다."
가쿠를 보고는 짧게 한 마디
"도량이 넓고 실로 감탄할 만했다."
이것이 요시나가(가쿠)의 모습이라고 생각해도 무방하다.
"어때, 료마?"
요시나가는 료마와 대면할 때 말했다.
"그대의 주인인 요도 공과 나는 친하다. 한번 내가 주선하여 복귀을 시켜줄까?"
료마는 꾸벅 고개를 숙였다. 그 숙이는 모습이 요시나가 같은 영주에게는 정말 우스웠던 모양으로 두고두고 웃었다.

료마는 꾸벅하더니 말했다.
"차라리 그렇게 부탁할까요?"
"자네 재미있군."
요시나가는 웃음을 터뜨렸다.
'차라리 그렇게 부탁할까요'라는 대답이 머리의 어느 구석에서 나온 것일까?

"료마의 소박한 성질은 사랑할 만하다."

요시나가는 나중에 요도에게 이렇게 말하고 료마의 탈번죄를 용서해 주도록 부탁했다. 요도 역시 가쓰와의 선약도 있어 곧 가신에게 일러 이 일을 사무적으로 처리하게 했다.

이 무렵의 료마는 오사카와 교토 사이를 파발꾼처럼 오가고 있었다.
"료마의 다리는 튼튼도 하지."
남에게 그런 말을 들었으나 사실 다리가 튼튼한 놈이 아니면 아무런 일도 할 수 없다는 것이 료마의 지론이었다.

료마보다 약간 후배가 되는, 사쓰마 번사인 오야마 야스케(大山彌助)라는 젊은이는 유신 전에 에도와 교토를 30여 차례 왕복했다고 한다. 야스케란 훗날 러일전쟁 때의 총사령관 오야마 이와오(大山巖)이다.

어느 날 료마가 교토 가와라 거리의 번저 앞을 지나갈 때였다.
"료마, 료마가 아닌가!"
옛날 성내 히네노(日根野) 도장에 함께 있었던 모치즈키 가메야타(望月龜彌太)가 불렀다.

가메야타는 하급 무사로, 시와 글을 잘하고 칼을 잡아도 상당한 솜씨가 있는 자였다. 뒤의 겐지(元治) 원년(1864) 여름, 산조 작은 다리 서편에 있는 여관 이케다야(池田屋)에서 모의 중 신센조(新選組)의 습격을 받아 싸우다가 죽었다.

"어이, 료마가 지나간다."
모치즈키는 번저 안에 있는 동지들에게 소리쳤다. 모두들 우르르 달려 나왔다.
"뭐야, 너희들은?"
료마는 짚신을 벗어 품 안에 넣고 도망을 가야 할 것인가 망설였다.

바다로 275

"잠깐, 료마, 싸움이 아냐. 탈번죄를 용서한다는 사면령이 내렸어. 모두들 자넬 찾고 있던 참이야."
"그래, 사면령이 내렸나? 그럼 여기서 도망갈 필요가 없겠군."
료마는 짚신을 땅에 던지고 다시 신었다.
"그럼 번저에서 밥을 먹여 주겠나?"
마침 점심때이다. 료마는 배가 고팠다.
"먹여 주고말고."
모두 료마를 둘러싸고 안으로 이끌었다.
같은 번이면서도 낯선 얼굴이 많다. 그러나 그들은 료마의 이름을 알고 있다.
'이 사람이 사카모토 료마로구나.'
이런 표정으로 바라보는 자가 많았다. 세상에서는 요즘 '료마, 료마' 하는 소리가 연방 들려오는 것이다.
"우선 대리님에게 인사를 하게나."
모치즈키는 중년의 훌륭한 상급 무사 방으로 료마를 데리고 갔다. 대리님이란 장관이다.
"아, 그대가 료마인가."
그는 료마의 사면령을 읽어 준 다음 둘둘 말더니 엄숙한 얼굴로 말했다.
"7일간의 근신을 명한다."
곧 방 하나가 주어지고, 그날부터 7일간, 료마는 근신하게 되었다.
"쳇, 낭인으로 있었으면 이런 불편한 일은 없을 텐데."
료마는 큰 소리로 투덜댔다고 한다.

7일이 지나자 일동이 축하해 주었다. 그런데 그 자리에 응당 보여야 할 다케치 한페이타의 얼굴이 없었다.

다케치는 교토에 있는 근왕 양이 지사들의 중진이 되어 있었다.

그는 외톨박이 지사가 아니다. 도사 번의 하급 무사 중 쓸 만한 친구들은 전부 그의 수중에 있었다. 더구나 번의 참정 요시다 도요를 암살하고 쿠데타를 일으킨 이래 번의 요직에까지도 '다케치 일파'를 심어 놓았다.

그뿐만도 아니다. 과격파 공경 사이에도 인기가 있어, 그들을 양이로, 막부 타도로 이끌어 가고 있다.

다케치는 암살단 조직도 갖고 있었다. 그의 문하생 오카다 이조가 그 두목이다. 그들은 교토 안팎에 출몰하면서 막부파 요인들을 베었다.

다케치 자신이 직접 손을 쓴 적은 한 번도 없었으나, 교토의 주요한 암살 사건의 배후에는 늘 다케치가 있었다.

번저의 공금도 다케치의 손을 거쳐 그러한 암살자에게 건너가는 일이 많았다.

사건은 큰 것만 해도 일찍이 '안세이 대옥(安政大獄)' 때 지사들의 체포 배후 인물이던 나가노 슈젠(長野主膳)의 서자인 다다 다테와키(多田帶刀)를 벤 것도 도사계 암살자. 구조(九條) 집안의 당상관(堂上官) 시마다 사콘(島田左近)을 벤 것은 사쓰마의 '사람 백정 신베에(新兵衞)'라고 불리던 다나카 신베에 등이지만, 다케치가 간접적으로 조종한 혐의가 짙다. 마찬가지로 구조 집안의 모사(謀士)인 우고 겐바(宇鄕玄蕃)를 벤 것도 이조 등 도사계 사람이다. 다케치가 배후에서 조종한 것은 거의 틀림이 없다. 그밖에 포졸 분키치(文吉) 살해 등, 도사 계통의 지사가 교토 지방에서 칼을 휘두른 사건에는 다케치가 거의 관여하고 있었다.

료마는 알고 있다.

'한페이타를 위해 애석한 노릇이다.'

료마는 이렇게 생각하고 있다. 암살 또한 정치 행위의 하나임에는 틀림없으나, 예로부터 암살로 대사를 성취시킨 인물은 없다. 그렇게 믿고 있다.

고금을 통해 뛰어난 인물로서 암살을 수단으로 삼은 자가 얼마나 있었을까?

료마는 교토 번저의 젊은이들 틈에 끼어 묵묵히 술을 마시고 있다.

료마를 둘러싸고 축하해 주는 번사들은 한편으로는 다케치의 문하생, 사숙자(私淑者), 감화자뿐이었다.

'한페이타도 이만큼의 세력을 키웠구나.'

료마는 놀라는 반면, 그들을 자객으로 쓰고 있는 다케치의 태도에 이해가 가지 않는다.

'역사에 이름을 남길 사내이다. 그러나 훌륭한 이름은 남기지 못하리라.'

다케치의 수수께끼 같은 점이다. 그 인물의 높은 격조는 사쓰마의 사이고와 필적할 것이다. 그 능숙한 모략은 사쓰마의 오쿠보와 어깨를 겨누고, 그 교양은 그 두 사람보다도 풍부하며, 또 그 인간적 감화력은 조슈의 요시다 쇼인에 미치지는 못하나마 급접하긴 하다. 한데 가장 중요한 대목에서 다케치와는 다르다.

'일을 서두른 나머지 살인자가 되었다는 점이다. '천벌'이라고 하면 말은 그럴 듯하지만 밝지 못하다. 밝지 못하면 백성이 따라오지 않는다.'

"다케치는 어찌 되었는가?"

료마는 마침내 말했다.

그러자 좌중이 조용하다. 다케치가 료마를 '골칫거리'라고 하는 것을 알고 있었기 때문이다. 일동으로서는 두 사람을 만나게 하고 싶지 않았다.

—다케치에게는 은신처가 있다.
료마는 이 소식을 듣고 있었다.
"어딘가, 지금 그곳으로 가자."
칼을 들고 일어났다.
"잠깐, 그건 곤란합니다."
다케치의 문하생 중 한 사람이 말했다.
"뭐가 곤란한가?"
"료마님은 개국주의로 변절한 사람이 아닙니까? 그리고 원래 막부 타도 사상을 안고 있으면서도 막부 가신 가쓰 린타로에게 접근하고 있습니다. 다케치 선생은 그것이 료마님이 아니라면 베라고 했을 것입니다."
"벤다고?"
료마는 어이없다는 듯이 그의 얼굴을 들여다보며
"자네들이 이 료마를 벨 자신이 있나?"
일동은 조용해졌다.
"첫째로 료마는 개국인지 쇄국인지 그런 건 모른다. 난 바보야. 바보가 그런 고매한 논의를 알 수 있겠나? 그렇긴 하지만 이왕 말이 나왔으니 한마디 한다."
료마는 좌중을 둘러보고 엄청나게 큰 목소리를 내었다.
"꽝! 하고 온단 말이다."
모두 어안이 벙벙해 있다.
"외국이 일본을 뺏으러 온단 말이다. 그때 3백 년 전의 갑옷에 칼이나 창을 들고 너희들은 싸우러 나가겠다는 거냐? 일본은 지고 말아."
"아니, 번에서도 서양식 총을 준비하고 있어요."
"부족해. 나는 군함을 거느리고 지킬 것이니, 그때까지 료마의 행

바다로 279

동에 대해 콩이니 팥이니 떠들지 말란 말이다. 사람은 긴 안목으로 세상을 봐야 해."

"하지만."

"그때까지만 료마를 내버려 둬!"

"알고 있어요. 그것은 다케치 선생님도 알고 있죠. 알고 있기 때문에 변절자인 료마님에게 이렇듯 축하연을 열고 있는 것입니다. 그렇지 않다면 단칼에……"

"벨 수 있나?"

"벨 수 있고 말고요."

그는 칼을 홱 끌어당겼다. 료마는 기가 막혀서 "난 달아나겠다" 하고 장난스레 어슬렁어슬렁 방을 나가려 했다. 그 모습이 하도 우스꽝스러워 모두 '와아' 하고 웃었다.

"그만두겠나?"

료마는 족제비처럼 고개를 돌렸다. 문하생도 머리를 긁적이며 웃고 있다.

"그럼 다케치한테 간다. 자네가 안내하게."

할 수 없이 문하생은 료마를 다케치에게 안내했다.

가와라 거리 번저 근처다. 기야(木屋) 거리를 조금 올라가서 있다. 밤만 되면 샤미센 튕기는 소리와 노랫소리가 소란스러운 유흥가이다.

이 기야 거리의 '단도라(丹虎).' 요정이었다.

주인은 시코쿠야 주베에(四國屋重兵衞), 뒷날 신센조의 습격을 받게 된다. 다케치는 그 집 별채를 빌려 머물고 있다. 그 별채는 지금도 다케치의 아호 '즈이잔(瑞山)'을 따서 즈이잔 장(瑞山莊)이라는 이름으로 보존되어 있다.

료마는 그 단도라에 들어섰다.

료마는 '단도라' 안으로 들어가 주인 주베에의 인사를 받았다.
　주베에는 시코쿠야의 간판 그대로 아버지가 도사 출신이다. 그래서 한페이타의 뒷바라지를 해 왔다.
　"단도라의 주인, 시코쿠야 주베에입니다."
　료마에게 인사를 했다.
　"한페이타 있나?"
　그렇게 물었으나 주베에는 '우선 차나 드시지요' 하면서 말을 얼버무리고 물러갔다.
　대신 아가씨가 들어왔다. 미인은 아니었으나 과연 교토에만 있다고 하는 턱이 동그스름하고 입술이 도톰한 귀여운 아가씨이다.
　안내자인 문하생은 벌써 주베에와 함께 방을 나가 료마만이 남아 있었다.
　"변변찮은 차나마……"
　처녀는 조금 경계하는 듯한 눈으로 료마를 보더니 곧 눈을 내리깔고 찻잔을 내밀었다.
　"고맙군."
　료마는 목이 말랐던 참이어서 홀쩍 마셨다.
　"어머, 뜨거우실 텐데."
　"음, 그렇군."
　뜨끔하고 그 뜨거운 것이 목구멍에서 식도로 내려가기를 료마는 묘한 얼굴로 기다리고 있다.
　쿠쿡, 처녀는 웃고서 물러갔다. 나쁜 남자는 아니라고 본 모양이다. 곧 처녀가 다시 들어와서 료마를 별채로 안내했다.
　"이리로."
　"다케치 선생님은 외출 중이십니다만 곧 돌아오실 거예요."
　"술은 없나?"

"그야 이런 집이니까 있기는 하지만, 이 방에 술을 가져오는 것은 선생님이 금하셨어요."

'여전히 근엄한 사나이로군' 하고 료마는 생각했다. 암살 배후 조종자 한페이타는 청교도 같은 생활을 하고 있는 것인가.

"당신은 주베에의 따님인가?"

"네, 오쿠라고 해요. 이상한 이름이지요?"

아가씨는 자기가 먼저 쿡쿡 웃으며 방을 나갔다.

별채라고는 하지만 다다미 석 장뿐이다. 그러나 사치스런 다실(茶室) 구조여서 료마조차 주베에가 꽤 돈을 들였구나 생각하고 둘러보았다.

우선 훌륭한 남천촉(南天燭) 나무의 장식 기둥이 눈에 띈다. 목재는 녹나무인데 나뭇결이 아름답다.

동쪽 장지문을 열면 바로 밑은 가모 강(鴨川)이다. 아침저녁의 하가시 산(東山) 모습이 훌륭하리라고 상상되었다.

다케치는 이따금 여기서 그림을 그리고 있는 모양으로 그 도구 같은 것이 눈에 띈다. 다케치의 그림은 소년 시절부터 본격적으로 배운 것이어서 전문가적 소양이 있다.

이 방에서 다케치는 때로 화필을 잡고, 때로 암살의 모의를 하고, 때로 동지와 더불어 조정이나 각 번에의 공작 계획을 짜겠지.

"오……."

소리와 함께 희멀끔한 거인이 들어왔다.

다케치다.

"료마, 난 자네와 만나고 싶지 않았어. 그러나 할 수 없지."

다케치는 술을 준비시켰다.

"이 방은 천하의 일을 생각하고 논하는 방이기 때문에 주기는 엄격히 금하고 있었는데 자네가 왔으니 도리없지."

근엄 거사(謹嚴居士)인 다케치가 자기의 금기를 깬다는 것은 여간한 일이 아니다.
 술을 가져오라는 분부를 받은 단토라의 딸 오쿠가 놀란 얼굴이었다.
 "선생님, 괜찮은 건가요?"
 료마는 눈치가 빠른 사나이라 다케치의 마음을 곧 알아차렸다. 호의적으로 본다면 오랜 친구로서 특별한 취급을 해 준다는 것이 된다.
 그러나 나쁘게 해석하면, 이미 동지가 아니라고 다케치는 보고 있다. 동지라면 다케치는 이방에서 술 없이 국사를 논했을 것이다.
 동지가 아니니까 술이라도 마시면서 고향 이야기나 하자는 것일까? 아마 다케치로서는 그 두 가지였을 것이다. 반갑고 미운 두 가지 감정이 복받쳐, 마침내 '술'이라는 말로 마음을 해결한 모양이었다.
 "한페이타, 난 마시지 않아도 되네."
 료마는 불퉁스럽게 말했다.
 "그런 소리 말고 마시게. 취해서 서로 나라일일랑 잊자."
 서로 논쟁을 벌이면 틀림없이 큰 싸움이 된다. 그렇게 되면 세상 돌아가는 형편상 어쩔 수 없이 응어리가 생기고 끝내 피를 볼지도 모른다.
 "다케치, 한마디 묻겠는데."
 "뭔가?"
 다케치는 몸을 도사렸다. 그는 재간과 열정을 기울여 구축한 근왕양이론에 한 마디라도 료마가 이론을 제기한다면 철퇴를 내릴 참이었다.
 "말해 봐."
 "이 집은 어느 쪽이 꽁무닌가?"

"꽁무니?"
"동쪽을 향해 있나, 서쪽을 향해 있나?"
"꽁무니는 동쪽이야."
"또 한 가지 묻겠는데."
료마는 방향 감각이 둔해서 어릴 때부터 그 일로 친구들이나 이웃 사람들에게 늘 웃음거리가 되곤 했다.
"료마, 아직도 그게 낫지 않았나?"
다케치는 피식 웃었다.
"영 낫지 않아. 그래서 묻는데 가모 강이 어느 쪽에 있지?"
"그 장지문 밖이야."
"아, 그래. 그 가모 강이 어느 쪽으로 흐르고 있나?"
"북에서 남쪽으로 흐르고 있지."
"한페이타, 거기까지 잘 알고 있다면, 일이란 서두르지 말고 자연 스럽게 밀고 가다가 마지막의 '이때다'고 할 때에 둑을 무너뜨려 한꺼번에 대홍수를 내어 천하를 일변시키는 거야. 너무 조급하게 둑을 무너뜨려서는 절대로 안 되네."

"료마!"
무언가 말을 하려고 했으나 한페이타는 곧 안색을 고치고 말했다.
"논쟁이 될 테니 말 않겠네. 술이나……"
술병을 들어 료마의 잔에 따랐다.
"술은 이런 때를 위해서 있는 게야. 료마, 나도 자네에게 말을 않겠네. 자네도 내게 말하지 말게."
"말하겠어, 나는."
료마는 잔을 비우고 말을 계속했다.
"말해야겠어. 한페이타. 자네는 가쓰 린타로 선생을 암살하려고 하고 있지?"

다케치는 딴전을 부렸다. 하나 료마는 다케치의 눈길을 붙잡은 채 말을 이었다.

"자네는 오카다 이조를 시켜 가쓰를 베게 하려하고 있어. 내가 아까 번저에 들어섰을 때 이조를 흘끗 보았네. 이전 같으면 그 이조란 녀석은 내 얼굴을 보기가 무섭게 강아지처럼 반색할 사내지. 그런데 어색한 얼굴로 슬금슬금 나무 뒤로 숨었어. 이 사카모토 료마는 비록 눈이 근시지만 사람의 표정으로 무엇을 하려고 하는지 짐작은 할 수 있어."

"이조는 이조, 그가 무엇을 꾸미고 있는지 이 한페이타는 모르는 일이다."

"그러나 이조는 자네의 감화력으로 움직이네. 자네가 아마도 가쓰의 개국주의를 매도한 일이 있을 거네. 사람 백정 이조에게는 이유란 없지. 다케치 선생이 매도할 정도의 악인이라면 벤다, 이것뿐이지. 결국 다케치의 지시라고 할 수 있지."

"료마!"

다케치는 험악한 얼굴이 되었다.

"너는 가쓰의 주구(走狗 : 남의 앞잡이를 비유)가 되었구나!"

"제자일세."

"마찬가지 아닌가. 나와 도막 회천(倒幕回天 : 막부 타도)을 맹세한 옛일을 자넨 잊지 않았을 테지?"

양이, 즉 근왕.

개국, 즉 좌막(佐幕 : 막부 옹호).

이것이 당시의 공식이다.

일본의 국력으로 열강의 군대를 무찌를 수는 없는 것인데, 천황(고메이)은 그것이 가능하다고 믿고, 공경도 그것을 믿고, 또한 다케치 등의 양이 지사들이 그러한 조정을 부추겨 일본 정부인 막부에 그것을 강요하고 있다.

가엾은 것은 막부이다.

'못합니다'란 소리도 못하고, 한편으로는 외국과 조약을 맺어 하나마나의 '개국'을 하면서 또 한편으로는 조정에 대하여 '언젠가는 양이를 합니다' 하고 '대내 외교(對內外交)'를 펴고 있는 것이다.

"기한은 언제로 할 것인가?"

조정에서는 협박하듯이 독촉하고 있다. 그 조정을 배후에서 조종하고 있는 것이 조슈 번과 도사 번의 다케치파이다. 만일 막부가 양이는 할 수 없다고 하면 쓰러뜨릴 셈이다. 막부 타도의 구실을 그것으로 삼겠다는 배짱이다.

그러므로 다케치 등으로서는 개국론, 즉 막부 옹호가 되는 것이다.

"변하진 않았어. 나는 막부 타도파야. 다만 내 방식대로 그것을 한다. 그러니까 그때까지는 나를 방해하지 말게."

"방해하지는 않네."

"가쓰를 죽인다는 게 바로 방해일세. 한페이타, 이 점을 단단히 다짐받아야겠네."

교토의 봄

"아무튼, 가쓰는."

료마는 다케치에게 다짐했다.

"죽이지 말게."

그렇게 말하고 '단도라'를 나왔다.

가쓰는 일단 에도로 돌아갔으나 곧 장군 상경 건으로 해로로 다시 올라와야 한다.

당연히 교토로 들어온다.

교토는 조슈와 도사 번사를 비롯해서 살벌한 양이 지사의 소굴이 되어 버렸다. 그들 중 몇 명은 칼자루 끝을 두드리며 가쓰를 기다리고 있다고 생각해도 무방하다.

료마는 걱정이 되었다.

가와하라 거리의 번저로 돌아오자 곧 이조를 찾았다.
"오카다 이조는 어디 있나?"
하고 외치면서 문을 들어서더니 복도를 지나 자기 방으로 들어갔다.
격자 창문을 열면 바로 눈밑이 다카세 강(高瀨川)이다.
비가 내리고 있다.
료마는 등잔불을 켰다.
"이조입니다."
오카다가 붉은 칼집의 장검을 움켜잡고 들어왔다.
"허, 오래간만이로구나."
료마는 창문턱에 걸터앉으면서 겉옷을 벗었다.
"예."
원래 이조는 말수가 적은 사내이다. 그러나 얼굴에 함빡 웃음을 띠고 료마를 올려다보고 있다.
'당신을 형님처럼 따르고 있습니다.'
이렇게 말하고 싶은 모양이다.
그러나 눈만은 매섭다. 눈만은 방심 않고 짐승처럼 빈틈없이 반짝이고 있어 미소로는 감추려 해야 감출 수 없는 야릇한 빛이 있었다. 살인자 특유의 눈이다.
"벌써 몇 사람이나 벴나?"
료마는 이렇게 말하려다 그 말을 삼키고 그냥 웃고만 있었다.
"소문은 듣고 있다. 이조도 이름을 떨치고 있는 모양이더군."
이 말만 했다. 사람 백정 이조라면 사쓰마 번의 다나카 신베에와 더불어 교토 지방을 떨게 하고 있는 암살의 명수이다.
"진충보국(盡忠報國 : 충성을 다해 나라의 은혜를 갚음)을 하고 있을 뿐입니다."
"훌륭한 일이야."
료마는 고개를 끄덕였다. 이조의 단순한 두뇌로는 사람을 죽이는 일만이 국가 통일에의 길이라고 생각하는 모양이다.
"그런데 이조!"
"예."
"조금 있으면 일본에서 가장 훌륭한 사람이 교토에 온다. 자네가 좀 경호해 주지 않겠나?"
"누구신데요?"
"막부의 군함 감독관 가쓰 린타로 선생이다."
"아! 그는 간적(奸賊)이 아닙니까?"
"죽일 셈이었나?"
"그렇습니다."
"그를 경호하란 말이다."
료마는 이조의 머리로도 이해가 가도록 차근차근 타일렀다.
"이유는 그것뿐이야. 아무튼 이 료마를 믿는다면 료마가 믿는 가쓰 선생을 경호해 드려라. 이조, 부탁한다."
료마는 다카세 강의 밤비를 내다본다.
"부탁한다."
료마에게 이 말을 들은 후 사람 백정 이조는 그 나름대로 고민했다.
고민하는 것도 당연했다. 개국론자인 가쓰 가이슈는 양이론자인 다케치 한페이타의 눈에는 대역적이다.
'그를 경호하라고 사카모토 님은 말한다. 스승인 다케치 선생을 배신하라는 것과 같지 않은가.'
이렇게 생각하면서도 사실, 이조와 같은 학식이 없는 자로서는 스승인 다케치 한페이타는 가까이하기 어려운 존재였다.
그보다도 이조는 스승의 친구인 료마에게 친근감이 간다. 그뿐인가, 일찍이 오사카 고라이(高麗) 다리에서 료마에게 입은 은혜는 잊을 수가 없다.

'그런데도 사카모토 님은 은혜를 베풀었다는 얼굴을 하지 않는다.'
그게 좋다. 또 그밖에도 이조가 료마에게 감사하고 있는 일이 있었다.

이조의 신분은 잡병이었다. 도사 번에서 잡병은 다른 번 이상으로 업신여김을 받았고, 번규로써 정식으로 성(姓)을 내세울 수 없을 정도의 차별이 있었다.

번의 동지들도 아니, 다케치 조차도 이따금 '잡병'을 대하는 눈으로 이조를 바라본다. 이조에게는 그것이 민감한 문제였다.

'그런데 사카모토 님만은 그렇지가 않다. 그분은 언젠가 나에게 말한 적이 있다. 인간에겐 본래 위아래가 없다. 계급이란 평화시대의 장식품이다. 천하가 어지럽게 되면 칠이 벗겨지는 법이다. 일을 하려면 지혜와 용기와 덕을 쌓아야 한다.'

이조는 생각다 못해 스승인 다케치를 찾아가 솔직히 털어 놓았다.
과연 다케치는 씁쓰레한 표정을 지었다.

'양이주의자인 그대가 가쓰를 호위하겠다는 건가?' 이런 눈초리로 물끄러미 이조를 쳐다보고 있다가 불쾌한 듯이 내뱉었다.

"아무튼 좋아. 료마에게도 생각이 있겠지. 말하는 대로 해 주게."

이해 분큐 3년(1863) 2월 26일, 가쓰는 예정대로 준도 호를 타고 다시 오사카로 왔다.

그리고 곧 교토로 올라왔다.

료마는 가쓰의 숙소로 가서 만나고 이조를 대면시켰다.

"이 사람은 같은 번의 오카다 이조입니다. 외출하실 때는 꼭 데리고 다니십시오."

"호위병인가?"

가쓰는 눈치가 빨랐다. 그러나 오카다 이조의 소문은 가쓰도 듣고 있다. 사람을 베는 것이 근왕 양이라고 생각하고 있는 미친 개와도 같은 사내가 아닌가.

'하필이면, 료마도 묘한 놈을 데리고 왔구나.'

이렇게 생각했으나, 가쓰는 사람을 한번 믿은 이상 이유를 묻지 않는 사람이다.

"그러지."

그날부터 가쓰는 이조를 데리고 다녔다.

가쓰가 상경한 후, 사람 백정 이조는 그 뒤를 강아지처럼 쫓아다녔다.

어느 날 가쓰는 니조 성(二條城)에서 열린 회의가 늦어져, 물러나왔을 때에는 벌써 밤이 돼 있었다.

동행은 하인 아리타니 도하치로(新谷道八郎).

성내의 대기실에서는 도하치로와 이조가 얌전히 대기하고 있다.

"이거, 너무 늦었구나."

가쓰는 현관에서 짚신을 신고 문득 성의 망루를 올려다보았다. 조금 전까지 거기 걸렸던 달이 사라지고 없었다.

"비가 오려나?"

가쓰의 혼잣말.

"글쎄요, 비가 온다고 해도 한밤중이 되겠지요."

이조의 말이다. 이자는 천기를 피부로 아는지 맑고 흐림에 대한 감촉이 예민하다.

"그러나 비가 올 것 같으면서 오지 않는 밤이 제일 위태롭습니다."

"자객이 나타나기 쉽다는 말인가?"

"예, 저의……"

"흠, 경험에 비추어 그렇단 말이지. 전문가의 말이니까 틀림없겠지."

 이런 밤이면 장사(壯士)의 피가 살기로 끓어오르는 법이라는 것을 이조는 알고 있는 것이다.

 "자, 나갈까?"

 세 사람은 성의 작은 문을 빠져나와 성 밖으로 나왔다.

 정문 앞 다리를 건너면 호리가와 거리(堀川町)이다.

 가쓰의 숙소는 록카쿠(六角) 신마치 거리의 기슈(紀州) 저택으로 니조 성에서 가까운 거리는 아니다.

 초롱불이 둘.

 하나는 하인 도하치로가 들고 앞장서고, 하나는 이조가 들고 가쓰의 좌측에 바짝 몸을 붙이며 걸음을 옮겼다. 호리가와에서 남쪽으로 향해 가는 길이다.

 가쓰는 가만히 있을 수 없는 사내로 이런저런 말을 계속했다.

 이조는 말이 없다.

 "자넨, 말이 없군."

 "……"

 이조는 잠자코 머리를 숙였다. 입을 놀리면 주위를 살필 수 없기 때문이다.

 "사람을 죽이는 것은 그만두는 게 좋아. 백 명, 천 명을 죽인다 해도 시대의 흐름이 멋대로 바뀌는 것은 아니니까."

 "……"

 에치젠 저택의 담을 지나 동네에서 흔히 '오시호리카와 거리(押堀川町)'라고 부르는 근처까지 왔을 때, 호리가와 강변의 버드나무가 조금 움직였다.

 버드나무가 움직였다고 본 것은 이조의 육감이었다.

 과연 몇 사람의 발소리가 갑자기 들리고 어둠 속에서 흰 칼날이

번뜩였다.

"간적……."

이 말과 동시에 뛰어나온 그림자는 둘이었다. 이조는 그 그림자에 부딪칠 듯이 다가가 칼을 뽑는 순간 후려쳤다.

돌린 칼로 왼편 사나이의 허리를 베고 고함을 질렀다.

"도사의 오카다 이조를 알고 하는 짓이냐?"

그 위협이 먹혀들었던지 대여섯이나 되던 그림자가 비명을 지르며 도망쳐 버렸다.

이조는 칼을 거두었다.

말없이.

피가 튀어 가쓰의 옷자락에 묻었다.

그러나 가쓰는 안색 하나 변하지 않고 팔짱을 낀 채 태연히 걸어간다.

아무리 이조라 해도 숨결이 가쁘다. 그러나 여전히 말없이 가쓰의 왼편에 바싹 붙어 조용히 걷는다.

"……"

가쓰는 잠자코 걸어간다. 가쓰는 막부 말기의 거물이었고 담력도 자기 딴엔 독만큼 크다고 자부했지만, 어쨌든 눈앞에서 사람이 베어지는 걸 본 것은 처음이다. 다소의 동요는 있었다.

이윽고 가쓰는 불쾌한 듯이 말했다.

"오카다 군. 자네는 사람을 베는 것이 장기인 모양인데, 대장부의 갈 길은 아니야. 대장부는 남의 칼을 맞을망정 사람을 베진 않는 법이야."

"……?"

"앞으로는 이제와 같은 행동을 삼가게."

"가쓰 선생님."
이조는 불만스러운 듯이 말했다.
"저로선 모르겠습니다. 아니, 조금 전의 일을 말씀드린다면 그때 만약 제가 없었다면 선생님의 목이 날아갔을 것입니다."
'하긴 그렇구나.'
설교를 좋아하는 가쓰는 깜박 자기의 입장을 잊고 설교해 버렸던 것이다.

교토로 들어간 료마가 오타즈를 찾아간 것은 2월초의 일이었다.
데라마치 거리를 북으로 올라가 세이와인(淸和院) 궁문을 들어서면 공경 저택들이 나온다.
저택마다 나무들이 하늘을 찌를 듯이 우거져 있어 '공경의 숲'이라고 부를 만했다.
료마는 산조 저택으로 들어가 명패(名牌)를 내밀고 오타즈에게 면회를 청했다.
"도사 번사, 사카모토 료마님이시군요."
안내하러 나왔던 하인이 들어갔다. 별로 의심도 하지 않는다.
도사의 제후 야마우치 가문과 공경인 산조 가문은 인척 사이이다.
따라서 도사 번사들이 공무, 사사로운 일로 자주 드나들고 있다.
다즈는 이때 저택 안의 신주인(信受院) 님의 방에서 쌍육(双六) 놀이 상대를 하고 있었다. 신주인 님이란 선대 산조 사네쓰무(三條實萬)의 미망인이다.
사네쓰무.
산조 가문의 옛 주인이다. 이이 나오스케가 일으킨 이른바 '안세이 대옥'으로 은퇴, 교토 북쪽에 있는 잇쇼 사(一乘寺)에 숨어 살았다.

이웃집에 와타나베 기사에몬(渡邊喜左衛門)이라는 향사가 있어 그와 자주 차를 마시며 이야기를 나누었는데, 어느 날 어디에선지 선물로 과자가 들어왔다.

사네쓰무는 단 것을 퍽 좋아했다.

"기사에몬, 먹지."

그것을 둘이서 의심없이 먹었다.

그런데 기사에몬은 별안간 배를 움켜 쥐고 쓰러졌다.

그는 고통스러워하면서 사네쓰무에게 다음과 같이 말하고 숨을 거두었다.

"대감마님, 독이 든 과자입니다. 막부의 짓일 것입니다. 먹지 마십시오."

"벌써 먹었어."

사네쓰무는 비통한 표정을 지었다. 의사가 달려와서 토하도록 했으나 그래도 독이 남아 있었는지 그 뒤 10일째인 안세이 6년(1859) 10월 6일에 죽고 말았다.

그때 나이 58살.

독살의 원흉인 이이 최고 집정관은 그 다음 해인 만엔 원년(1860) 3월 3일, 큰눈이 내리던 날 18명의 미토, 사쓰마 낭인들에 의해 사쿠라다 문밖에서 암살당했다. 사네쓰무의 원수는 갚았지만, 아버지 사네쓰무가 살해된 원한은 그 장남 사네토미(實美)로 하여금 공경 중에서도 가장 격렬한 막부 타도파로 만들었다.

신주인은 그 사네쓰무의 미망인이다.

친정인 야마우치 가문에서 보내온 오타즈 아가씨를 상대로 노후의 나날을 보내고 있다.

오타즈도 분주했다. 산조 가문이 막부 타도주의자였으므로 오타즈는 친정 번인 도사 출신 지사들의 뒷바라지를 잘해 주었다.

예를 들면 료마의 동지인 이케 구라타가 에도에서 돌아오는 도중 여비가 떨어져 허리에 찬 칼과 옷을 팔고 거지꼴로 산조 댁 문전에 섰을 때도 칼과 여비를 마련해 주었다.
역시 료마의 동지 고노 마스야가 에도에서 고향으로 돌아가는 도중, 교토 번저에서 병으로 쓰러진 것을 동정하여 침구를 보내고 자신의 하녀를 보내어 간호하게 했다.
"료마님이?"
오타즈는 주사위를 던지던 손을 멈추었다.

"모시도록 해요."
오타즈는 하인을 물러가게 하고 다시 쌍육판 위로 얼굴을 돌렸다.
'신주인 님에게 얼굴빛을 보이고 싶지 않아.'
그러나 신주인은 흥미로운 듯이 그런 오타즈를 지켜보고 있었다.
신주인 님은 웃는 얼굴이 아름다운 노부인이다. 요즘은 꽤 늙은 티가 났으나, 과연 도사 24만 석의 공주답게 나이와 더불어 기품이 더욱더 닦이고 오히려 젊었을 때보다도 아름답다고 다즈는 생각하고 있다.
"다즈, 알고 있어."
신주인은 미소를 띠며 말했다.
"료마라면 사카모토 료마 말이지? 신분은 낮지만 훌륭한 무사라고 들었어."
"네."
오타즈는 얼굴을 숙인 채 입술을 깨물고 있다. 볼이 달아 오르는 것을 에써 참고 있는 것이다.
"오타즈."
"네."

"좋아하고 있지?"

오타즈가 흠칫 얼굴을 쳐드니 신주인의 해맑은 미소가 눈에 띈다.

"전부터 눈치 채고 있었어. 다즈가 번사들의 소문을 내게 들려 줄 때 사카모토 료마의 이야기만 나오면 눈의 광채가 달라졌거든. 나의 짓궂은 추측일까?"

"어머, 별말씀을."

"호호, 이상한 말을 했군. 지레 짐작이라고 할까. 하지만 나는 나대로 료마가 한 번도 나타나지 않아 은근히 다즈를 위해 걱정하고 있었어."

"아뇨, 그건……"

"변명 필요 없어. 여자가 사내를 사모한다는 것은 자연스런 정이야. 그리고 다즈처럼 몸가짐이 참하면 나도 마음 놓고 다즈를 놀릴 수 있어요. 자아, 쌍육놀이는 그만둘까?"

"아뇨, 괜찮아요."

오타즈는 황급히 주사위 통을 흔들었다.

"오타즈, 뭘 그렇게 당황하고 있어? 내 차례야. 하지만 그만두자. 내일까지 시간을 줄 테니까 천천히 이야기라도 하고 놀다와요."

신주인은 명문 집안에서 자란 면에서는 비교적 이런 일에 이해심이 많았다.

"다만."

신주인은 오타즈를 장난스러운 눈으로 보며 말했다.

"오타즈라면 그럴 리 없겠지만, 함부로 아이를 가지거나 해선 안돼."

'어머……'

"나는 오타즈를 시녀라곤 해도 보배처럼 생각하고 있으니까 이것만은 조심하도록."
이해가 많은 것 같지만 역시 귀족이므로 신주인도 자기 본위이다.

다즈는 자기 방에서 잠깐 거울을 들여다보고 현관 옆의 작은 방으로 갔다.
'눈이라도 올 것 같다.'
안뜰 복도에서 하늘을 올려다보고 공연히 중얼거렸다. 자기를 진정시키기 위해서이다.
작은 방에 료마가 있었다.
"아, 오랜만입니다."
"그렇군요."
오타즈는 조용히 앉았다. 그 단정한 움직임은 과연 도사 번 대대의 중신 가문 출신다웠다.
"료마님은 별고 없었나요?"
"앓진 않은 것 같습니다."
"다행이에요."
오타즈의 말은 짧다. 진정될 때까지 말수가 적지 않으면 어떤 이상한 말을 지껄일지 자기 자신도 믿을 수가 없는 것이다.
"오타즈 님도 별고 없었지요?"
료마는 그렇게 말하지 않는다. 사내인 것이다.
덤덤하게 턱을 어루만지고 있다.
검은 무명 겉옷이 때가 끼어 더러워지고 문장이 잿빛으로 되었다.
'여전히 지저분하군.'
"료마님."
"예."
료마는 이상한 소리를 내었다. 쉰 목소리였다. 이 사내는 이 사내대로 오타즈를 만난다는 것이 벅찬 모양이었다.
'역시 료마님은 나를 사모하고 있어.'
다즈는 속으로 생각했다. 그렇게 생각하니 마음이 가라앉아 여자란 묘한 것이로구나, 생각하고 그만 미소를 머금었다.
"왜 그러십니까?"
"아아뇨, 그 겉옷을 제가 만들어 드릴까요?"
"이게 더러워서 그럽니까?"
"네, 조금."
"비바람을 맞은 데다 단벌 신세라서요. 하긴……"
료마는 옷소매를 날름 핥아 보았다.
"찝찔하군요."
"짜요?"
"에도와 오사카 사이는 바닷길이고, 교토와 오사카는 육로라 소금기 말고 먼지 맛도 납니다."
"식성이 좋으시네요."
"변변한 건 먹지 못했지만."
"한턱내도 될까요?"
"부탁합니다."
료마는 한 손으로 비는 시늉을 했다.
"하지만 그렇게 더러운 옷차림으로 같이 가는 건 싫어요. 하다못해 겉옷이라도 무늬가 없는 까만 지리멘을 가져오도록 할게요. 그 겉옷은 버려요."
"버리면 꾸중할 사람이 있습니다."
"어머나 어떤 분이죠?"
"이건 지바 도장의 따님인 사나코라는 아가씨가 지어 준 옷입니다."

"료마님."
다즈 아가씨의 마음이 평안할 리가 없다.
그러나 곧 미소를 띠고 물었다.
"사나코 님이란 분은 료마님의 약혼자인가요?"
오타즈가 물었다.
"아닙니다만 친하긴 하지요."
"어떻게요?"
그만 심문하는 말투가 되었다.
"호쿠신잇도류의 같은 제자이지요. 아니, 그렇다기보다도 스승 격입니다. 데이키치 노선생의 따님이기도 하고, 제가 받은 인증서에서도 사나코 님의 이름이 나와 있습니다."
료마는 품 속에서 증서 두루마리를 꺼내어, 사실은 이것을 고향의 오토메 누님에게 보내 주었으면 해서 가지고 왔다고 말했다.
"갖고 다니기가 불편해서."
"펴 봐도 괜찮아요?"
"좋습니다."
두루마리를 풀자 맨 끝에 사람 이름이 나란히 있다. 창시자인 지바 슈사쿠 나리마사(成政)를 필두로 그 아우이며 료마의 스승인 데이키치 마사미치(政道), 그리고 그 아들 지바 주타로 가즈타네(一胤), 그 옆에 주타로의 누이 이름이 셋 있었다. 이름은 사나코(佐那子), 리키코(里畿子), 기쿠코(畿久子).
리키코, 기쿠코 둘은 일찍 시집을 갔으므로 지금 지바 집에는 없다. 장녀인 사나코만이 남아 있는 셈이다.
"거기 사나코라고 있지요. 그분입니다. 이 겉옷을 지어 준 사람은 인증서를 받은 솜씨라 굉장히 무섭죠."
"아름다운 분이겠지요?"

"남들이 그렇게 말하더군요."
"료마님도 그렇게 생각하시나요?"
"물론입니다."
오타즈는 싱거워져서 두루마리를 도로 말았다.
"오토메 누님에게 보내 드리겠어요. 그리고 한턱 낼 테니 기요미즈(淸水)의 아케보노 관으로 먼저 가 계셔요."
"이 겉옷을 입은 채라도 괜찮습니까?"
"더러워서 이 오타즈는 싫지만 료마님에게 소중한 분이 지은 것이니까 괜찮아요."
쌀쌀맞게 말했다.

료마는 밖으로 나왔다.
눈이 희끗희끗 흩날리고 있었다.
'오늘 밤엔 쌓이겠는걸.'
거리의 가마를 잡아탔다.
도중에 야나기 반바(柳馬場) 산조 구다루에서 불이 나 료마는 구경하려고 내렸다.
불이 먼저 난 집은 이발소로, 그 옆집으로 번졌고 셋째 번의 판자담을 두른 집이 한창 타고 있는 중이었다.
저택은 그다지 크지 않았으나 어쩐지 구조가 유서 깊은 집으로 보였으므로 물었다.
"누구의 집인가?"
가마꾼이 대답했다.
"지금은 돌아가셨습니다만 나라사키 쇼사쿠(楢崎將作)라는 고명한 의사 선생님 댁입니다."
"나라사키?"

료마는 화재 현장을 향해서 달리기 시작했다.
이름은 알고 있다. 지난 안세이 대옥 때 체포되어 옥사한 근왕주의자였다.

나라사키의 유족이 퍽 곤란하다는 말을 전부터 료마는 듣고 있었다.
동지들의 이야기로는 미망인은 저택에 여러 가구를 세 준 방값으로 먹고 산다고 한다. 수입이라고 해야 얼마 안 될 것이다. 게다가 이렇게 화재가 났다.
'남편은 옥사, 집은 화재―이래서야 어디 견뎌 내겠는가.'
료마가 정신없이 뛰기 시작한 것은 그렇게 생각했기 때문이다.
의협심이란 말은 듣기엔 좋지만 료마에게는 그만한 미담 취미는 없다. 평소에는 느리지만, 이러한 사태를 보면 목숨도 아깝지 않다는 생각이 들어 앞뒤를 헤아리지 않고 달려가고 만다.
'이상한 사내야.'
료마 자신은 그렇게 생각지 않는다.
그러나 어쨌든 이때의 황망스러움은 좀 유별났다. 뒤에 이 '화재'가 료마의 운명에 큰 영향을 끼치게 되는 것이지만, 역시 이때 그와 같은 보이지 않는 운명에 이끌렸다고나 할까?
"비켜라, 비켜."
시커멓게 모여든 구경꾼을 헤치고 있는 사이에, 료마의 두 귀는 저마다 떠들고 있는 동네 사람들의 이야기 속에서 중요한 몇 가지를 얻어 들었다.
유족으로 지로(次郞)라는 아들이 있는 모양이다. 나중에 안 일이지만 이때 그 아이의 나이는 9살.
그 아이가 "단검, 단검" 하고 부르짖으며 빠져나온 불 속으로 다시 들어갔다고 한다.

역시 나중에 안 일이지만, 세간을 다 팔아먹고 단 하나 남은 것이 죽은 아버지의 유품인 그 단검이었다.

"불타 죽겠다."

"연기에 숨이 막히겠어."

모두들 떠들고 있을 뿐 아무도 구해 내려고 하는 자는 없다. 아니, 누이인 듯한 아가씨가 뛰어들려 하고 있었다.

그것을 이웃사람들이 간신히 만류하고 있었다. 이 불길 아래에서는 그것이 타인으로서의 큰 호의였다.

"놓아 주세요, 놓아 주세요!"

처녀는 몸부림치고 있었다.

'좋아, 내가 가지.'

료마는 소방수에게 젖은 거적과 쇠갈고리를 하나 빌려 들고 명했다.

"내게 물을 끼얹어라!"

철썩, 물이 머리에서부터 끼얹어졌다.

"칼을 부탁한다."

쌍칼을 벗어 획 던졌다고 료마는 기억하고 있는데, 사실은 처녀에게 맡겼던 모양이라고 후에 냉정을 되찾고 나서야 깨달았다.

얏!

그는 불 속으로 돌진했다.

불타며 떨어지는 크고 작은 불덩어리를 갈고리와 젖은 거적으로 뿌리치며 뒤뜰에 이르니 거기에도 온통 자욱한 연기다.

"애야!"

료마는 쓰러져 있는 소년을 보았다.

소년은 질식한 것 같았다.
료마는 낚아채듯 안아 올리자 소년에게 젖은 거적을 씌우고 그대로의 자세로 '쿠당!' 하고 판자 울타리에 왼쪽 어깨를 부딪쳤다. 판자 서너 장이 떨어져 나갔다. 료마는 발을 들어 차 버리고 좁은 골목으로 뛰쳐나갔다.
바로 이웃집 부엌문 앞이다. 지독한 연기로 눈도 뜰 수 없다. 눈물을 닦고 겨우 눈을 떠 보니 다행히 거기까지는 아직 불길이 돌지 않은 것 같다.
부엌문으로 이웃집에 뛰어들었다. 벌써 식구들도 세간도 피난하고 없었으나, 그 빈 집에 소방수가 십여 명 들어와 기둥에 밧줄을 매고 집을 쓰러뜨릴 준비를 하고 있는 참이었다.
"수고들 하오."
"아니?"
소방수 쪽에서 오히려 놀랐다. 머리칼은 타고 그을음으로 얼굴이 시꺼먼 낭인 차림의 거인이 연기 속에서 튀어나온 것이다.
"나리, 옷자락에 불이!"
"그래?"
발로 짓밟아 끄고 나서 말했다.
"아직 쓰러뜨리지 말게, 아직……."
료마는 이 말을 하면서 밖으로 나갔다.
'와아' 하고 사람들이 환성을 질렀다.
료마가 소년을 땅에 내려놓고 응급법을 쓰자 깨어났다.
"애야, 칼은 못찾았지?"
"응."
소년은 순진하게 끄덕였다.
"함부로 위험한 짓 하면 안돼. 칼 같은 건 얼마든지 살 수 있어.

그 따위 쇠붙이를 아버지 유품이니 무사의 얼이니 하는 것은 자신이 없는 바보들이 하는 소리야. 아버지의 유품은 네 자신이다."

소년은 귀여운 얼굴을 하고 있었다. 이야기로만 들은 나라사키란 사람은 어쩌면 미남이었는지도 모르겠구나 료마는 생각했다.

'아참, 오타즈 님한테 가야지.'

그제야 생각이 나서 허둥지둥 뛰기 시작했다. 가마꾼이 기다리고 있었다.

"오, 달아나지 않고 있었구나."

"나리, 가마 삯을 아직 받지 않았어요."

"아, 그래. 곧 아케보노 관으로 가자!"

가마는 달리기 시작했다.

"이상한 걸요, 나리. 직업상 이런 건 금방 알지요. 조금 무게가 가벼워지셨어요."

"맞다. 그 말을 듣고 생각났지만, 나는 장검을 불난 곳에 잊고 왔어."

료마는 그제야 깨닫고 멍청해 하고 있다. 대관절 누구에게 맡겼을까?

"그러고 보니 나리의 칼을 젊은 아가씨가 소맷자락으로 싸안고 있더군요. 나리가 나올 때는 안 보였지만."

"도적맞았을까?"

"농담이 아닙니다. 되돌아가시죠."

"난 되돌아가는 건 싫다. 지나가는 사람에게 부탁해서 불난 곳에 말을 전하도록 하게. 난 도사 번사 사카모토 료마, 기요미즈의 아케보노 관으로 가져오라고 말이야."

"태평이시군요."

가마는 산네이 고개를 올라가 아케보노 관 앞에서 멈춰 섰다.
료마가 내렸다. 칼도 없이 온 몸이 흠뻑 젖어서 하카는 다리에 찰싹 감겨 있다. 더구나 머리칼은 여기저기 타고 그을어 얼굴은 숯검정투성이다. 이런 모습으로 다즈와 소위 '밀회'를 하다니 말도 되지 않는다.
"나리."
가마꾼조차 보다 못해 한 마디했다.
"이런 말씀드리면 뭣합니다만, 정말 굉장한 모습이시군요."
소매는 타서 누더기가 팔에 걸려 있다.
"과연 거지꼴이구나."
료마도 자기 꼴이 우스워져서 껄껄 웃었다.
가마꾼은 완전히 이 무사가 좋아져 버린 모양이다. 그래서 공연한 참견까지 했다.
"나리, 아케보노 관이라면 교토에서도 이름 난 요정인데, 단골이신가요?"
"단골이 아니면 어떻게 되나?"
"아니, 그 모습으로 들어가면 현관에서 들여보내지 않지요. 공연히 그러는 게 아니니까 여기서 기다리고 계십시오. 이 이웃에 저희들이 잘 아는 헌옷 가게가 있으니까 빌려오겠습니다."
"고맙네. 그러나 이대로도 괜찮을 거야."
"아닙니다."
가마꾼은 고집을 피웠다.
그런 광경을 아케보노 관 하인이 보고 있었던 모양으로 여주인에게 알렸다.
"아와시마(淡島) 거지가 떼를 쓰러 왔습니다."
이래서 아케보노 관에서는 소동이 났다. 산조 다리 밑 근처에 오막살이를 짓고 사는 거지들이 아와시마의 부적을 판다고 하면서 요리집 문전에 나타나 돈을 뜯어가는 일이 흔히 있었다.

"가마를 탄 거지입니다."

"어떻게 생겼는데?"

"굉장히 키가 큰 사람입니다."

료마는 1 미터 80 센티나 되었다고 하니 그 당시로서는 굉장한 거인이다.

그런 소동이 한창일 때, 별채에서 혼자 앉아 있던 오타즈는 복도에서 떠드는 소리를 들었다.

오타즈는 '혹시?' 하는 생각으로 손뼉을 쳤다.

"문 앞의 거지가 입은 옷의 문장은 무엇이지요?"

"도라지꽃 문장입니다."

"아, 그건 아와시마 거지가 아녜요. 언젠가 여기 오셨던 손님이에요. 들여보내 주세요."

'그런데 료마님은 왜 불과 몇 시간 사이에 그런 꼴이 돼 버렸을까?'

료마가 들어왔다.

오타즈는 놀라서 눈이 휘둥그레졌다.

"어쩐 일이셔요? 그 모습은……."

오타즈는 눈살을 찌푸렸다.

'정말 마음 놓을 수 없는 도련님이야.'

나시노기 거리의 산조 저택에 찾아온 것이 불과 몇 시간 전인데 그 사이 저렇게 흉칙스레 변하다니.

"소매도 너덜너덜 타고, 젖고, 흙투성이라니! 그래서야 모처럼 소중한 여자 분이 지어준 옷도 소용이 없잖아요."

"오타즈 님 탓이에요. 내 옷을 그렇게 흉을 보았으니 이 꼴이 되었지요."

"제 탓이라고요? 정말 어처구니없네요. 어디서 장난을 하시고 무슨 말씀을……"

"나는 어린애가 아닙니다."

"료마님이라면 그다지 차이가 없어요. 대관절 왜 이렇게 됐어요?"

"야나기 반바에 불이 나서."

"불? 그래서 어떻게 하셨어요?"

"그래서……."

료마는 짤막하게 이야기하고 나서 덜덜 떠는 시늉을 해 보였다.

"춥군요. 불이란 게 이렇게 추운 것인 줄 몰랐습니다."

"그리고 불이란 더러운 것이기도 하네요."

오타즈는 놀려 주면서 아케보노 관 사람에게 곧 목욕물을 데우라고 분부했다.

다행히 목욕물은 데워져 있었다.

"아니, 목욕은 안 하겠습니다."

료마는 어릴 때부터 목욕하기를 싫어했으며 그 버릇은 아직껏 남아 있었다.

"안 돼요, 료마님. 그 꼴로는 이 집이 나중에 다다미를 갈아야만 해요. 자아, 오타즈가 씻겨 드릴게요."

"아니, 괜찮습니다."

"저도 소문을 들어서 알아요."

오타즈가 웃었다. 그 소문이란 료마가 어렸을 때 오토메 누님이 싸움하듯이 목욕시켰던 것인데, 오토메가 바쁜 볼일이 있을 때는

'오늘은 혼자서 목욕해라' 하고 말하면, '네' 하고 대답하고, 수건

만 적셔 가지고 나온다. 얼굴도 손발도 새까만 그대로이다.

'료마, 목욕했니' 하고 오토메가 물으면 '했어요' 하고 수건을 보인다. 얼굴에 거짓말이 써 있는 데도 료마는 모른다. 그래서 오토메가 꼭 씻겨 주어야만 했다.

'소문 들어 알았다'란 바로 그 말이다.

"자아, 따라오세요."

오타즈는 욕실까지 료마를 안내하고 탈의실에 서서 료마가 옷 벗는 것을 꼼짝 않고 감시했다.

'곤란한걸.'

료마는 소탈하면서도 좀처럼 발가벗은 몸을 보여주지 않는 버릇이 있었다. 태어났을 때부터 등에 더부룩하게 나 있는 거뭇거뭇한 털 때문이었다. 병신이라고까진 할 수 없지만, 본인은 병신에 속하는 것인 줄 알고 여자처럼 부끄러워했다. 그런 말도 듣고 있었기 때문에 오타즈는 료마를 곯려 주려고 생각했던 것이다.

료마가 물통에 더운 물을 퍼서

'쫘악—' 뒤집어쓰니 검은 땀이 흐르는가 싶을 정도로 숯검정과 진흙투성이 물이 흘렀다.

'어이 아프구나.'

깨닫고 보니 어깨와 다리 여기저기에 덴 상처가 있어 마치 싸움터에서 돌아온 것 같다.

어느 틈엔가 오타즈가 옛날 오토메 누님과 같은 모양을 하고 들어왔다. 붉은 멜빵으로 소매를 동이고 옷자락을 거뜬하게 무릎까지 걷어 올리고 있다. 공주님으로서는 어울리지 않는 광경이라고나 할까.

"료마님, 씻겨 드릴게요."

"싫습니다."

료마는 당황하여 목욕통 속으로 뛰어들었다. 예의 등을 보이기 싫어서이다. 그리고 오타즈에게 앞을 드러내 보일 수도 없으므로 진퇴양난에 빠져 버린 것이다.

목까지 물에 잠기면서 말한다.

"오타즈도 어쩐지 오토메 누님을 닮기 시작했는데요."

"료마님이 닮도록 만드는 거예요. 당신의 행동을 보고 있으면 거기까지 뒷바라지를 해주지 않으면 잘 살아 나갈 수 없는 사람이라는 생각이 들고 말죠. 말하자면 료마님이 나쁜 거예요."

"나는 염려 없습니다."

"그건 말뿐이에요……."

"그럴까요."

"신경 쓰이는 사람이에요. 에도의 사나코 님도 그런 심정이었을 거예요."

"아하."

료마는 낙담하고 있다. 그러고 보니 사나코도 화를 잘 냈지만 귀찮을 만큼 친절한 데가 있었다.

"료마님은 결혼 안하세요?"

"싫습니다."

"어째서죠? 당신 같은 분에게는 색시가 필요해요."

"평화 시대에 태어났다면 나는 돌아가신 아버님의 희망대로 곤페이 형님에게 성읍에 도장이나 마련해 달래서 검객으로 세상을 보내고 평범한 아내를 얻어 자식을 낳아 이웃에선 엉뚱한 인간이란 미움을 받으면서도 필요한 생활을 보냈을 테지요. 그러나……"

"난세에 태어나셨다는 거죠."

"예, 옛날부터 난세란 사내의 시대니까요. 가정은 갖고 싶지 않아요."

료마의 얼굴이 차츰 벌겋게 익어 왔다. 목욕물이 몹시 뜨거웠던 것이다.

"이거, 견딜 수 없군요."

그는 튀어나오고 말았다.

오타즈는 그 틈을 기다렸다가 료마에게 등을 돌려대게 했다.

과연 당당한 등이었다. 그 등줄기를 중심으로 용의 갈기라고나 할 수 있을 정도로 기묘하게 털이 나 있다.

"어머, 이야기는 들었지만, 그래서 료마(龍馬)로군요."

오타즈는 감탄했다. 어쩌면 하늘이 이 난세를 수습하기 위해 '용의 화신을 지상에 내려보낸 것이 아닐까' 하고 반은 진심으로 생각하게 되었다.

오타즈는 료마의 등에 물을 '좌악' 끼얹었더니 쌀겨 주머니로 등을 문지르기 시작했다.

오타즈가 '이상한 털'이라고 생각하리라고 상상하니, 료마는 몸이 움츠러드는 것만 같다. 이 털이 료마의 고민 덩어리로, '어머니도 정말 날 이상하게 낳아 주었구나' 생각하면 원망하고 싶어진다.

등을 밀어 주고 있는 오타즈에게 그런 료마의 심정이 전달되어 와서 그녀는 더욱더 장난하고 싶은 마음이 된다.

오타즈가 우스운 것은 이렇게 소탈하고 무뚝뚝하고 여자의 마음 따위는 알아 줄 것 같지도 않은 젊은이가, 단 한 가지 등의 털 때문에 소녀처럼 부끄러워하고 있다는 것이었다.

하기는 료마도 기분이 몹시 좋고 더구나 술이 취해 있을 때는 기생 앞에서 웃통을 벗고는 '어때, 료마란 뜻을 알았나' 할 때가 있긴 하다(하기야 일생에 한 두 번쯤이었다곤 하지만).

그러나 여느 때는 한여름이라도 사람 앞에서 벗는 일이 없었다.

인간은 누구나 자기 육체의 어딘가에 열등감을 가지고 있고 그러한 것은 어렸을 때부터 평생 없어지지 않는 모양이다.

그러나 타인의 눈으로 볼 때, 당사자가 부끄러워하는 것이 오히려 귀여워 오타즈는 료마님이 사랑스럽게 여겨졌다.

"료마님은."

오타즈는 전혀 다른 화제로 옮아갔다.

"개국주의자가 되셨다지요?"

그렇게 물었다. 이 말은 그 당시, 막부 옹호론자나 매국노라고 할 정도의 강렬한 뜻을 지니고 있다.

"아니, 양이입니다."

료마는 반대되는 대답을 했다.

"사카모토 료마는 근왕 양이를 위해 죽을 결심입니다. 다만 나의 양이는 공경이나 일반 양이지사와 같은 그런 양이는 아닙니다. 가령, 오타즈 님은 지금 쌀겨 주머니를 쓰시지요?"

"네."

"샤봉(비누)이라는 편리한 것이 있습니다. 세상의 모든 양이지사는 샤봉을 쓰면 살갗에 오랑캐 냄새가 스며든다고 합니다만, 료마는 샤봉도 쓰고 군함도 쓰고 서양식 대포도 쓰고 가죽 구두도 신고 세계 열강과 같은 도구를 쓴 다음, 일본을 다시 만들고 싶습니다."

"그런 말 하시면 교토에 득실거리는 양이지사들에게 살해당해요."

"그야 오늘의 정세로 그런 말을 해 봤자 오해만 받을 뿐이니까, 그런데 오타즈 님도 완고한 양이파지요?"

"주군 댁 산조 가문이 지금까지 천하의 지사로부터 양이의 하느님처럼 떠받들리고 있는걸요. 오타즈는 물론 그 신의 시녀이므로 쌀겨 주머니식 양이주의자예요."

"오타즈 님 이제 그만……."
료마는 두 손을 바짝 들었다.
"아아뇨, 머리도 감겨 드려야 해요. 이 머리는 숯검정 투성이고 누린내가 나고 때는 많고……저는 이런 머리를 본 일이 없어요."
"아, 예."
"온 일본의 나쁜 냄새를 모두 모아 머리 모양을 만든다면 아마 료마님 머리와 똑같게 될 거예요."
'지독한 말을 하는군.'
기묘하게도 누님인 오토메가 어렸을 때 머리를 감겨 주며 하던 말과 꼭 같은 말이다.
'여자란 모두 비슷한 말을 하는 건가.'
아니, 료마를 대하고 있으면 그만 어느 여성이든 같은 말을 하고 같은 행동이 되고 마는 모양이다.
"귀를 막고 계세요."
오타즈는 사정없이 상투를 풀고 머리에 쫙쫙 물을 끼얹었다.
"아이, 이 시커먼 물 좀 봐!"
아무튼 빗질로 때를 빼고 다시 물로 씻어 내는 사이에 목욕탕 물이 반쯤 줄어들었다. 여하튼 굉장한 머리다.
"그런 머리를 하고 있으면 여자들이 좋아하지 않아요. 자아, 이번에는 마루로 나오세요. 빗어 드릴게요."
오타즈가 이 집 여주인에게 일러 둔 모양인지, 방에는 새 사쓰마베로 만든 옷, 띠, 속옷, 훈도시까지 고루고루 준비돼 있었다. 하오리가 없는 것은 문장이 든 것으로 나중에 만들어 줄 모양이다.
료마는 그것들을 입고 객실 마루로 나갔다.
오타즈는 이미 도구를 갖추고 기다리고 있다.
"자아, 거기 앉으세요."

무사의 머리는 보통 남자 조발사나 하인 등이 하는 것으로 여자들은 손을 대지 못하게 돼 있다. 별로 엄격한 습관은 아니었으나, 전국 시대의 풍습으로 무사의 목은 적의 대장에게 보이는 것이므로, 평소 여인의 손이 닿지 못하게 한다는 그럴듯한 속설이 있다.

그러나 료마는 열네 살의 성인이 되기 이전은 물론, 관례를 올린 후에도 주로 누님 오토메가 빗어 주었다.

오타즈는 그것도 알고 있다. 아무튼 무엇이고 여자의 뒷바라지가 없으면 살아갈 수 없는 청년같이 생각되었다. 그런 만큼 료마 주변의 다른 여성에 대해 오타즈는 그녀답지 않은 질투를 느끼는 것이었다.

"료마님, 빨리 장가드세요."

그러면서도 마음에도 없는 말을 하면서 꽉꽉 머리를 조여매고 있었다.

이윽고 깡똥하고 매끈한 상투가 틀어졌다.

"거북하군."

료마는 두 손바닥으로 살짝 머리 근처를 쥐어 뽑아 느슨하게 해 놓고 말았다. 이것이 지사들 사이에 유명한 '료마식 상투'라는 것이다. 부수수하게 양쪽이 부풀어올라 있다.

음식과 술이 나왔다.

"료마님, 대접을 한다고 해서 설교하는 건 아닙니다만, 당신은 너무 지나치게 멍하니 계시는 것 아녜요?"

"그렇습니다."

료마는 오타즈가 하고 싶어하는 말을 알고 있다.

'창궐(猖獗)'이라는 글자가 있다. 두 자 모두 개견 변이 붙어 있다. 사전을 보면 '사나운 짐승이 미쳐 날뛰듯이 으르렁거리며 돌아다니는 모습'이라는 뜻이다.

교토엔 이류, 삼류의 '근왕 지사'들이 창궐하고 있어 날마다 '피가 비 오듯' 하는 상황이다. 이류, 삼류들은 '천벌'을 내린다고 하여 사람을 베고, 사류 지사는 '양이 군자금'이라고 하면서 부상(富商)이나 혼간 사 등에 침입하여 강도나 다름없는 짓으로 돈을 약탈하고 있다.

'그런 것이 근왕을 위한 활동이냐?'

료마는 이렇게 생각하는 것이다. 료마는 단호하게 그런 '창궐' 방식으로는 막부를 쓰러뜨릴 수도 없고 양이도 못한다고 믿고 있다.

일류 지사라고 할 사쓰마의 사이고나 조슈의 가쓰라 등은 그러한 패거리는 아니다. 그러나 같은 일류라도 조슈 번 무리들은 '창궐적인 분위기' 속에 있었다.

다카스기 신사쿠, 구사카 겐즈이 등 쇼카 서원(松下書院) 출신의 청년들은 뱃속에 불덩어리를 삼킨 듯한 행동을 했는데, 더구나 이번은 공경들에 대한 공작이 능숙하므로 교토 조정은 조슈 번의 출장소 같은 감이 있었다. 조슈 번은 양이, 죽어도 양이라는 폭주주의이다. 그러므로 공경은 크게 양이 바람을 타고 이렇게 믿고 있었다.

"서양 오랑캐 따위는 일본 무력으로 싸우면 단숨에 물리칠 수 있다."

이번에도 조슈 번의 구사카, 데라시마 등이 공경을 움직여 막부에 대해 '양이를 결행하라'고 천황의 명에 의해 재촉을 했다. 막부의 당황함은 실로 비참할 정도이다. 세계를 상대로 에도 막부가 전쟁을 할 힘이란 없다.

"여러분들이 활약하고 계셔요."

오타즈가 이렇게 말한 것은 료마의 맹우(盟友)인 구사카 등을 가리키는 것이다.

조정도 조슈 사상 일색으로 되기 시작하고 있었으므로, 막부 옹호파인 전직 간파쿠(關白) 구조 히사타다(九條尙忠)와 가즈 노미야(和宮) 공주와의 결혼에 힘을 쓴 이와쿠라 도모미(岩倉見視 : 후에 막부 타도파로 전환), 지구사 아리후미(千種有文) 등은 근신 처분을 받았다. 그 대신 오타즈가 섬기는 산조 가문의 어린 주군인 산조 사네토미 등 급진적인 양이주의자들이 세력을 얻기 시작했다. 이들도 조슈 번은 그 배후에서 책략을 벌여 이대로 나가다가는 조정과 조슈에 의한 '교토 정부'가 될 것 같은 정세였다.

그동안, 한때 근왕의 선봉이었던 사쓰마 번은 조용히 군사력을 정비하여 시국을 관망하고 있다. 그들은 조슈 번이 천황을 업고 막부 대신 정권을 잡는 게 아닌가 의심하고 있었다.

재차 쇼군(장군)의 상경.

자연 막부 수뇌부는 교토로 옮겨졌다.

교토의 정세는 혼미 속에 빠졌고, 신센구미가 탄생하는 것도 이 무렵이다.

"료마님은 저택에 찾아오는 각 번의 지사들 사이에서도 자주 화제에 올라요."

공경인 산조 가문은 죽은 사네쓰무나 지금의 주군인 사네토미, 부자 2대를 이은 근왕 양이의 집안이었으므로, 교토 지사들의 희망의 별이기도 했다.

자연 저택은 지사의 집합처가 되고 과격한 여론의 중심이 돼 있었다.

거기서 '도사의 료마'라든가 '남쪽의 사카모토 료마'라는 말이 나왔다. 그들 양이 지사는 료마에 기대하는 바가 컸다.

그 료마가 은밀히 개국론자로 변색해 가고 있는 것이다. 그것도 막신인 가쓰에게 붙어 있다. 변절이나 마찬가지다. 까딱하면 동지들에게 살해를 당할 판이다.

하지만 료마는 능청스러워 이렇게 말한다.

"막부를 타도하고 양이하기 위한 방편이다."

지금 교토는 급진 양이론이 한창 창궐하고 있는 중이므로, 그런 때에 이론을 주장해도 소용이 없는 것이다.

'시기가 온다. 그때까지 침묵을 지키고 오직 행동 준비를 하고 있으면 돼.'

료마는 이렇게 능청맞은 생각을 하고 있다. 원래 어리석은 듯이 보이면서도 뱃속에는 영감이 들어앉은 사나이다.

속셈은 드러내지 않는다.

교토에서 개국론자는 무쪽처럼 살해되고 있다. 대표적 암살자는 '사람 백정 세 사내'라는 말을 듣는 도사의 오카다 이조, 사쓰마의 다나카 신베에, 히고(肥後)의 가와카미 겐사이(河上彦齋) 등이고, 그 아류인 어중이떠중이들도 '천벌을 내릴 상대는 없을까?' 혈안이 되어 찾고 있다. 그들은 그것이 근왕 흥국, 양이 흥국의 유일한 방법이라고 믿고 있는 광신자들이었다.

그런데 이 패들이 료마에게만은 무슨 이유인지 '사카모토 선생님, 사카모토 선생님' 하고 따르고 있으니 료마는 정말 능구렁이다.

능구렁이라기보다도 료마는 진심으로 그들을 사랑하고 있었다. 가령 이조 등을 볼 때의 료마는 잦아들 것만 같은 살뜰한 눈빛을 보인다. 이와 같은 것은 천하 국가에 대한 이론보다는 그 이전의 인간적인 문제인 모양이다.

그들도 '료마에게 사랑을 받고 있다'는 것을 알았다. 그들은 한결같이 성격이 단순하고 격렬했으므로 그것을 직감으로 알았고, 알게 되면 애달플 정도로 그를 따랐다.

"어쨌든."
오타즈는 말했다.
"료마님이 잘못된 길로 들어설 것 같아서 걱정이 돼요."
"오타즈 님!"
료마는 취하여 그만 큰 소리를 쳤다.
"시류(時流)에 동조하는 것만이 정도(正道)가 아니지요. 5년이 지나면 천하가 모름지기 이 료마를 따를 것입니다."

"그런데 료마님."
다즈 아가씨는 아까부터 눈치 채고 있었는데 일부러 질문하지 않아도 될 것을 물었다.
"칼은 어떻게 하셨어요?"
"불난 곳에서 잃어버렸어요."
료마도 다소 걱정은 되었다.
만일 그 북새통에서 없어졌다면 무쓰노카미 요시유키의 칼만은 너무 아깝다. 그 칼을 번에서 탈퇴한 료마에게 주었기 때문에 시집의 추궁을 받고 둘째 누님 사카에는 자결하였던 것이다.
'그 칼에는 누님의 원한이 맺혀 있다.'
료마의 탈번 때문에 둘째 누님 오에이는 죽고, 셋째 누님 오토메는 이혼당하여 친정으로 돌아왔다. 사카모토 집안의 누님들이 막내 동생 료마의 '국사 분주'에 건 기대는 컸고 동시에 그 희생도 너무 컸다.
그런 소망과 비극, 모두가 그 요시유키 한 자루에 상징되어 있다.
"무사의 얼을 잊어버리다니, 료마님도 큰일났군요."
료마는 시무룩하게 불쾌한 표정을 지었다. 이 사내로서는 보기 드문 일이었다.

"화났어요?"

"……"

료마는 고등어 회를 젓가락으로 집어 입 안에 넣고서 말없이 열심히 씹고 있다.

'사람이 마음 쓰고 있는 일을 뒤집어서 건드리는 사람은 싫어.'

이를테면 그렇게 고함이라도 지를 것 같은 얼굴이었다.

"칼이 무사의 얼은 아니오."

료마는 노려보며 말했다.

"도구에 지나지 않소. 도구를 얼이라고 가르쳤던 것은 도쿠가 3백 년의 교육이오. 전국 시대 무사는 칼을 소모품이라 생각하고 사람에 따라서는 몇 자루씩 준비하여 싸움터에 나가 부러지면 버리고 잘 안 들면 숫돌에 쓱쓱 갈아서 썼소."

"그것과 화재 현장에서 잃어버린 것과 무슨 관계가 있나요?"

"무사의 얼이라니까 그렇지요. 화재 장소에서 잃은 것은 나의 부주의에 지나지 않죠. 그러나 얼은 여기에 있소."

자기 가슴과 배를 쓰다듬어 내리면서 말했다.

"칼에는 얼이 없소."

그러나 그 표정은 왠지 어둡다.

료마는 누님 사카에의 비참한 자결을 되새기고 있는 것이다.

"료마님."

"뭡니까?"

"제가 똑똑한 척 설교해서 잘못했어요."

오타즈는 사과한 것은 아니다. 료마의 어두운 표정에 놀랐던 것이다.

'공연한 말을 한 모양이로구나.'

그런데 묘한 일이 일어났다.

교토의 봄 319

칼에 대한 문답을 한창 하고 있는데, 아케보노 현관에 누가 나타난 것이다.

처녀가 칼을 가지고 왔다.

나라사키 쇼사쿠의 따님이라는 그 처녀였다.

"사카모토 님이라는 도사의 무사님이 이곳에 와 계신가요?"

아케보노 요정 남자 하인들도, 나중에 현관으로 나온 여주인도 이 처녀의 미모에 눈이 휘둥그레졌다.

료마의 생애를 장식한 나라사키 오료(楢崎龍)의 등장은 이때부터였다.

"료마님, 그 아가씨, 이리 부르세요."

오타즈가 말했다.

"글쎄, 그래야겠군요."

아무래도 좋다고 생각했으므로 료마는 어물쩡한 태도로 안주를 씹고 있었다.

처녀가 들어왔다.

입구에 앉더니 세 손가락을 짚고 정중하게 머리를 숙였다. 나지막하게 묶은 '쓰부시'라는 소녀티 나는 머리 모양에 깨끗한 옷을 입고 있었다.

얼굴을 들었다.

빛나는 눈이다.

입모습이 총명해 보이고, 턱이 동탕하다.

아름답다. 오타즈조차 멀거니 정신을 놓았을 정도로 아름다웠다.

이야기가 앞질러 가지만, 그녀를 실제로 본 사람이 남긴 말을 기록해 두자.

당시의 도사 번사로 후에 참의, 추밀 고문관, 후작을 받은(료마의 맹우지만) 사사키 다카유키(佐佐木高行)는 이 처녀에 대해서 이렇게 말했다.

"뛰어난 미인으로 선이나 악이나 능히 해낼 것으로 보였다."

이 사사키는 원만한 성격으로 어느 모로 보나 천재성(天才性)이 없고 사물의 관찰법도 다분히 고루한 점이 있다.

이 아가씨와 같은 일종의 번득이는 재치, 혹은 요기(妖氣), 혹은 기상천외의 발상법(發想法), 사람을 사람 같지 않게 보는 점, 무조건 묵은 관습을 받아들이지 않는 기묘한 성격이면서도 '여걸'은 아니고, 여걸만큼의 생산성(묘한 말이지만)이 없다. 그러한 점을 사사키는 직감하고 '선악 어느 것이나 능히 할 것 같은 사람'이라고 말했을 것이다. 지나친 재녀(才女)였던 것이다.

료마 자신도 누님 오토메에게 보낸 편지에 이렇게 썼다.

"참으로 재미있는 여자로 월금(月琴)을 탄답니다."

'참으로 재미있는 여자'라고 밖에는 당시 '재녀'라는 것을 표현할 말이 없었던 모양이다. 더욱이 '월금을 탄답니다'라고밖에 그녀의 재능을 나타낼 말이 없었다.

료마는 다시 편지에서 이렇게 말했다.

"나이는 스물세 살. 원래 양가 출신으로 꼿꼿이, 분코(聞香: 향을 피우고 그것을 풍류로 삼는 것), 다도(茶道) 같은 것은 할 줄 알지만 도무지 부엌일 같은 것은 못합니다."

오타즈는 힐끗 료마를 보고 화가 발끈 치밀었다. 료마가 처녀의 아름다움에 넋을 잃고 바라보고 있는 것이다.

그리고 또 한 가지 화가 나는 일이 더 있다. 처녀는 잠자코 이름도 말하지 않는 것이다. 오타즈가 타이르듯이 물었다.
"이름이 뭐죠?"
"네, 료(龍)라고 합니다."
이 대답에는 료마 쪽이 더 놀라서 바보 같이 큰 소리를 질렀다.
"나와 같은 이름이군!"
꽤나 감탄했던 모양이다.

'료'라고 하면 료마와 혼동이 되므로, 료마 자신이 오토메 누님에게 '내 이름과 같습니다'했을 정도이므로, 그녀를 '오료'로 부르기로 한다.
"큰 재난을 만나셨군요."
오타즈가 동정을 하였다.
"네."
대답했을 뿐이었다. 필요 없는 인사말을 하지 않는 아가씨인 모양이다.
"그래, 지금은 어디 계세요?"
이 말에는 또렷또렷 대답했다.
"저 있는 곳 말씀인가요?"
"그렇지요."
"돌아가신 아버님이 친하게 지내셨던 데라 거리의 지조 원(知定院)에 신세를 지고 있습니다."
"가족들은?"
오타즈는 무슨 조사라도 하는 것 같다.
오료의 말에 의하면, 노모 외에 열여섯 살인 남동생 다로(太郎), 열 두살 난 여동생 기미에(君江), 아홉 살인 남동생 지로(次郎), 그리고 오료. 이렇게 다섯 식구였다.

"어머, 그래요?"
"그럼, 무얼 하며 사시나요?"
"수입 말씀입니까?"
오료는 흘끗 료마를 쳐다보았다.
"없습니다."
"그거 딱하군."
료마는 대단한 관심이었다. 무릎을 쥐어뜯으면서 동정하는 모습이 그대로 드러난다.
"료마는 협기가 매우 강하다."
친구들 사이에서 이런 말을 듣는 료마는, 집을 태우고 나앉은 오료 일가의 곤경을 생각하면 안절부절 못할 심정이다.
"빚은 없나요?"
꽤 깊은 데까지 찌른다.
"료마님."
오타즈가 나무랐으나 오료는 거침없이 대답했다.
"50냥이어요."
그것도 고리대금인 모양이다.

그날 밤 료마는 어쩐지 어색하게 오타즈와 헤어졌다.
곧 번저로 돌아왔다.
이즈음 료마는 꽤나 바쁘다.
번의 하급 무사를 붙잡고서는
"자네, 해군이 되지 않겠나?"
이렇게 권하고 있는 것이다.
모두 놀란다.
"어떤 해군입니까?"

'내 해군이야' 이렇게 말하기는 어렵다.

실은 이미 가쓰 가이슈와 약속하여 효고(兵庫 : 지금의 고베) 지방에, 말하자면 사립 해군학교를 만들려고 하는 중이다.

료마의 구상으로서는 지금 교토에 모여 칼 휘두르기만을 능사로 생각하고 있는 근왕 낭인들을 모아 해군을 조직하려는 것이다.

물론 낭인뿐만 아니라 여러 번의 혈기왕성한 번사들도 모집한다.

'국사만 논하고 있으면 뭘 해.'

료마는 구체적인 것을 좋아하는 성격의 사내였다. 천하에 근왕, 양이, 개국, 막후 타도, 공무합체(公武合體) 등 모든 주장이 난무하고 지사들이 팔방으로 뛰어다니며, 당시의 유행어로 '시무(時務)'를 논하고 있었다.

"천하의 의론이 이와 같이 도도하다. 그러나 의론만으로 외적의 침입을 막을 수 있겠는가?"

료마는 그렇게 말했다.

양이의 대종(大宗)격인 다케치 한페이타조차 이 의견에 찬동하고, 료마를 읊은 자작시를 일동에게 공개했다.

마음은 원래 크나크고
기략은 절로 샘솟는다.
숨어 있어 그 누가 알손가
오로지 용명(龍名)에 부끄러울 따름이다.

다케치는 예의 사람 백정 이조에게조차

"자네도 료마의 해군에 들어가라."

라고 권했을 정도이다. 꽤나 공감했던 모양이다.

그러나 해군학교를 만들자면, 연습선도 필요하고 기계도 필요하고 건물도 필요하다. 아무튼 어떤 학교보다도 막대한 돈이 필요한 것이다.

'돈쯤은 내가 모으겠다.'

료마는 이 모금에 결사적으로 힘을 기울였다. 예를 들어 다케치가 번의 여론 전환과 막부파 명사의 암살에 생사를 걸고 있듯이 료마의 결사적인 상대는 '돈' 이상 더 구체적인 것은 없다.

연습선은 가쓰의 힘을 빌려 막부에서 빌릴 수 있으리라. 가쓰 자신도 이 학교 설립을 위해 막부를 열심히 설득하고 있었다.

료마의 구상은 해군학교 교장으로 가쓰를 추대하는 것이었고, 그 사전 준비를 위해 도사 번의 무사들을 가쓰의 문하생으로 끌어들이면서 학생부터 모집해 학교 설립을 기정 사실화했다.

이 해군학교라는, 정체모를 것을 만드는 데 료마는 정말 바빴다.

이 연락을 위해 교토에 체류 중인 가쓰와도 매일 만났다.

"대략 정사 총재의 양해를 얻어 놓았네."

가쓰가 말한 것은 분큐 3년(1863) 3월 중순이었다.

"어려운 점은 막부에도 정식 해군이 있다는 사실이야. 게다가 이것을 추진하자니 막부 관리에게 미움을 받고 있어. 그래서 장군과 직접 상의할 작정이네."

다행히 가쓰는 머지않아 장군 이에모치의 내해(內海) 시찰에 해군 감독관으로 수행하여 해상 방위를 자세히 설명하게 돼 있다.

"그때는 장군도 나도 바다 위에 있을테니까 필요 없는 돌대가리가 옆에 없어 의견을 말씀드리기 쉽겠지."

"부탁드립니다."

"자네가 부탁하지 않더라도 할 터이네."

료마는 번의 중신들과도 접촉하고 있었다.

번사라고는 하나 고시의 신분으로 번의 중신에게 직접 교섭하기란 어렵다.

그러므로 번에서 학자로 알려진 마사키 데쓰마(間崎哲馬)가 교토 번저에 있었으므로 그를 설득했다. 마사키는 다케치 한페이타의 동지로 이때부터 몇 달 뒤인 분큐 3년 6월, 그 과격 행동 때문에 죄를 지어 할복을 명령받았다.

"마사키, 당신은 중신에게조차 선생님으로 존경받는 몸이 아닌가. 내 입으로 말하는 것보다 당신 입으로 말하는 편이 훨씬 좋을 듯하네."

료마는 그렇게 해군학교 건설의 필요를 역설했다.

"도사 번에서는 번의 명령으로 번사들을 입교시키도록 해 주게."

"그 해군학교란 막부의 주선이 아닌가?"

"무슨 말을 하는 거야? 어디의 누구 돈으로 만들든 학교는 일본의 학교라네."

어쨌든 번에서는 료마의 의견을 채택하고, 번사 중 해군 지망자를 번의 명령으로 가쓰에게 위탁하기로 결정한 외에도 번에서 월 수당 두 냥씩을 지급하기로 했다.

이 분주한 기간의 어느 날, 문득 료마는 데라 거리의 지조 원을 찾았다.

'나라사키의 오료는 어떻게 지내고 있을까?'

"방이 지저분하니까요."

나라사키의 노미망인은 절의 방 하나를 빌려 그곳으로 료마를 안내했다.

그러나 세상 물정에 어두운 사람이라 곤경에 얼이 빠져 있는 모습이었다. 오료처럼 살결이 흰 노부인이지만 인품은 이 어머니 편이 훨씬 원만하다.

"오료는?"

"오사카에 갔습니다."
대화가 뚝 끊긴다.
"교토에 의지할 만한 친척이 없습니까?"
"없어요."
또 끊어진다.

료마가 자세히 물어 보았더니 일년 전쯤부터 50냥의 빚을 받으러 건달패가 나라사키 댁에 드나들었던 모양이다.

"그 사람이 불난 뒤에 찾아와서 생활하도록 해 준다고 내게 말을 하며……"

"음."

료마는 끄덕이면서 콧구멍에 손가락을 집어넣었다.

콧구멍을 후비면서 들어 보니 마치 옛날 이야기에나 있을 듯한 내용이다.

이 이야기를 료마가 고향의 오토메 누님에게 써 보낸 편지로 들어 보자.

"열세 살 난 딸은 얼굴이 예뻤으므로 악당이 시마바라(島原 : 교토의 유곽)에 하녀로 팔았고, 열여섯 살 난 딸은 그 어머니를 속여 오사카로 내려보내 창녀로 팔았답니다."

료마는 대범한 성격이었으므로 이 가족의 나이는 사실과는 좀 다른 모양이다.

"아들은 아와타(栗田)에 있는 절로 들여보냈답니다."

아무튼 식구가 뿔뿔이 헤어졌다.

그런데 장녀인 스물세 살의 오료는 화재 직후 이리저리 돈 때문에 뛰어다니느라고 동생이 팔려간 것을 나중에야 알았다.

"자기 옷을 팔아 그 돈을 갖고 오사카로 내려가 그 악당 두 사람을 상대로 죽을 결심으로 칼을 품에 품고……."
이것은 료마의 문장이다. 그 뒤 료마는 사태의 전부를 알았던 것인데, 이것을 료마 자신의 글로 계속 들어 보자.

"싸움을 하고."
―여자의 몸으로.
"마침내 오료가 이말저말 하자, 악당은 팔의 문신(文身)을 드러내 보이며 협박을 했지만."
그런데
"물론 오료는 죽을 결심이었으므로 덤벼들어 그자의 멱살을 잡고 얼굴을 호되게 후려갈겨……."
료마의 묘사도 멋이 없으나 오료도 지나치게 억센 아가씨다.
"악당이 말하기를 계집년, 죽일 테다 하고 을러댔지만 여자는 '죽여라, 죽여. 죽으려고 멀고 먼 오사카에 왔다. 죽여라, 죽여라' 하고 덤벼드니, 죽인다고 할 수도 없어 마침내 그 동생을 찾아 교토로 데리고 돌아갔다고 합니다. 참 보기 드문 일입니다."

그런 일이 있고 나서 오료는 도사 번저로 료마를 찾아왔다.
가와하라의 도사 번저 문전에 기쿠야(菊屋)라는 책방이 있다.
당시의 이 거리는 지금처럼 넓지 않아 사람 셋이 손을 잡으면 꽉 차는 길 폭이었다.
그 동쪽은 북쪽에서부터 조슈, 가가(加賀), 쓰시마(對馬) 번저가 있고 산조에서 내려오면 히코네(彦根)와 도사 번저.

그 맞은편(서쪽)은 역시 북쪽에서부터 일련종(日蓮宗)의 이름난 절 묘만 사(妙滿寺)와 혼노 사, 정토종(淨土宗)의 큰 절 세이간 사(誓願寺) 등 절들이 줄을 이었다. 민가는 각 번저가 있는 동쪽에 많았으며 거리의 성격상 책방과 고물상 등이 군데군데 끼어 있다.

기쿠야는 그 중의 하나로 료마가 애용하는 책방이다. 여기서 책도 샀지만 그것보다도 기쿠야의 아들 미네키치라는 똑똑한 소년을 귀여워하고 있었다.

당시 열세 살이었던 이 소년은 유신 후 시카노 야스베에(鹿野安兵衞)라고 이름을 개명하고 다이쇼(大正 : 1910년대) 중엽까지 살았다.

그런 일이 있었으므로 기쿠야의 안 사랑채는 이 무렵, 료마의 응접실처럼 돼 있었다.

료마는 번저에서 여자와 만날 수 없었으므로 이 기쿠야의 안 사랑채로 데리고 갔다.

"자아, 앉으시오."

방석을 깔게 하고 미네키치를 시켜 과자를 사오도록 했다.

'예쁘다.'

소년도 놀랐다고 한다.

료마도 내심 오료가 무척 마음에 들었다.

오료도 료마라는 사나이에게 처음부터 마음을 빼앗기고 있는 흔적이 있었으며, 이 기쿠야에서도 말도 못하고 고개를 떨어뜨린 채 무릎 위의 옷소매만 만지작거리고 있었다.

"……"

료마는 료마대로 이상한 기분이어서 안마당을 내다보거나 벽에 걸린 족자를 쳐다보곤 했다.

이윽고 문득 생각난 듯이 물었다.

"혹시 손거울을 가지고 있소?"

"네."

오료는 당시 기온(祇園 : 교토의 유흥가) 등지에서 유행하고 있던 작은 거울을 내밀었다.

그러는데 미네키치가 들어왔다. 어린 마음에도 이 광경이 유난히 인상적이었다.

둘 다 잠자코 있다.

료마는 손거울로 자기 얼굴을 곰곰 들여다보고 있었다.

"——선생님, 왜 거울을 보고 계셨어요?"

나중에 미네키치가 물었더니 료마는 갑자기 목소리를 죽이고 진지한 표정으로 말했다.

"여자에게 반한 얼굴은 어떤 것인지 궁금해서."

어쨌든 료마는 오료를 돌려보내면서 말했다.

"내일 오후 다시 한번 이 기쿠야에 와 주시오. 가족의 앞날을 위해 변변치 못하지만 이 료마가 힘이 돼 드리겠소."

그런 다음, 료마는 곧 번저의 말을 빌려 후시미를 향해 달렸다.

그는 후시미 데라다야 여관 앞에 말을 들이대고 말 위에서 안을 기웃거렸다.

"나 사카모토야, 오토세 님 있나?"

하인이 뛰어나와 말고삐를 받았다.

"아, 사카모토 님. 주인께서 요즘 얼굴을 볼 수 없다고 걱정이셔요. 어떻게 지내십니까?"

"교토에서 좀 바쁜 일을 하고 있네."

료마 외에도, 교토와 오사카를 왕래하는 나그네들은 이 데라다야에 주로 묵곤 했다.

한데 요즘은 사쓰마 번사의 교토 오사카 왕래가 빈번해졌기 때문에 사쓰마 번에서는 후시미의 번저 외에 이 데라다야를 지정 여관으로 삼고 있었다.

오토세가 밖에까지 나와서 물었다.

"어머, 말까지 타시고. 웬일이에요?"

고운 교토 말이다.

"나이는 스물세 살. 미인이오. 단 바느질과 부엌일은 못하고, 이름은 오료라고 하오. 이 아가씨를 양녀로 맞아 주지 않겠소?"

"네? 아닌 밤중에 홍두깨 격으로."

"사정 이야기는 나중에 하겠소. 내일 그 처녀를 보낼 테니 양녀 문제는 지금 대답해 주구려."

"대답하라시니 할 수 없죠. 좋아요. 양녀로 맞지요."

료마의 말은 벌써 먼지를 일으키며 다케다(竹田) 가도를 향해 달리고 있었다.

간진 다리(勸進橋)를 건넜을 때는 이미 노을도 사라지고 땅거미가 지고 있었다.

다리 근처 찻집에서 말을 내려 초롱을 하나 사고, 겸해서 찬술 한 잔을 청했다.

'아무래도 사랑하는 모양이야.'

료마는 멀거니 찻집 영감 얼굴을 보고 있다.

영감은 무슨 볼일이 있는 줄로 잘못 알고 허리를 굽히며 말했다.

"무슨 말씀이……"

"아니, 반했소."

료마는 술을 쭉 들이켰다.

"예?"

"아, 나 혼자 하는 말이오. 이왕이면 단무지 조림 좀 주시오."
"예."
뚝배기에 수북이 담아 왔다.
묘한 음식이다.
도사나 사쓰마라는 곳은 소박한 동물성 음식을 좋아하는 고장이지만, 교토는 과연 천 년 도읍답게 복잡하고 기묘한 음식을 만들어 먹는다.
이것도 그 중의 한 가지로, 잘 절인 단무지를 다시 한번 물에 우려 간을 뺀 다음 말린 물고기 따위로 끓인 국물에 넣고 고추를 곁들여 조린 것이다.
뜻밖의 풍미가 있어 입맛에 당긴다. 하지만 영양가는 없다.
'반했어.'
스스로 감탄했다. 대체 료마가 지금까지 한 여자를 위해서 이렇게 땀을 뻘뻘 흘리며 친절을 배푼 일이 있었을까.
'반했어.'
술을 마시며 생각했다.
료마가 좋아하는 여성형은 슬기롭고 재치 있는 누님 오토메와 비슷한 여자에 속한다.
지바 댁의 사나코.
중신 후쿠오카(福岡) 가문의 오타즈 등 모두가 그렇다.
그런데 그녀들은 저마다 독립된 인생을 갖고 있었다. 사나코는 호쿠신잇토류의 인증서를 얻은, 검술이 세끼 밥보다도 좋다는 아가씨였으며, 오타즈는 큰 번의 중신 딸인 데다가 지금은 산조 가문을 섬기며 그녀 나름으로 국사를 걱정한다. 따라서 그녀들은 료마가 구해 주지 않으면 안될 만큼 급한 사정도 없다.
료마가 그녀들을 어떻게 해 주어야 하기는커녕 그녀들 편에서 료마를 '어떻게 해 주어야지' 하며 '귀여워'해 주고 있다. 남녀가 거꾸로 되어 있는 것이다.

그러나 오료는 역시 같은 유형이면서도 어려운 처지에 있다.

료마의 의협이 아니면 그녀와 그 가족이 구원을 받을 수 없는 것이다.

한 나라를 구하려는 것이나 한 가족을 구하려는 것이나 똑같은 기질에서 나오는 것이다.

그러므로 료마의 기질이 이 '사랑'에 큰 쾌감을 느끼게 된 것은 지금까지 이 '기질'을 만족시켜 주는 여성을 만나지 못해서가 아니었을까.

과연 '사랑'이라고 할 수 있을는지.

그 길로 교토로 달려가 데라 거리의 지조 원 문 앞에서 말을 내리고 고삐를 잡은 채 문 안을 향해 소리쳤다.

"나라사키 댁의 분, 나라사키 댁의 분! 잠시 문 앞으로 나와 주시오"

오료가 달려 나왔다.

"어머, 사카모토 님. 들어오세요."

"아니, 이야기는 어디서나 할 수 있소. 한데 내일 기쿠야에서 만나자고 했소만, 지금 후시미에 갔더니 일이 뜻밖에도 쉽게 되었소."

"……"

"오료는 데라다야 양녀로 가게 되었소."

데라다야라면 천하에 알려진 나루터 여관이다.

오료는 놀랐다.

교토의 봄 333

"여주인 오토세란 분은 내 누님과 같은 분이오. 안심해도 좋소. 내일 기쿠야의 미네키치를 보낼 테니 후시미로 가 보시오. 어머님과 동생들 일은 다시 생각해 봅시다."

료마는 품 속에서 종이에 꾸깃꾸깃하게 싼 것을 건네 주었다.

돈 열 냥이 들어 있다.

고향에서 오토메 누님이 보내 준 것이었다.

"이게 뭐예요?"

"내 누님이 준 겁니다."

그는 훌쩍 말에 올라탔다.

"이, 이건 받을 수 없어요."

"무슨 소릴!"

료마는 크게 소리쳤다. 그렇지 않고는 이 어색함을 감출 방도가 없다.

"당장 필요할 거요. 그런 말은 이 다급한 고비를 넘긴 다음에 천천히 해요."

고삐를 바짝 당겨 말머리를 돌렸다.

"아, 잠깐!"

기승스러운 여자다. 고삐에 매달렸다. 말이 뒷발질로 땅을 찼다. 말에 익숙하지 않은 사람으로는 무서워해야 할 텐데, 오료에게는 겁먹을 여유가 없는 모양이다.

"기다리세요."

"왜 그러시오?"

료마는 말 위에서 되물었다.

그러나 오료도 제정신이 아니다. 뭐라고 말해야 좋을지 모른다.

"어—어째서?"

실없는 말을 물었다.

"어째서 저희 가족에게 이런 친절을 베푸시나요?"
"바, 바보 같으니라고!"
료마는 소리를 질렀다. 새삼 그렇게 반문 당하면 화가 나는 법이다. 같은 의미로
—무엇 때문에 몸의 위험도 돌보지 않고 국사 따위에 분주하신가요?
이렇게 반문당하는 것과 같다. 이렇게 따지고 들면 어쩐지 바보 취급을 당한 것 같은 마음이 든다. 다케치나 가쓰라도, 또 구사카나 다카스기도 아마 이런 경우에는 똑같은 심정일 것이다.
—그게 사내야.
오카다 이조 같은 단순하고 혈기뿐인 사나이라면 칼집을 치면서 말했을 것이다. 오료는 대장부라는 것을 모르는 것일까.
"바, 바보!"
료마는 고삐를 움켜잡고 있는 오료의 흰 손을 채찍으로 가볍게 때렸다.
"앗!"
오료는 비명을 지르며 손을 놓았다.
그 틈에 료마의 말은 달려가고 없었다.

후시미까지 30리.
오늘날은 교토 시(市) 후시미 구(區)이고 별로 거리감을 느끼지 않지만, 당시의 교토 부인들은 평생 후시미에 못 가본 사람들이 많았다.
그 이튿날 료마가 오료에게 약속한 대로 데라 거리의 지조 원으로 미네키치 소년이 찾아와 재촉했다.
"자아, 빨리 준비하세요."

문 앞에 나오니 가마가 한 채 준비되어 있었다.

"가마 같은 건 너무 호사예요."

"아녜요, 료마님이 오료님은 다리가 약하니 가마를 준비해 가라고 하셨기 때문에 타고 가시지 않으면 곤란해요."

미네키치는 왕성 태생답게 품위 있는 교토 말씨로 말했다.

'내가 다리가 약하다고?'

오료는 가마 속으로 등을 들이밀면서 고개를 갸웃거렸다.

가마가 달리기 시작했다.

'사카모토 님은 뭔가 잘못 생각하고 계셔. 아마 나를 연약한 교토 처녀로만 알고 계신 거야.'

처녀의 육감으로 료마가 자기에게 호의, 그 이상의 것을 가지고 있다는 것을 느끼고 있다.

'그러나 나를……'

료마는 잘못 알고 있다. 오료의 짐작으로는 그 미화된 오해 위에 료마의 사랑이 성립되어 있는 것 같다.

오료의 외모는 함초롬한 교토 처녀로 오해를 받을 수 있는 점이 있었다.

후시미 데라다야에 도착했다.

"오토세가 나와 맞이하였다. 오료님이군요."

여주인 오토세는 훈훈한 미소를 지으며 손을 이끌 듯 올라오게 하여 안쪽 방으로 안내했다.

"이 방을 쓰도록 해요."

오토세는 오료를 앉혔다.

"이 곳의 방석도 찻잔도 거기 거울도 옷장도 모두 오료 것이에요."

'어머.'

무엇에 홀린 듯한 얼굴로 방 안을 둘러보고 있었다.
"그런데 사카모토 님이란 분은 워낙 그런 분이라 양녀로 삼으라고만 했을 뿐, 아직 사정도 제대로 듣지 못했어요."
"네, 저도."
오료도 좀 난처해하고 있었다.
료마의 독단으로 대뜸 오료의 환경을 일변시켜 버렸던 것인데, 당사자인 오료도 어리둥절하고 있는 것이다.
'폭풍을 만난 것 같아.'
멍하게 앉아 있다.
첫째, 오늘부터 양모가 된다는 오토세와 이렇게 만나고 있지만. 당장에 실감이 날 리 없지 않은가.
오토세가 묻는 대로 오료는 자기 처지를 이야기했다.
"어머, 가엾어라……"
협기 있는 여자라는 말을 듣는 만큼 오토세는 옷소매로 눈물을 닦기도 하고 훌쩍이기도 하면서 이야기를 듣고 있다.
이쯤 되니 이야기를 하고 있는 오료 편이 미안해질 정도였다.

"오료."
오토세는 타고난 협기가 무럭무럭 솟아오르는 모양이었다.
"가족을 모두 데리고 와요. 함께 살아."
"하지만."
오료는 남의 지나친 동정은 받고 싶지 않다.
"괜찮아요."
"사양하지 않아도 좋아요. 오료를 수양딸로 삼는 이상 나라사키 댁의 가족은 모두 내 육친이야. 게다가 이 나루터 여관은, 배가 들어오고 나갈 때는 그야말로 전쟁과 같아서 사람이 아무리 많아도 모자라. 모두 함께 살며 데라다야를 운영해 나가요."

"모두?"

"그래. 후시미의 데라다야는 천하의 것이지, 오토세의 것이 아니야. 그러니까 함께 운영해 나가기로 해요."

오토세는 능란하다.

섣불리 동정을 베푼다는 태도는 조금도 보이지 않고 시원시원하게 말했다.

그날은 오토세의 권유로 데라다야에서 자게 되었다.

과연 바쁘다.

마침 어두워진 뒤 교토에서 사쓰마 무사가 20명 가량 데라다야로 들이닥쳤다.

첫 새벽 배로 오사카로 내려가는 손님들이다.

이 여관은 기묘한 구조로 돼 있어 많은 손님이 들 때는 2층 칸막이의 벽과 미닫이를 모두 떼어 버린다. 벽은 널빤지에 헝겊을 발라 조립식으로 되어 있어 떼었다 달았다 할 수 있는 것이다.

"정말 바쁘네요."

오료는 눈이 휘둥그레져서 오토세에게 말했다.

"거짓이 아니지?"

"저도 서툴지만 거들겠어요."

"고단하지 않을 정도로 해요."

그런 뒤 오료는 부엌과 2층을 오가며 일을 거들었다. 계단을 몇 번이나 오르내렸는지 셀 수가 없을 정도였다.

상 차리는 일.

목욕물 준비.

그런 다음 잠자리를 깔았다.

오료는 10여 명의 하녀들 틈에 섞여 열심히 일했다.

미네키치도 거들고 있다.

여주인 오토세는 계산대에 앉아서 지휘하고 있었다.

문득 생각했다. 지휘를 말이다.

'저 아이라면 하겠는걸.'

몹시 활동적이고 게다가 동작 하나하나에 꾀가 있고 빈틈이 없었다.

'머리가 좋은 아이야.'

당장에라도 자기(안주인) 일을 맡길 수 있을 것 같았다.

손님들의 식사가 끝난 다음 오토세는 오료를 데리고 2층으로 올라갔다.

"딸 오료입니다."

사쓰마 번사들에게 소개를 했다.

모두 호감을 갖는 모양이었다.

"미인이로군."

살짝 곰보인 얼굴 큰 청년이 소리를 질렀다. 뒤에 노일전쟁 때 만주군 총사령관이 된 오야마 이와오(大山巖), 당시 스무 살.

오료는 이후로 '데라다야의 오료'라는 이름으로 불리게 된다.

후시미에서 하룻밤을 지낸 다음 날 오료는 기쿠야의 미네키치와 함께 교토로 돌아왔다.

"미네키치 도련님, 곧 사카모토 님에게 인사를 드리고 싶은데 번저에 계실까?"

"만나시겠어요?"

미네키치는 걸어가면서 오료를 올려다보았다.

"응."

조금 빨개져 있다.

"그럼 알아보고 오겠어요. 오료님은 저희 집에서 기다려 주세요."

미네키치는 도사 저택으로 뛰어들어가서 료마가 있나 없나를 알아보았다. 미네키치는 번저 안에서는 안면이 꽤 넓었다. 그런데 누구를 붙잡고 물어 보아도 대답은 같았다.

"요 며칠 보이지 않던데."

"어디 가셨나요?"

"그런 사내⋯⋯어딜 쏘다니는지 알 수가 없어."

미네키치는 저택 안의 행랑이란 행랑은 모두 찾아다니다가, 마침 예의 학자인 마사키 데쓰마를 만났다.

"오, 미네키치냐."

"사카모토 선생님은 어딜 가셨어요?"

"에치젠으로 간다면서 어제 아침 떠났다."

료마는 사실 여행 중이었다.

지난밤에는 오우미 구사즈(草津)에서 묵고, 지금은 비와 호(琵琶湖) 동편 기슭인 나카센도(中仙道)의 소나무 가로수 길을 무섭게 빠른 속도로 북상하고 있었다. 하인으로는 며칠 전 번저를 찾아온 도베를 데리고 있다.

"좋은 날씨군요."

새파란 하늘 아래 북쪽은 이부키(伊吹), 서쪽은 히라(比良)의 산봉우리들이 먼 아지랑이 속에 가물거리고 나머지는 모두가 물이다.

오른편은 자운영(紫雲英)이 피는 오우미 벌판.

"나으리, 좀 천천히."

요즈음 눈에 띄게 살이 찌기 시작한 도베는 료마의 빠른 걸음이 힘에 겨운 모양이다.

"서둘러야 해."

해 저물 때까지 백십 리를 걸어, 홋코쿠(北國) 가도로 나가는 갈

림길인 도리이모토(鳥井本) 여관까지 가야 했으므로 거의 달려가는 것과 같다.

"대관절 어디로 가시는 겁니까?"

"에치젠 후쿠이."

"그건 알고 있어요. 후쿠이의 어디 말입니까?"

"성."

"예에……뭣 하러 가십니까?"

"영주를 만나러."

도베는 입을 다물었다. 도사 번에서도 벌레나 마찬가지인 하급 무사여서 자기 번 영주도 배알할 수 없는 료마가, 공경 다음 두 번째로 신분이 높은 영주를 만날 수가 있을 것인지.

"만나서 어떻게 하실 셈입니까?"

"돈을 얻는다."

더욱더 놀랐다.

"주제넘은 질문인 것 같습니다만 얼마나요?"

"오천 냥."

온전한 정신이 아니다.

하지만 료마는 태연하다.

"나으리는 어이없는 분이시군요."

도베는 히코네(彦根) 거리의 불빛이 왼편으로 보이는 곳까지 오자 새삼 생각난 듯이 말했다.

"어째서?"

료마는 불빛 속에서 부지런히 발을 놀리며 말했다. 벌써 이곳이 지장보살 네거리니까 도리이모토 여관까지는 십 리 정도나 남았을까.

"영주에게 오천 냥이란 거금을 우려내시겠다니 고치야마 소슌(河內山宗俊: 연극 등에 등장하는 공갈자의 이름)이라도 놀라 자빠지겠어요. 대관절 그 돈으로 뭘 하시겠다는 겁니까?"
"해군학교."
그것도 사립을—
벌써 가쓰가 막부의 허락을 받아 효고 이쿠다(生田)에 교사 건설용 부지까지 마련되어 있다.
돈이 모자란다.
그래서 에치젠 후쿠이의 영주에게 기부금을 받으러 간다는 것이다.
"알았나?"
"예……"
알 것도 같고 모를 것도 같다.
'상대는 영주란 말이에요, 가능하겠어요?'
도베는 이렇게 생각하는 것이지만.
료마도 이 억지가 그렇게 쉽게 실현되리라고는 생각지 않는다.
"잘될까요?"
"해 보는 거야!"
"나리는 도둑보다도 단수가 높군요."
"그래?"
여느 때와는 달리 표정이 굳어져 있는 것은 이번 여행의 목적이 너무 중대하기 때문이다.
'하지만 해내겠다.'
료마는 결코 그 얼굴에서 느끼는 것 같은 멍청한 인상뿐인 사내는 아니었다.
이튿날 밤은 북 오우미 기노모토(木本)의 싸구려 여관에서 묵기로 하고 곧 저녁을 청했다.

술은 시골 술병으로 두 병.

"도베, 인간은 뭣 때문에 사는지 알고 있나?"

료마는 밥상 너머로 말했다.

"큰 일을 하기 위해서야. 단, 일을 하는 데는 남의 흉내를 내서는 안돼."

세상의 고정 관념을 깨는 것, 이것이 참된 일이라고 료마는 말한다. 그러므로 필요하다면 영주에게 돈을 얻어 써도 좋다.

료마 자신이 남몰래 써 둔 어록에 의하면, 산다는 것은 일을 한다는 뜻이다.

이런 말로 되어 있다.

"남의 발자취—업적—를 사모하거나 남의 흉내를 내지 말라. 석가도, 공자도, 중국 역대의 창업의 제왕도 모두 선례가 없는 독창적인 길을 걸었다."

"사람의 일생이란 고작해야 50년 안팎이다. 일단 뜻을 품으면 그 뜻을 향하여 일이 진척되는 수단만을 취하고 모름지기 약한 마음을 먹어서는 안 된다. 설령 그 목적이 성취되지 않더라도 그 목적을 수행하는 도중에 죽어야 하는 것이다. 생사는 자연 현상이므로 이를 계산에 넣어서는 안 된다."

이것은 료마의 지론(持論)으로 그는 늘 친구에게 말하고 있었지만, 기노모토 여관에서 도베에게도 말했다.

도베의 몸이 부르르 떨렸다. 료마의 눈에 보기 드물게 살기가 서려 있다.

료마와 도베는 에치젠 후쿠이로 들어가 성내 야마토 거리(大和

町)의 '다바코야'라는 여관에 들었다.

도착하자 곧 료마가 물었다.

"도베, 피곤한가?"

"예, 아뇨."

지나친 강행군으로 어지간한 도베도 다리가 뻐근해서 걷기 어려웠다.

"그럼, 이 편지를 가지고······"

료마는 두루마리 종이에 글을 쓴 다음 내밀면서 말했다.

"미쓰오카 하치로(三岡八郞)라는 번사에게 다녀 오너라. 집은 성읍의 게야 거리(毛失町) 남쪽 끝에 있다. 행정관 직책이라고 하니까 곧 찾을 수 있겠지."

게야 거리는 무사 저택 거리의 하나였으나 성 남쪽 아스와 강(足羽川) 건너편이어서 멀다.

비록 요즘은 강에 고바시(幸橋)라는 다리가 걸려 있지만, 당시는 후쿠이 성(城)의 바깥 해자 역할을 하고 있었기 때문에 나룻배로 건너야 했다.

밤중이라 도베도 고생스러울 것이라는 생각을 했지만 '뭘, 이놈은 밤도둑 출신인데' 하고 생각을 돌이켰다.

도베가 나간 다음 료마는 한 홉들이 술병을 단숨에 들이키고 드러누웠다.

그리고 이내 코를 골며 잠들어 버렸다.

한편 도베는 밤거리를 달려 사가에(佐佳枝) 마을 나루터에서 배를 타고 게야 거리로 건너가 강기슭에 늘어선 무사 저택을 하나씩 더듬어 가다가 어느 문 앞에 섰다.

과연 직업인만큼 찾는 데는 귀신이다.

"여기가 미쓰오카 님 댁입니까?"

문지기의 행랑 창문에 소리치니 그렇다는 대답이 돌아왔다.
"도사 무사 사카모토 료마님의 심부름으로 왔습니다. 편지를 갖고 왔습니다!"
"기다려요."
잠시 후 문지기가 옆문을 열어 주었다.
"아, 굉장한 저택이로군요."
도베는 저도 모르게 직업적인 눈으로 사방을 둘러보았다.
그는 현관 옆 작은 방에서 기다렸다. 이윽고 얼굴이 긴 거한이 나타났다.
"그대가 사카모토 군의 하인인가?"
마디진 에치젠 사투리로 말했다.
"그렇습니다."
"사카모토 군은 다바코야에 계시단 말이지?"
"예, 그렇습니다."
"가자."
미쓰오카는 하인에게 초롱불을 들려서 도베를 안내로 세워 밖으로 나왔다.
눈이 별처럼 반짝이는, 보통 사람과는 다른 괴상(怪相)이다. 번의 재정 담당 행정관이라는데 손발이 건장하고 검객처럼 보인다.
료마와는 오사카에서 만났다.
그뿐인 인연이지만 의기가 서로 통해서 지금은 백년지기와 같다.
에치젠 번사 미쓰오카 하치로.
훗날의 유리 기미마사(由利公正 : 작작). 뒤에 료마의 추천으로 유신 직전의 풍운에 참가하여 메이지 정부의 재정 기초를 다진 사내이다.
도베는 미쓰오카와 함께 아스와 강 나룻배에 올라탔다.
미쓰오카는 고물에서 팔짱을 끼고 서 있다.

그의 등 뒤로는 별.

이 에치젠 무사의 거대한 그림자가 도베의 눈의 위치에서 쳐다보니, 풍운 속으로 뛰어들어가는 수호지(水滸誌) 속의 호걸처럼 보였다.

그는 처음엔 이시고로(石五郞)라고 했다. 본인의 풍모에 꼭 알맞은 이름이었으나, 건달패 두목 같은 이름이라고 본인이 싫어하여 하치로라고 고쳤다.

료마보다 여섯 살 손위로 이때 34살이었다.

미쓰오카 가문은 세습 녹봉이 1백 석으로 돼 있었으나, 이것은 표면적이고 실제의 녹봉은 32석 이 두(二斗)였으니 빈가(貧家)라고 해도 좋다. 야채는 전부 저택 안에서 심어 먹어 늘 거름 냄새가 집안에 풍기고 있었다.

아스와 강 남쪽 기슭의 게야 거리에 거주하는 번사는 모두 이런 상태였으므로, 문중에는 '게야 무사'라고 업신여김을 받았다.

하치로는 어렸을 때부터 붓글씨나 공부가 싫어서 농사일만 하고 있었다. 별로 칭찬받을 만한 일은 못되나 몸을 움직이기를 좋아했던 모양이다.

어떻든 학문을 좋아하는 당시의 무사로서는 별종이라고 할까, 한학의 초보인 《사서오경(四書五經)》을 남보다 10년이나 늦은 열여덟 살에 겨우 끝마쳤다는 사내이다.

그 대신 무술에는 남달리 열심이어서 창술은 인증서를 받을 정도의 실력이고, 게다가 이 농사일로 단련한 천성적인 합리주의는 자기가 연구해 낸 이론으로 독특한 창술을 발명했다.

검술은 신케이류(眞影流)를 배웠고, 열여덟 살 때 다섯 명이 달려드는 시합을 도전받았는데 모두 쓰러뜨렸다는 정도로 실력이 있다.

그러나 스무 살이 지나면서 이 사내는, 묘한 일에 흥미를 갖게 되었다.

"우리 번은 어째서 가난할까?"

사실 에치젠 후쿠이의 마쓰다이라 일문은 큰 번이면서도 극도로 가난하여 영주조차 무명옷을 입고 떠돌이 중과 같은 식사를 하면서 검약에 검약을 하는데도 실효가 없어, 백성들의 대부분이 쌀을 먹지 못하고 보리나 감자 또는 무를 주식으로 하고 있다.

"알 수 없는 일이로다."

고개를 갸웃거리면서, 미쓰오카는 누가 시킨 것도 아닌데 스무 살 때부터 4년 동안 영지 안의 마을마다 찾아다니며 농가의 수확고를 조사하고 번의 세입과 세출을 조사해 보았더니 놀라운 결론을 얻었다.

아무리 번이 굶다시피 절약을 해도 연간 2만 냥의 적자가 나온다는 것이었다.

더욱 놀라운 것은 이 사실을 번의 회계 관리도 중신도 몰랐고, 알았다 해도 어떤 대책을 써야 할지 전혀 모른다는 것이었다.

"절약, 또 절약."

단지 이것이 유일한 경제 정책이었다.

이 무술가는 무술에 이용한 자기의 합리주의를 경제에도 응용하여 스스로 연구하는 한편, 히고 출신의 유학자로 막부 말기에 가장 뛰어난 정치학자인 요코이 쇼난(橫井小楠)에게 당시의 이른바 실학(實學)을 배웠다.

"일일이 배를 타고 건너야 하다니."

도베는 흔들리면서 말했다.

이 아스와 강을 말한다. 시내 복판을 흐르고 있으면서도 옛날부터 다리가 없다.

"불편하시겠군요."

"음."

팔짱을 끼고 있는 미쓰오카의 옆머리가 밤바람에 날리고 있다.

"머잖아 놓는다."

미쓰오카는 불쑥 말했다.

이야기는 미쓰오카의 전력(前歷)으로 돌아가지만, 이 사내가 영주 마쓰다이라 요시나가의 총애를 받기 시작한 이유는, 그 불합리를 미워하는 정신과 합리화시키는 재능 때문이었다.

이 시대로서는 용기가 필요한 일이었다.

가령 이 아스와 강만 하더라도 이것은 후쿠이 성의 바깥 해자 역할을 한다는 전술상의 이유로 가교가 허락되지 않았다.

그런데 미쓰오카라는 사내의 머리에는 이제까지의 습관이라든가 오랜 권위에 의한 불합리 등이 다소곳이 받아들여지지 않는다.

'불편'이라는 건 미쓰오카에겐 절대적으로 반대였다. 그는 열심히 보고했다.

마침내 가교가 결정된 것은 최근의 일이다.

미쓰오카의 지난 5, 6년간의 번내 경력을 보면 처음에 소총 탄약의 제조 담당, 이어 병기 제조소 소장, 조선 책임자, 나가사키 상역청 설치 담당, 물산총회소(物産總會所) 설립 책임자 등으로서 에치젠 후쿠이 번의 근대화를 도맡았다.

그리고 지금은 재정 행정관.

료마가 오사카에서 일찍이 미쓰오카를 만나 감탄한 것은 '금전을 아는 무사'라는 것이었다.

그것도 그뿐만이 아니라

'근왕 양이는 염불이 아니다. 상업을 일으키고 배를 만드는 일이다'라는 사고 방식이다.

"당신과 내 생각은 일치하네."

료마는 손을 잡고 기뻐했다.

당시의 세상 형편으로 본다면 두 사람은 모두 꽤 색다른 '근왕 양이 지사'였다.

이 드문 의견을 가진 두 사람 사이에는 이미 육친보다도 더 가까운 감정이 흐르고 있다.

이윽고 건너편 기슭에 상륙하여 급히 길을 걸었다.

'다바코야' 여관에 들어서자, 미쓰오카는 안내도 청하지 않고 이 층으로 올라갔다. 복도를 쿵쾅쿵쾅 걸으면서 소리쳤다.

"사카모토, 어디 있나?"

"여기야!"

료마는 자리에서 일어났다.

"뭐야, 자고 있었나?"

"교토에서 급행으로 달려오는 통에 제대로 자지도 못했어. 내일 영주님을 뵐 수 있을까?"

"편지는 읽었네. 오천 냥을 빌리겠다고?"

"맞았네. 손가락 하나 빠져도 안돼."

료마는 오른손가락 다섯 개를 펴 보였다.

"어려운데."

미쓰오카가 어렵다고 말한 것은, 경제에 밝은 이 사내는 지금 번 금고에 몇 냥의 돈이 있는지를 알고 있었기 때문이다.

그러나 료마는 강도 같은 소리를 했다.

"이만한 큰 번에 오천 냥의 돈이 없을 리가 있나?"

그뿐만 아니라 그 5천 냥으로 일본이 재생한다는 이론으로 도도하게 설득하기 시작했던 것이다.

료마의 웅변은 그 당시 두 가지 점에서 유명했다.

첫째는 줄곧 비유를 든다는 점이다. 그것이 비속(卑俗)하고 아주 유머가 있어, 뒷날 지쿠젠의 진수부(鎭守府)에 유배중이던 산조 사네토미 경을 나카오카 신타로(中岡慎太郎)와 함께 찾아갔을 때, 근엄한 산조 경도 다다미 위를 떼굴떼굴 구르며 웃었다고 한다.

또 하나는 변론에 열을 뿜기 시작하면 무심코 하오리 끈을 풀기 시작한다.

풀어서 그것을 입에 무는 것이다. 끈의 술을 질근질근 씹으면서 열변을 토한다.

씹고 당기면서 천하를 논한다. 마침내는 끈이 침으로 흥건히 젖어 버리지만, 더욱 흥겨워지면 그것을 빙빙 돌리는 것이었다.

술에서 침이 튄다.

상대는 비를 맞는 꼴이다.

"그짓만은 하지 말게!"

상대가 말하면 '아 그래' 하고 깨닫지만, 잠시 뒤 다시 휘둘러 댄다. 마지막엔 상대도 침벼락을 맞고 있을 수밖에 없다.

"얼굴이 젖어서 말이야."

이 침벼락은 사이고 등도 질색이었다고 한다.

지금 미쓰오카 앞에서도 마찬가지다.

"해군학교 설립을 위해 어째서 에치젠 후쿠이 번이 돈을 내야만 하는가, 자네가 그런 말을 한다면 그건 아귀도(餓鬼道 : 불교에서 이르는 삼악도의 하나. 늘 굶주림과 목마름으로 괴로움을 겪는다는 곳)의 이론이야. 그런 말을 한다면 이 사카모토 료마도 무엇 때문에 생명을 돌보지 않고 국사에 분주하며 무엇 때문에 에치젠 구석에까지 돈을 빌리려 오느냐 하는 문제가 된다."

"잠깐, 잠깐."

미쓰오카는 얼굴을 닦으면서 말했다.

"난 우리 번이 돈을 내는 게 사리에 맞지 않는다고는 하지 않았어. 에치젠 후쿠이 번은 명주(明主) 마쓰다이라 공 이하 아귀도의 이론은 말하지 않네. 천하를 위해서라면 번이 쓰러져도 좋다고 생각하네."

미쓰오카는 도쿠가와의 친번 가신이면서도 은근히 막부가 없는 새로운 통일 국가를 생각하고 있는 사내이다. 그 때문에 번이 소멸해도 좋다고 생각한다.

"그런데 오천 냥의 돈은 없어."

"다기(茶器)가 있겠지, 또 명검 따위도 있겠지. 그걸 팔아서 만들면 돼네!"

"내가 졌네!"

미쓰오카는 얼굴을 닦고, 닦은 옷소매 너머로 웃음진 얼굴을 보였다.

"좋아, 돈은 조달하지. 내일 영주님을 만나게. 그러나 영주님 앞에서 그 끈만은 휘두르지 말아 주게."

"말을 안 들어 주면 씹을 수밖에."

"골치 아픈 친구로군."

미쓰오카는 술잔을 쳐들었다.

료마는 잔을 받았다. 두 사람이 조용해지자 에치젠 천지가 별안간 고요해진 듯한 느낌이 들었다.

에치젠 후쿠이 영주 마쓰다이라 요시나가라는 사람은 전에도 말했지만 제후 중에서도 손꼽는 수재이다.

단순한 수재만은 아니다. 얌전한 용모와는 정반대로, 구습을 방귀보다 못하게 여기는 호방성과 좋은 안은 다소의 폐단이 있더라도 서

습지 않고 채택하는 배짱이 천성적으로 갖추어져 있다.

"료마인가?"

자리에 앉자마자 이 에치젠 영주는 웃음이 터져 나왔다.

어쩐 일인지 이 영주는 료마의 얼굴을 보면 유쾌해지는 것이었다.

료마는 점잖게 부복한 채 인사말을 중얼중얼 늘어놓았다.

"지난번에는……"

탈번의 사면 중재를 이 영주가 가쓰와는 다른 경로를 통해 주선해 주었던 것이다.

"얼굴을 들라. 어젯밤에는 우리 번의 미쓰오카에게 엄청난 나팔을 불었다지?"

"나, 나팔이 아니옵니다."

"미쓰오카는 이렇게 말하더군. '료마의 이치는 어쨌든, 하오리 끈에서 침이 튀는 데 질려서 그만 오천 냥을 내겠다는 약속을 하고 말았습니다'라고 말이야. 그러고 보니 그대의 하오리 끈은 너무 씹어서 술이 없어졌구나."

"……"

에치젠 영주는 참다못해 웃음을 터뜨리고 말한다.

"하오리 끈으로 오천 냥을 벌었으니 재주가 용하군."

그것은 승낙의 말이다.

료마는 넓죽 엎드려 싱글벙글하며 말했다.

"감사합니다. 이익은 맨 먼저 영주님 앞으로 가지고 오겠습니다."

가쓰 가이슈와 료마의 계획에 의하면, 교토에 모여 있는 근왕 낭인이나 각 번의 하급 무사를 해군학교에 넣어 군함 상선의 조종법을 훈련시킨 다음, 그 배로 서양식 무역 운송업을 벌여, 국내의 무역뿐만 아니라 해외 무역까지 하겠다는 것이다.

'이익'이란 그 낭인 회사(浪人會社)의 이윤을 말한다.

요컨대 료마로서는 5천 냥을 그냥 가져가는 것이 아니라 투자받는 것이었다. 이러한 상사 설립법이 한낱 도사뜨기인 료마의 머리에서 생겼을 리 없다.

해외 사정에 밝은 가쓰는 벌써 '주식회사(株式會社)'라는 것을 알고 있었다.

"서양 사람이 큰일을 하는 것은 돈 있는 놈은 돈을 내고 일할 수 있는 놈은 일을 하는, 그런 조직이 있기 때문이다."

가쓰가 이렇게 료마에게 가르쳤기 때문이다.

료마는 그때 무릎을 치고 좋아하면서 말했다.

"그걸 합시다. 교토에서 칼부림으로 세월을 보내는 패들을 모아 황금 알을 낳게 합시다."

해군학교라기보다 상선학교라고 해야 할 학교다. 아니, 상선회사라고 해야 할 것이었다.

메이지 이후, 료마의 이 사업의 이익 활동면만이 이와사끼 야타로에게 계승되어 오늘날의 미쓰비시 회사의 발상이 된 것이다.

료마는 교토에 돌아오자 번저에서 하루 묵고 다음 날은 효오고(兵庫)를 향해 떠났다.

부하인 도베를 데리고 터덜터덜 히가시야마 산기슭 가도를 남쪽으로 내려가기 시작했다.

연이은 여행으로 목덜미가 새까맣게 그을었다.

"나리는 건강해서 좋겠군요."

도베는 그만 비꼬는 말이라도 한마디 하고 싶어진다.

"도베, 지쳤나?"

"뭘요, 괜찮습니다."

효오고로 간다.

이 땅에는 이미 가쓰가 물색해 둔 부지가 있고 하찮으나마 숙소도 슬슬 마련될 것이다.

그 감독차 효오고의 대지주 이쿠지마(生島) 댁에 묵고 있는 가쓰를 만나기 위해서이다.

"도베, 너도 내 배를 타겠나?"

"나리하고라면 어디까지든지 가겠어요. 이것도 무슨 인연이니, 할 수 없잖아요."

도베는 휴우, 한숨을 내쉬고 있다.

"난 말이다, 막부를 쓰러뜨리고 일본을 훌륭한 국가로 만들고 싶다. 당나라, 천축(인도), 미국에까지도 장사하러 갈 셈이다. 일본은 나라가 좁기 때문에 배와 장사로 버는 것 외에 입국(立國)의 방법은 없어."

"나리는 흔히 있는 근왕가와는 좀 바탕이 다르군요."

도베는 료마의 무지개 같은 기염을 들으면, 그만 이 사내를 위해서라면 목숨을 버려도 아깝지 않다는 생각을 하게 된다.

묘오호 원(妙法院)의 긴 담을 지나고 이마구마노(今熊野) 신사의 숲을 지나자 갑자기 하늘이 넓어진다.

후시미엔 점심 전에 도착했다.

"데라다야에서 점심을 먹자."

사실 료마는 오료를 만나고 싶었다.

'이상한 처녀야.'

이상한 동물이라도 감상하는 듯한 기분이 지금의 솔직한 심정이다.

그 무렵, 오료는 오토세가 친척집 제사에 갔기 때문에 총감독을 맡고 있었다.

벌써 초여름이라고 해도 좋았다.

계산대에 앉아 밖을 멀거니 보고 있노라니, 선창의 물의 일렁임이 아청빛 밭에 비쳐 흔들흔들 움직이고 있다.

당나라에서 들어온 환등을 보는 것 같다.

'사카모토님은 뭘 하고 계실까?'

아청 발에 료마가 어려 있는 것 같은 느낌이 든다.

'이상한 분이야.'

괜히 웃음이 가슴에서 치밀어오는 것이다.

료마만 이상한 것이 아니라 이 집의 오토세님도 묘한 분이고, 도사 번저에 있는 료마의 친구들도 이상했으며, 이 집 동료들은 남녀 모두가 지금까지 오료가 접해 온 세계에는 없던 사람들이었다.

작은 자기 이익에 얽매이지 않는다.

'묘한 사람들이야.'

처음에 오료는 연못의 물고기가 별안간 바다로 내던져진 것처럼 어리둥절했으나 차츰 익숙해졌다.

'그렇더라도 대관절 사카모토님은 무얼 하는 사람일까?'

갑자기 그 햇볕에 그늘이 지며 불쑥 키가 큰 료마가 들어섰다.

"여어, 안녕하시오?"

오료는 숨이 막힐 만큼 놀랐다.

방금 생각해 온 상대가 상념 속에서 빠져나온 것 같이 눈앞에 서 있는 것이 아닌가!

하지만 하는 말이 환멸을 느끼게 한다.

"배가 고파 죽을 지경이야."

료마는 짚신을 벗고 있다.

"곧 준비하겠어요."

오료는 일어나려고 했다.

료마는 어슬렁어슬렁 올라섰다.
"계산대에 앉은 모양이 제법이군."
"어머, 그런……"
오료는 눈을 내리 깔았다. 이상하게도 이 료마 앞에 나서면, 오료는 자기도 모르게 얌전해지고 만다.
'왜 그럴까?'
자기 자신이 화가 날 정도다.
료마도 내심 이상하게 여기고 있다. 교토의 양가집 딸인데도 오사카의 끝까지 내려가 건달패의 뺨을 때려 주었다는 예의 사건이 상상도 되지 않는다.
"에치젠에서는 오료님의 꿈을 꾸었지."
'옛?'
뒤돌아 본 것은 도베였다.
'나리는 이 아가씨를 좋아하시는구나.'
"아니, 어쩌면."
료마는 오료에게 말을 걸고 있다.
"잘못 봤는지도 몰라. 커다란 소리로 말하고 있었던 걸 보면, 그 꿈에 보인 이상한 여자는 오토세 아주머니였는지도 모르지."
'어머, 사람을 어떻게 알고.'
그러나 화도 나지 않는다.
"어쨌든 밥을 부탁하오."
"네, 곧……."
오료는 계산대를 돌아 나와 안으로 들어가려고 했다.
그 목덜미가 몹시 희다.
"잠깐 기다려요."
"저, 무슨……"

"응, 이리 와요."

료마는 무표정한 얼굴이다.

'무슨 일일까?'

오료가 선 채 가까이 다가가자 료마는 도베 쪽을 보고 말했다.

"난 이 오료님을 좋아하는 것 같아. 꼭 아내로 삼을 거야."

"예, 그렇습니까?"

도베는 그렇게 말할 수밖에 없다.

"상대편은 어떤지 모르지만 너도 잘 부탁해 주렴."

진지한 얼굴이기 때문에 난처하다.

"큰일 났군요."

도베가 쓴웃음을 짓자 료마는 느닷없이 오료의 허리에 손을 감아 안아 올렸다.

"앗!" 할 사이도 없다. 오료는 부끄러워 공중에서 눈을 뜰 수도 없었다.

대낮에, 사람들도 보고 있다.

어엿한 무사의 당당한 포옹이다. 3백 년의 유교적인 전통은 료마에게 별 영향도 주지 않았던 모양이다.

의외로 가볍구나, 생각하며 료마는 오료를 내려놓았다. 오료는 옷소매로 얼굴을 가리고 도망쳐 들어갔다.

점심밥이 들어왔다.

"도베, 여기서 먹어라."

오료는 자기 옆의 다다미를 두들겼다. 주종이 따로따로 떨어져 밥을 먹는 것을 료마는 별로 좋아하지 않았다.

"미국에서는 마부가 장군이나 영주를 뽑는대."

물론 가쓰에게 얻어 들은 풍월이다. 그러나 료마는 꽤 마음에 들었던 모양으로 요즘 입버릇처럼 말한다.

도베도 장난기가 있어 료마 옆에 앉으며 말한다.

"그럼 미국 장군식으로 할깝쇼?"

"미국 장군이라니 무슨 말이에요?"

오료는 모른다.

료마는 말한다.

"미국이라는 네이쨩은—언니, 누나—말이야" 하고 국민 평등사상을 설명하기 시작했다. 료마의 발음으로 하는 네이쨩이란 '집합적인 의미로서의 국민', 즉 네이션인 셈이다.

"모두 입찰(선거)로 정해지지."

"네이쨩이 입찰인가요?"

"그렇지."

오료는 말똥말똥하고 있다.

"워싱턴이란 자는 버지니아 주의 과부 아들이래."

료마는 엉뚱하게 말한다.

"측량 기사였는데 이놈이 군대를 움직이는 능력이 좋다고 해서 무사가 되고 차츰 올라가 대장이 되었다. 그때까지 미국은 영국의 속국이었는데 영국군과 싸워 몇 번이나 졌지만 마지막에 이겨서 미국을 독립시키고 초대 대통령이 되었지. 일본으로 말하면 도쿠가와 이에야스야. 그런데 그 자손은 대통령이 아니야. 도쿠가와 가문하고는 달라."

"어머나."

오료는 이상하다는 얼굴이다.

"일본에서는 전국시대에 영지를 차지한 장군, 영주, 무사가가 2백 수십 년, 무위도식으로 뽐내 왔다. 정치라는 것은 일가 일문의 이익을 위해서만 하는 것으로 돼 있어. 미국에서는 대통령이 게다

장수라도 생활해 갈 수 있는 정치를 해. 왜냐하면 게다 장수들이 대통령을 뽑기 때문이야. 나는 그런 일본을 만들 테다."

료마의 이 사상은 그의 동료인 '근왕 지사'들에게는 전혀 없었던 것으로, 이 일 하나로 해서 료마는 유신 사상에 빛나는 기적이라고 불린다.

밥을 다 먹고 나자 료마는 칼을 들고 방을 나섰다.

"어딜 가셔요?"

오료는 감쪽같이 속은 것 같은 심정이었다.

"효오고로……."

료마는 문지방에 걸터앉아 새 짚신을 신었다.

"주무시지 않으시고?"

"또 올 거야."

료마는 오른쪽 어깨를 조금 추스르며 천천히 한낮의 햇살 속으로 나갔다.

길가에는 가벼운 먼지가 일고 있다. 오료가 추녀 밑으로 달려 나갔을 때 료마의 그림자는 이미 멀어지고 있었다.

지은이
시바 료타로(司馬遼太郎)

그린이
전성보(全聖輔)

옮긴이
박재희 창춘사도대학일문학전공 김문운 니혼대학일문학전공
김영수 와세다대학일문학전공 문호 게이오대학일문학전공
유정 조지대학일문학전공 추영현 서울대학교사회학전공
허문순 경남대학불교학전공 김인영 숙명여대미술학전공

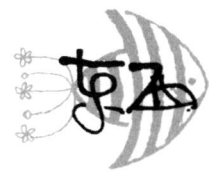

료마가 간다 3

지은이 시바 료타로/책임편집 박재희 추영현 김인영

1판 1쇄/1979. 12. 1
2판 1쇄/2005. 8. 8
3판 1쇄/2011. 12. 1
3판 6쇄/2024. 6. 1

발행인 고윤주/발행처 동서문화사
창업 1956. 12. 12. 등록 16-3799
서울 중구 마른내로 144(쌍림동)
☎ 546-0331ⓒ (FAX) 545-0331
www.dongsuhbook.com

*

이 책은 저작권법(5015호) 부칙 제4조 회복저작물 이용권에 의해 중판발행합니다.
이 책의 한국어 大望상표등록권 문장권 의장권 편집권은 저작권법에 의해 보호받으므로
무단전재 무단복제 무단표절 할 수 없습니다.
이 책의 법적문제는「하재홍법률사무소 jhha@naralaw.net」에서 전담합니다.

*

사업자등록번호 211-87-75330
ISBN 978-89-497-0717-4 04830
ISBN 978-89-497-0714-3 (전8권)